NON SUPERARE LA LINEA

LO STRATAGEMMA KURTHERIANO™
LIBRO QUATTORDICI

MICHAEL ANDERLE

NEWSLETTER

Benvenuti in un viaggio emozionante con LMBPN® International! Iscriviti alla nostra newsletter per accedere ad aggiornamenti esclusivi e contenuti gratuiti.

Come nostro stimato abbonato, godrai di un'esperienza ricca piena di sorprese. Immergiti in nuovi mondi, intuizioni uniche e storie emozionanti che ti aspettano. Unisciti ora, diventa parte dell'avventura internazionale LMBPN® e diventa davvero parte della storia!

https://lmbpn.com/it/newsletter/

COPYRIGHT

Grazie ai seguenti Consulenti speciali
per *Non superare la linea*

Jeff Morris – US Army – Asst Professor Cyber-Warfare, Munizioni Nucleari (in servizio attivo)
Heath Felps – US Navy CPO (in servizio attivo)

DEDICA

*Alla famiglia, agli amici e
Coloro che amano
Leggere.
Che tutti noi possiamo godere della grazia
Di vivere la vita che siamo
Chiamati a vivere.*

PROLOGO

Sala riunioni, NRS *ArchAngel*

«Che si fottano...» sussurrò nel silenzio.

Gli uomini e le donne della NRS *ArchAngel* non respirarono, non si mossero.

La loro regina stava parlando.

Bethany Anne si voltò verso la sua gente. Stava guardando lo schermo gigante che mostrava la Terra sospesa nella distesa dello spazio sotto di loro. I suoi occhi si restrinsero, diventando rossi, e serrò le labbra. «Ci hanno attaccato per tre anni interi. Hanno dato la caccia a persone solo collegate a me con fili esili, attraverso società che non possiedo più.» Si guardò intorno, osservando i volti di coloro che la stavano guardando. «Hanno attaccato alcune delle vostre famiglie e io ho cercato di essere comprensiva. Di porgere l'altra guancia.»

Bethany Anne ruotò la testa a sinistra e poi a destra. Entrambe le volte le sue vertebre schioccarono rumorose nel silenzio della stanza.

Continuò: «Ci siamo occupati di terroristi e abbiamo salvato persone e paesi da uomini e donne malvagi nella notte, e non abbiamo mai chiesto riconoscimenti, sostegno o anche solo un cazzo di "grazie".» La sua voce diventò di ghiaccio, tagliando la stanza. «Continuano a spingere e spingere e spingere.» Si fermò un attimo ed espirò. «Ho provato a essere civile.» Gli occhi le si accesero di rosso mentre sussurrava: «No. Di più.»

«ADAM!» La voce di Bethany Anne si alzò di scatto.

«Sì?» La voce risuonò attraverso gli altoparlanti della grande sala.

Bethany Anne alzò appena lo sguardo. «Trasmetti l'ordine alla mia gente. Non accetteremo altre stronzate da nessuno sulla Terra. L'Impero Eterico ne ha ufficialmente abbastanza, grazie mille.»

Bethany Anne annuì brusca e si avviò con passo deciso verso la porta. «Ammiraglio Thomas?» chiamò. La sua risposta fu immediata. Lei proseguì: «Assicurati che i capitani della flotta sappiano che le armi sono pronte. Non accetterò un'altra stronzata come quella che hanno appena fatto. Se un Paese ci riprova, radiamo a terra qualcosa di importante. Capito?»

«Sì, signora» rispose l'ammiraglio Thomas uscendo dalla stanza.

La mano sinistra dell'ammiraglio fece scattare un bottone sul bavero della giacca mentre si avviava verso la porta. «Ammiraglio Thomas a tutti i capitani. Le armi sono calde. Ripeto, le *armi sono calde.*»

Gli uomini e le donne della sala uscirono in fila dietro la loro regina.

Aveva cercato di tenere conto di ciò che spingeva i terrestri, ma nessuno aveva capito che le reazioni di Bethany Anne agli attacchi contro di lei e la sua gente erano state sostanzialmente contenute.

Ormai si stava togliendo i guanti...

<u>Note dell'autore, Storie del mondo sconosciuto di Frank Kurns: Il tempo della pazienza</u>

Il mio nome, il mio nome completo, è Franklyn Adam Kurns e ho più di cento anni. Ho visto più merda in vita mia di quanta ne possa vedere un essere umano restando sano di mente.

Ho iniziato nell'esercito prima di entrare in un'organizzazione segreta per aiutare a nascondere la realtà che c'erano altri che vivevano tra noi e che erano i veri mostri nella notte.

Ho usato la mia posizione per aiutare un gruppo di questi mostri – o almeno così credevo – contro un altro. Vedete, a quel tempo pensavo che il nostro folklore su vampiri e lupi mannari fosse reale. All'epoca non avevo idea che fossimo tutti umani.

Solo che alcuni esseri umani erano stati sottoposti a modifiche genetiche avanzate, spesso accompagnate da un carattere molto focoso.

Il tempo della pazienza, la serie di libri che pubblicherò insieme ad altri autori, si è svolta negli ultimi tre anni. Gli anni successivi al grande polverone dell'Antartico.

Sono certo che ne avete sentito parlare.

A seconda di chi ascoltate, la RDS era giù in Antartide a rubare vecchia tecnologia nazista, o abbiamo attaccato la Marina degli Stati Uniti (non l'abbiamo fatto, li abbiamo protetti senza ringraziare i culi ingrati dei vertici) o stavamo lavorando per comunicare con gli alieni per conquistare il mondo. (Seriamente? Chi se ne esce con queste stronzate?).

Negli ultimi tre anni abbiamo cercato di non farci notare, perché avevamo bisogno di costruire la nostra casa, per così dire. Una di queste si trova all'interno di un asteroide, quindi è piuttosto grande.

Abbiamo bisogno di tutta la tecnologia e delle navi per proteggere la Terra dagli alieni, alieni che vogliono venire a sottomettere l'umanità. L'intera storia di noi che portiamo gli alieni sulla Terra è una completa follia.

Durante il Tempo della Pazienza visitavamo la Terra abbastanza spesso, ma se ne sentiva parlare di rado, poiché restavamo fuori dai notiziari al meglio delle nostre possibilità.

Facevamo notizia solo quando i nostri studenti dell'Accademia uscivano dalla riserva, come tutti i ragazzi di qualsiasi paese da... sempre.

Presto uscirà qualche libro su questo argomento.

Caricherò questi ultimi libri prima di attraversare portale di annessione degli yollin.

Purtroppo sulla Terra c'è stato chi ha continuamente spinto Bethany Anne e colpito noi, ma negli ultimi tre anni lei non ha reagito come gli attacchi giustificavano. A quanto pare, questo ha fatto credere loro che la nostra regina fosse debole e non disposta a combattere.

Un ronzino sdentato, pensavano alcuni.

Ora, sono sicuro che la maggior parte delle persone è consapevole di quanto fosse sbagliata questa supposizione, ma per farvi vedere entrambi i lati della storia vi racconterò cosa è successo prima del caos e della carneficina.

Credete a qualsiasi parte vogliate. Ho allegato la prova video che accompagna le mie affermazioni. Inoltre, includerò la documentazione di supporto – in stile WikiLeaks – che sostiene i video.

Sospetto che molte di queste informazioni saranno messe a tacere, poiché persone molto potenti non desiderano che siano di dominio pubblico. Spero che altri copino i dati e li conservino come testimonianza vivente contro le potenti élite che credono che l'uomo comune manchi di buon senso e sia incapace di vedere le stronzate egocentriche che propongono.

Quello che farete con le informazioni che vi fornisco lo lascio a voi, ma spero che la mia fiducia nella rettitudine di base dell'umanità sia meritata.

Ora gli eventi che hanno portato al divorzio...

Ad Aeternitatem,

Franklyn Adam Kurns

Meno quarantotto ore prima di superare la linea.

1

<u>Lago Dulce, New Mexico, USA</u>

Patrick Brown, il principale supervisore della parte operativa della Majestic 12, fece un cenno alla dottoressa Eva Hocks quando i due si incontrarono davanti all'ascensore che scendeva al piano due-sei.

Di solito la dottoressa e Patrick si scambiavano battute, ma mai nel giorno della riunione trimestrale.

«Odio tutto questo» gli sussurrò mentre entrambi giravano le chiavi e battevano i tasti separati per far salire l'ascensore a prenderli.

Patrick tenne la voce bassa. «Questa volta, Eva, sono completamente d'accordo. Qualsiasi vantaggio otteniamo dai progressi tecnologici è di sicuro annullato dal fatto di *doverli* gestire.» Fece un cenno alle porte dell'ascensore, ancora chiuse.

Eva inspirò quando l'ascensore arrivò e le porte si aprirono. Entrambi stropicciarono il naso quando l'odore della Sezione Due salì lungo la tromba dell'ascensore. Era spiacevole e leggermente sgradevole.

Era alieno, decise Patrick.

Fece un cenno con la mano perché Eva andasse per prima, e

lei sgranò gli occhi. «Certo, fai il gentiluomo quando entriamo nell'ascensore per scendere nella pancia della bestia, vero?»

Patrick entrò dietro di lei e infilò la chiave, girandola prima di digitare il codice per scendere.

Le porte si chiusero.

«Be'» rispose lui mentre scendevano i duecento metri. «Non mi dispiace essere un gentiluomo, ma questo mi mette nella categoria degli esemplari con te. Da un po' di tempo ho capito che "esemplare" è una brutta situazione quando si tratta di te.»

«È per questo che sei sempre un rompiscatole?» Eva lo guardò, non sapendo se Patrick la stesse di nuovo prendendo in giro o se fosse sincero.

«Ehm...» Lui fece una pausa prima di scrollare le spalle. «Probabilmente è più vero di quanto voglia ammettere, in realtà.» Non ricambiò il suo sguardo.

Interessante, pensò, *sembra a disagio. Mi chiedo che cos'altro provochi questa situazione.*

«Lo stai facendo di nuovo» affermò categoricamente.

«Cosa?» domandò lei.

«Mi stai studiando di nuovo.» Quella volta la guardò, con il fastidio scritto sul volto.

Eva chiuse gli occhi. «Puoi portare lo scienziato fuori dal laboratorio...»

L'ascensore si fermò e le porte si aprirono mentre Patrick terminava la frase: «Ma non si può togliere il laboratorio dallo scienziato.» Quella volta fece un passo in avanti in modo poco signorile e chiese alle sue spalle: «Cosa diavolo dovrebbe significare?»

Patrick si fermò e aspettò giusto il tempo necessario perché Eva lo raggiungesse prima di riprendere. «Voglio dire, capisco quando dici che puoi togliere l'uomo dalla lotta ma non la lotta dall'uomo o qualcosa di simile, ma un laboratorio?»

Eva scrollò le spalle, desiderando chiacchierare ancora meno man mano che si inoltravano nel livello due-sei.

«Cielo, spero che non dovremo parlare con Ztopik.» Patrick guardò dietro di loro, parlando a bassa voce. «I piccoletti sono già abbastanza cattivi, ma guardare i suoi occhi rosa mi manda fuori di testa.»

«Potresti per favore» sibilò Eva, «non parlare di lui qui sotto?» Patrick strinse le labbra e annuì. Dopo altri due minuti di cammino lungo il corridoio di roccia liscia, Patrick ed Eva arrivarono a una porta. Il portale era un po' più alto della maggior parte delle porte umane.

Patrick fece un cenno ai due alieni Grigi alti un metro e mezzo accanto alla porta. Nessuno dei due indossava altro che una fondina per la loro piccola arma, che sembrava una torcia nera con tre piccoli pulsanti. Ogni pulsante modificava il livello di distruzione.

Impostato al livello uno, le armi facevano schifo. I pulsanti di livello tre, al massimo, avrebbero dovuto cancellare gli atomi dall'esistenza. Per fortuna o per sfortuna, gli omini non avevano molta consapevolezza di sé. La maggior parte dei Grigi era legata mentalmente a un superiore, e fino a quel momento Patrick ne aveva incontrato uno solo.

Spinsero la porta e all'interno della stanza di tre metri, con pareti e soffitto dipinti di bianco, si trovava Ztopik.

Eva respinse l'ansia e sorrise cordiale, anche se gli occhi rosa di Ztopik la confondevano sempre. Pensava a coniglietti con i denti da piranha ogni volta che scendevano e facevano le loro riunioni trimestrali con lui o con il suo delegato, anche se lui non aveva denti che lei fosse mai riuscita a distinguere nella piccola fessura della bocca che gli ornava il viso.

«Benvenuti, Patrick, Supervisore, ed Eva, Scienziato Capo» intonò. Era alto più di un metro e settanta e il suo corpo magro aveva a malapena le spalle per drappeggiare la veste argentea senza che scivolasse via.

«Salve, Ztopik, come vanno gli studi?» chiese Patrick mentre lui ed Eva prendevano due sedie attorno a un tavolo bianco, lasciando a Ztopik il sedile modificato da usare quando decideva di sedersi.

«Come sempre, in modo efficace, anche se più lentamente di quanto preferirei» rispose con la sua voce leggermente musicale. Ztopik attese che si sedessero prima di tirare fuori l'ultima sedia e sedersi a sua volta, aggiustandosi la veste sotto di sé. Guardò di nuovo i due umani, senza mai battere le palpebre. «Mi sembra di capire che ci sono degli avvenimenti in superficie.»

Oh merda, pensò Patrick. Aveva sperato di tenere nascosto a Ztopik tutto ciò che riguardava la RDS. Nel 1979 c'era stato un incidente critico in quei due livelli che aveva ucciso centinaia di persone. Le aveva uccise facilmente, in effetti. Il lavoro di Patrick era un delicato equilibrio tra il permettere che si verificasse il male necessario per acquisire le tecnologie necessarie da Ztopik e dalla sua gente laggiù in quei livelli.

«Ci sono sempre degli avvenimenti, ma di quale stai chiedendo?» li interruppe Eva, con la voce incrinata. Ztopik ignorò le sue debolezze vocali; era divertito da quanto lei temesse quegli incontri. La paura era la massima indicazione che eri uno schiavo, non un padrone.

Ztopik non temeva nulla su quel pianeta.

«Mi risulta che gli umani che hanno dichiarato di essere in comunicazione con gli alieni quasi cento dei vostri anni fa, in questo momento stanno comunicando con emissari esterni?» Il volto bianco senza capelli si voltò avanti e indietro tra i due umani.

«Sssì» acconsentì Patrick, tirando per le lunghe la sua risposta per darsi il tempo di pensare a dove Ztopik volesse arrivare.

«Voglio che uno dei vostri uomini partecipi alla riunione» concluse l'alieno.

«Perché? Non è pericoloso?» chiese Eva, la cui curiosità fece passare in secondo piano la paura.

Ztopik si voltò e fissò Eva per un attimo, prolungando il silenzio. Quel piccolo gioco di potere irritava Patrick, ma lui ed Eva avevano discusso per anni sulla sua paura e con lei non aveva ottenuto nulla. A Ztopik piaceva stuzzicare Eva.

Forse gli dava una versione aliena di un'erezione. Chi poteva dirlo?

Eva borbottò qualcosa di incomprensibile e Ztopik girò leggermente la testa prima di rispondere: «No, siamo in grado di bloccare il ricordo di questo luogo da parte del dottor Abesemmins e di fornirgli una storia di copertura adeguata, a tempo debito.»

«Vuoi che vada Abesemmins?» sbottò Patrick. Di tutti i membri della squadra umana, Abesemmins era il meno probabile che lo volesse.

«Certo» rispose Ztopik a Patrick. «Ha una buona copertura, giusto?»

«Be', sì» rispose Patrick. Diamine, tutti loro avevano buone coperture con il governo.

«La mia gente proteggerà la sua mente e darà istruzioni su ciò che desideriamo sapere da coloro che hanno fornito la tecnologia. Stabiliremo se qualcuno qui su questo mondo le ha fornito le informazioni che ha.»

«Quale gente?» Patrick era confuso. Per quanto ne sapeva, Ztopik era l'unico leader. Non era a conoscenza di altri alieni come Ztopik sulla Terra. Patrick non era nemmeno sicuro se Ztopik fosse un vero e proprio emissario o rappresentasse la versione della sua razza di un gruppo scissionista. Se ci fossero stati altri della sua specie sulla Terra, sarebbe stato un problema.

«Al momento non è dato saperlo, sorvegliante Patrick.»

Ahhhh, merda. Ztopik stava usando il suo titolo ora. Era come se un genitore dicesse il nome completo di un figlio.

«D'accordo. Come possiamo aiutarvi?» chiese Patrick.

«Credevo fosse ovvio» rispose Ztopik. «Desidero che il dottor Abesemmins scenda qui, e poi vada in questo viaggio con il governo americano nello Schwabenland per parlare con Maria Orsitsch. Farà alcune domande e, a seconda di come lei risponderà, saprò se abbiamo un problema.»

«Quale problema?» sbottò Eva.

Patrick sollevò un sopracciglio. Cosa l'aveva fatta innervosire?

«Un nome che non significa nulla per lei, dottoressa Eva Hocks.»

«Forse, forse no» tentò Patrick, cercando di distogliere l'attenzione di Ztopik da Eva. Le sue interruzioni lo infastidivano; erano come un gatto disgustato da un topo che cercava di combattere invece di fuggire.

«Vai avanti, sorvegliante Patrick.»

«Noi sentiamo molto in tutti i tipi di ambienti. Forse se conoscessimo questo nome, lo riconosceremmo o diremmo alla nostra gente e ai nostri contatti di ascoltarlo.»

Ztopik ci pensò, poi abbassò leggermente la testa sul suo fragile collo. «Hai ragione, Patrick. Il nome che tu e la tua squadra dovreste ascoltare o cercare...» Gli occhi di Ztopik, che in genere non davano mai segno di alcuna emozione, sembrarono lampeggiare di rosso come se un'onda velocissima li avesse attraversati, per poi schiarirsi e tornare al solito rosa.

«È "kurtheriano".»

New York City, New York, USA

Tabitha inarcò le spalle nel cappotto. Non le serviva per riscaldarsi, ma piuttosto per coprire le armi e la Bat-merda che aveva nascosto intorno al corpo.

Poteva uccidere Bobcat e William. Quei figli di puttana erano entrati nelle stanze dei Tonti, avevano bevuto birra e guardato il film di Batman con Michael Keaton, poi avevano seguito la versione con Christian Bale e si erano messi a parlare di tutti i meravigliosi giocattoli di Batman.

Poi avevano quasi sussurrato che i giocattoli di Tabitha e quelli di Batman erano un po' la stessa cosa, no? Così ora Tabitha aveva dei Bat-giocattoli. Persino Jean Dukes le chiedeva dei suoi giocattoli quando andava a chiedere di un'altra arma o di un'idea di arma.

Li avrebbe presi per le palle e sollevati in aria mentre cantavano come i soprano che dovevano essere. Non si rendevano conto che quella stronzata dei Bat-giocattoli sarebbe durato per decenni?

Dio, i vampiri non dimenticavano nulla. Era come se assaporassero ogni piccolo scherzo del cazzo *per sempre*.

L'orologio batté contro il polso e Tabitha girò a sinistra in una stradina che sembrava tagliare per l'albergo in cui alloggiavano lei e la squadra. Si stava facendo buio presto e il freddo vento autunnale soffiava sulla strada.

Se Bethany Anne non avesse così tanto bisogno di Bobcat e William...

«*Ay, mamí, tù tan caliente!*» chiamò un uomo da davanti a lei, seguito da un paio di fischi. Tabitha si concentrò davanti a sé invece che sui suoi piedi, furiosa per quei due tizi irritanti, e riuscì a vedere cinque ragazzi che le venivano incontro dall'incrocio davanti a lei. Sgranò gli occhi. Non aveva tempo per quelle stronzate, ma sentiva il bisogno di farlo comunque. Si guardò intorno e sorrise. Dall'altra parte della strada c'era un vicolo buio, umido e puzzolente.

Perfetto!

Al momento non poteva fare nulla a Bobcat e William (che avessero o meno intenzione di crearle problemi), ma quegli stronzi sembravano un diversivo piacevole.

«Baciatemi il culo, gringo di merda!» urlò e attraversò in fretta la strada, facendo in modo di sembrare che stesse cercando di allontanarsi dai ragazzi. Sorrise quando sentì i borbottii e le esclamazioni dietro di lei e i loro passi veloci nella sua direzione. Non aveva nascosto il suo accento, il che li aveva fatti solo arrabbiare di più.

A volte essere un Ranger della Regina, con i compiti che comportava, era un vero piacere.

__Schwabenland, Antartide__

Il dottor Abesemmins rabbrividì nonostante i pantaloni lunghi e il cappotto. Volare su un aereo convenzionale fino all'Antartide era un prezzo che era disposto a sopportare se ciò gli dava la possibilità di parlare con Maria Orsitsch.

Gli ci era voluta più di una settimana e mezza per pensare a come convincere sia Eva sia Patrick che dovevano cogliere l'occasione di saperne di più dal gruppo Thule, visto che erano riemersi di nuovo. Il gruppo Thule era rimasto per lo più in silenzio, e ora la possibilità di vedere se sapevano più di quanto avevano divulgato fino ad allora era un'occasione d'oro.

Un'occasione d'oro che dovevano sfruttare.

Abesemmins era rimasto scioccato quando sia Eva sia Patrick avevano accettato il suo argomento la prima volta. Tuttavia, a caval donato non si guardava in bocca, così si affrettò a fare le valigie prima che cambiassero idea.

Abesemmins guardò fuori dal finestrino mentre l'aereo virava per iniziare l'atterraggio. A quanto gli risultava, c'erano quattro di quei maledetti aerei da pattugliamento monoposto RDS in volo. Un paese aveva commesso l'errore di credere che la RDS non avrebbe sparato contro ospiti inattesi, e aveva capito di avere ragione.

Ma il gruppo Thule non aveva remore ad abbattere il velivolo. Sette persone su quell'aereo erano morte e il messaggio che arrivava da Schwabenland era: «Quando diciamo "no" *intendiamo "no".*»

Messaggio ricevuto.

Di recente erano stati inviati inviti ad alcuni Paesi, proponendo di parlare con i loro rappresentanti per verificare se lo Schwabenland volesse stringere un'alleanza con loro.

Quello, ovviamente, aveva provocato un tumulto all'interno delle Nazioni Unite. Quel circo stava peggiorando sempre di più. Anche Patrick aveva dovuto ammettere che l'alleanza dello Schwabenland con un altro paese avrebbe probabilmente causato un grosso problema all'ONU.

Non era un problema suo.

L'aereo toccò il ghiaccio e si sentì solo un po' di oscillazione mentre il pilota lo teneva sotto controllo. Abesemmins sentì che l'atterraggio sarebbe stato sicuro e tirò il fiato.

La tensione che aveva sentito alla bocca dello stomaco si allentò appena.

Abesemmins era uno dei dodici delegati degli Stati Uniti. Nessuno sull'aereo lo conosceva, quindi tutti i passeggeri pensarono che fosse stato isolato in qualche programma governativo o altro e avevano ragione fino a un certo punto.

Era qui per vedere se riusciva a trovare le informazioni che i suoi collaboratori stavano cercando.

New York City, New York, USA

Il vicolo di Tabitha terminava in un piccolo cortile in cui confluivano tre edifici, che le davano un'area di circa sei metri per nove per giocare. Le porte sul retro avevano sbarre di metallo arrugginito e c'era una vecchia luce che faceva del suo meglio per brillare attraverso la sporcizia che la ricopriva.

Si girò e li aspettò mentre i cinque ragazzi entravano nel vicolo.

Invece di correre verso di lei, rallentarono e si avvicinarono con calma.

Tipico. Rallentare ed esaltare il terrore per la donna in modo da potersene nutrire.

C'era un cassonetto alla sua destra, accanto a una porta che odorava di cibo cinese. Guardò gli uomini e si diresse verso il cassonetto e, con uno stridore di metallo sul cemento, lo allontanò dal muro. In quel modo il coperchio, quando lo sollevò, sarebbe rimasto aperto.

Tornò verso il centro e alzò un sopracciglio. Un paio di giovani duri guardarono di traverso i loro amici, ma nessuno volle ammettere che quella piccola dimostrazione di forza li aveva spaventati.

«Signori» iniziò Tabitha mentre si disponevano a ventaglio nel punto in cui il vicolo si apriva sul cortile, «e con "signori" intendo "stronzi"...»

«Questo non è il modo giusto di rispettare gli uomini che ti circondano» interruppe il duro di mezzo, sputando per terra. Indossava una giacca di jeans con sotto una felpa nera e il suo accento le sembrava americano di prima o seconda generazione.

Tabitha, con la mano sul fianco, fece un cenno ai suoi vestiti. «Quello che non è appropriato è quel vestito! Tua madre non ti ha insegnato a vestirti?» Il suo viso rendeva evidente ciò che pensava del suo aspetto.

Un paio di ragazzi con lui cominciarono a brontolare e il ragazzo al centro mise le mani in alto, spingendo verso il basso come se volesse calmare quelli con lui. «Questo non è un modo per uscire da questa situazione in modo sicuro» rispose il capo dei coglioni. «E nemmeno parlare di mia madre.»

«Non ho parlato di lei, ho chiesto a suo figlio se ti ha insegnato a vestirti. Se l'ha fatto e tu ti vesti così, allora o l'hai ignorata o sei scemo come un sasso. Nessuno» fece Tabitha come se lo guardasse dall'alto in basso, «indossa una maglietta bianca con una felpa nera e una vecchia giacca di jeans. Merda, non sono passati di moda il secolo scorso?»

«Non dove è importante, muffin» rispose lui, alzando un sopracciglio verso di lei.

«Non hai niente per far lievitare un muffin, stronzo. Le giacche di jeans sono appropriate nel Sud, e forse ancora con i metallari. Tu sei qui a New York, nel fottuto freddo invernale. Dubito che una sola ragazza ti degnerà di uno sguardo» sbuffò Tabitha, e guardò le pareti da entrambi i lati.

«Stai per darmi una seconda e terza occhiata con un po' di... Cosa stai facendo?» Anche lui guardò le pareti su entrambi i lati prima di voltarsi verso di lei e sorridere. «Oh, adesso hai capito? Hai capito che non hai un posto dove scappare?»

Tabitha si girò e diede un'occhiata alle due finestre dietro di lei, confermando che non c'era nessuno. I ragazzi potevano sentirla benissimo mentre lei si voltava verso di loro e diceva allo stronzo: «Mi sto solo assicurando che non ci siano testimoni, Asso.» Lo guardò. «La ripassata che vi darò serve solo per darmi qualche ora di soddisfazione, ma è il meglio che ho a disposizione al momento, quindi, che cosa farai? Sei tutta bocca e niente azione?» La donna sottolineò il suo commento con una spinta pelvica. «Hmm?»

«Johnnie» sussurrò il ragazzo alla sua sinistra, «dai, non è giusto.»

«Non fare lo sprovveduto, Sebastian» ribatté Johnnie. «Ci ha sfidato a prenderla a calci in culo. Fidati di me» fece un paio di passi avanti e fece dei versi di sbaciucchiamento a Tabitha, «quando avrò finito con il suo culo, non sarà in grado di sedersi per una settimana.»

Al termine della sua affermazione, fece scattare il bacino verso Tabitha tra gli applausi dei ragazzi dietro di lui, che iniziarono a seguirlo.

Sebastian fece un sospiro pesante. Suo cugino era impetuoso e avventato. Sua madre diceva sempre che un giorno avrebbe messo Sebastian nei guai.

Pregò che non fosse quella sera. Mentre seguiva gli altri quattro, notò qualcosa che lo preoccupava.

Gli occhi della donna avevano appena lampeggiato di rosso?

2

Base Schwabenland, Antartide

Maria Orsitsch annuì alle sue due guardie e Hans e Horst ricambiarono il cenno mentre lei si faceva largo tra loro per entrare nella sala riunioni. La loro base, una volta messi in funzione i riscaldamenti, era a ventitré gradi molto confortevoli. Tutti i suoi erano anziani, ma in ottima forma.

Purtroppo non aveva la tecnologia per far ringiovanire il suo popolo, come l'aveva la giovane regina.

Horst sorrise. «Di nuovo l'abito, Maria?»

Si fermò davanti a lui. «Se sapessi che un pugno ti farebbe male, ti colpirei. Uno schiaffo contro quel granito che hai per testa mi farebbe solo male alla mano, Horst.» Lui le sorrise mentre lei continuava a parlare: «Sai che non mi piacciono i pantaloni che le donne indossano oggi. Gli abiti sono per le signore, grazie mille.»

«Sì» rispose Horst mentre lei si faceva largo tra i due uomini per entrare nella stanza, «ma i pantaloni ci permettono di vedere le armi di una donna molto più facilmente di un vestito, Maria.» Gli uomini sorrisero mentre chiudevano la porta dietro di lei.

Uomini! Pensò Maria. *Li congeli e li scongeli e ancora pensano solo al sesso, al sesso, al sesso.*

Maria posò il suo taccuino giallo e le matite. Preferiva scrivere gli appunti e la sua stenografia personale era completamente unica, quindi nessuno sarebbe stato in grado di decifrarla.

Tranne forse il kurtheriano. Aveva chiesto due volte a Bethany Anne di parlare con TOM, e il massimo che le era stato concesso era la comunicazione attraverso uno dei loro dispositivi telefonici.

«Maria?» chiamò Hans qualche tempo dopo. Il bussare alla porta distolse la sua attenzione dagli appunti presi durante l'incontro con i tedeschi il giorno prima. La storia del suo Paese era a dir poco drammatica. Spezzato dopo la guerra e riunito nell'ottobre del 1990, il paese riformato presentava molti aspetti positivi e negativi. Non era la Germania che ricordava.

A dire il vero, nessuno dei Paesi era come lei lo ricordava o le piaceva. Il suo ultimo incontro era con gli Stati Uniti d'America e poi avrebbe dovuto comunicare la sua decisione al suo popolo, a coloro che avevano scelto di continuare a seguirla.

Ovunque ciò li avrebbe portati.

«Sì?» rispose lei, alzando lo sguardo dagli appunti.

«Ho qui fuori Barnabas, di Bethany Anne. Chiede il permesso di parlare con te per un momento.»

«Non c'è problema, fallo entrare.» Posò la matita e si alzò in piedi.

Il visitatore entrò e fece un cenno a Maria, che ricambiò. Barnabas era una persona molto tranquilla, almeno per Maria.

«*Wie gehts?*» chiese chiudendosi la porta alle spalle.

«*Gut, und Dir?*» rispose lei prendendo posto. Barnabas non cercò mai di stringerle la mano o di abbracciarla in alcun modo; era sempre formale nei loro incontri. Di tutti coloro che seguivano Bethany Anne, lui era quello con cui si trovava più a proprio agio.

«Sto molto bene, grazie» concluse lui in inglese e tirò fuori una delle sedie. «Sei pronta per quest'ultima riunione?»

«Il più possibile. Sembra, almeno a me, che parlare con gli alieni sia un esercizio più semplice che parlare con qualcuno del futuro – o almeno del mio futuro – in questo mondo.»

«Hai preso contatto, allora?» chiese, ma poi alzò una mano, con un piccolo sorriso sulle labbra. «Mi scuso. La mia curiosità non ha limiti, come testimonierebbe Frank Kurns.»

«Sì, un altro la cui curiosità non conosce limiti. Voi due dovreste essere fratelli» rispose.

Barnabas annuì. «È stato strano il nostro primo incontro. Quando ci siamo conosciuti, io avevo delle informazioni che lui voleva e lui era una fonte di informazioni di cui avevo bisogno.»

«Davvero?» Maria abbassò lo sguardo sul taccuino e si rese conto che era quello sbagliato per i suoi appunti su Frank, e alzò di nuovo lo sguardo su Barnabas. «Mi sembrava di ricordare che avesse detto che non facevi tante domande come lui?»

Le strizzò l'occhio. «Se dobbiamo parlare di Frank alle sue spalle» esordì Barnabas, «allora la verità è che nessuno può fare tante domande quanto quell'uomo. Né» fece un cenno ai taccuini di Maria, «si dimentica mai di annotare nei suoi libri ogni sorta di risposta.»

Le sopracciglia di lei si aggrottarono in segno di concentrazione. «Non ricordo che scrivesse molto.»

«Mmmm.» Barnabas appoggiò le mani sul tavolo. «Allora suggerirei che stesse registrando la riunione per prendere appunti in seguito, in modo da poter fare altre domande.» Barnabas vedeva Maria soppesare quella risposta. «Oppure era così affascinato dalle risposte che non osava rallentare, e ha scritto i suoi appunti in seguito.»

«È più probabile che sia la prima che la seconda» ragiona Maria. «Ha appoggiato il tablet sul tavolo quando abbiamo parlato.»

«Allora forse il mistero è risolto. Dubito che si fiderebbe della sua memoria, per quanto buona, senza un supporto.»

«È vero che viene dal mio tempo?» chiese.

«Frank? Sì. È stato nella seconda guerra mondiale e ha subito una procedura medica per ridurre la sua età.»

«È affascinante. Vorrei che il mio contatto mi avesse fornito queste informazioni» ammise Maria. «Non posso dire che mi piaccia stare con Bethany Anne, visto quanto è attraente.» Alzò una mano e si toccò i capelli, che stavano allungando ma non quanto quelli che aveva nella camera di stasi.

«Bethany Anne era attraente prima di essere guarita. Entrambe eravate attraenti in gioventù e lo siete ancora, credo. Tuttavia, non è per questo che sono qui a parlare con te.»

«Sì, lo so, Barnabas.» Maria prese una matita e la batté sul tavolo. «Ma tu sei l'unico con cui sento di poter condividere alcuni dei miei pensieri. Dici le cose come stanno e non cerchi di controllare la situazione o la mia decisione.»

Barnabas sollevò un sopracciglio. «Non sospetti che io sia una spia malvagia della mia regina per influenzare la tua decisione?»

Maria rise. «No! Dio, no. Se Bethany Anne volesse che facessi qualcosa, immagino che me lo farebbe dire dal capitano Kael-ven. Ho un debole per gli alieni e lei è l'unica che sembra avere un sacco di alieni intorno a sé.»

«Sì, lei acquisisce gli alieni senza provarci. È una caratteristica singolarmente unica.» Barnabas ridacchiò secco.

«Allora, se non sei qui per influenzarmi, Barnabas, a cosa devo l'onore della tua presenza?» domandò Maria. Poi sorrise, desiderando di avere cinquant'anni di meno. Avrebbe avuto la possibilità di fargli girare la testa in un cerchio completo se avesse avuto ancora il suo aspetto giovanile. C'era un motivo per cui le *Vrilerinnen* erano chiamate "le belle ragazze della *Vril Gesellschaft*".

«Sono qui per chiederti il permesso di sedermi in disparte e osservare la gente.» Sorrise. «Ti prometto che sarò un fantasma. Nessuno mi noterà.»

«Ci sono persone curiose tra gli americani che stanno arrivando, Barnabas. Dubito che ti ignoreranno.» Lui si limitò a scrollare le spalle, con un sorriso enigmatico.

Maria non era priva di risorse proprie. Sapeva che lui era diverso e vecchio. Forse antico, anche se non era mai riuscita a far ammettere a nessuno quanti anni avesse. Aveva considerato una piccola vittoria aver scoperto l'età di Frank Kurns. Annuì e chiese: «Non parli?» Quando lui scosse la testa, lei continuò: «E se chiedono di te?»

Barnabas si strinse le labbra. «Uscirò.»

I suoi occhi si spalancarono per la sorpresa. «Cosa direbbe la tua regina se non riuscissi a restare per tutta la riunione?»

«Niente. Non è stata lei a chiedermi di partecipare, sono io a richiederlo in quanto capo dei Ranger della Regina.» Si spostò sulla sedia. «Sono tre anni che diamo la caccia a diversi individui e sono convinto che cercheranno di essere qui.»

«Sono americani?»

«Abbiamo rintracciato le loro astronavi nello spazio aereo statunitense, ma non possiamo andare oltre senza rischiare uno scontro con gli americani.»

«Ora possono vedere le vostre navi?» chiese Maria. Barnabas si limitò a scrollare le spalle. «Tieni i tuoi segreti» lo rimproverò. «Sono solo una vecchia, cosa posso fare?»

Barnabas la sorprese con una breve risata. «Vecchia?» I suoi occhi, notò lei, erano bellissimi quando un sorriso gli illuminò il volto. «Credo che tu debba forse procurarti un altro specchio in questa terra, Maria.» Si alzò e spostò una sedia dall'estremità vicino a lei, mettendola in un angolo. «Con il tuo permesso mi siederò qui.»

Maria annuì e si chiese come avrebbe potuto lavorare con lui seduto dietro di lei nell'angolo.

«*Maria*» la voce di lui si intromise chiara nella sua mente, *«non sono qui. Sono uscito. Sarebbe bene che tu continuassi a fare quello che stavi facendo prima che ti interrompessi.»*

Maria abbassò lo sguardo sui suoi appunti e girò la pagina mentre guardava l'orologio sulla parete. Gli americani dovevano arrivare entro venti minuti. Sperava che Barnabas riuscisse a tornare nella stanza prima del loro arrivo. Aveva un modo di farla sentire in pace in quel periodo turbolento per il suo popolo.

New York City, New York, USA

Johnnie estrasse un coltello. «Hai due possibilità: darmelo liberamente o darmelo dolorosamente. In ogni caso, *chica*, mi darai il culo.»

Tabitha rise. «Scusa, questo culo» indicò dietro di lei, «ha un tatuaggio "non sono ammessi cazzi piccoli".» Alzò una mano. «È così, con un cerchio e una barra sopra.» Il pollice e l'indice fecero il simbolo universale di molto, molto piccolo.

«Allora immagino che tu abbia scelto "doloroso"» sogghignò Johnnie facendosi avanti, ridendo tra sé e sé. Quella donna parlava tanto, ma non si era nemmeno preparata a combattere. Non aveva assunto una posizione di combattimento con i piedi affiancati alla larghezza delle spalle.

Per lui andava bene.

Fece una finta per attirare l'attenzione della donna, girò il coltello in modo che la lama fosse lontana dal suo viso e tirò un pugno.

Avrebbe potuto tagliarla più tardi, ma non voleva ancora preoccuparsi di sfregiare una donna così bella. Soprattutto se si trattava solo di un pugno...

«Cazzo!» grugnì quando la donna gli afferrò la mano a metà del colpo con la sinistra e lo bloccò. Il suo pugno si fermò per un attimo tra i due prima che lei lo strattonasse ulteriormente in una direzione leggermente diversa, facendogli perdere l'equilibrio. Gli diede un pugno in fronte con la mano destra e lui crollò a terra in un cumulo di incoscienza.

Con uno fuori dalla lotta, tre degli altri le saltarono addosso. Il quinto uomo si tenne indietro, con gli occhi che guardavano a destra e a sinistra nell'ombra.

«Ooohhhooooo!» strillò Tabitha e aumentò leggermente la velocità. Quando cercarono di colpirla, lei scivolò via e i colpi la mancarono per un soffio. Così vicini, eppure troppo lontani. Sbatté il gomito contro il lato della testa del secondo idiota.

Due in meno.

Tabitha sferrò un calcio e colpì il quinto uomo allo stomaco. Il ragazzo si accasciò e si afferrò l'addome, cercando invano di fermare il dolore improvviso.

«Mi dispiace» esclamò Tabitha mentre schivava un calcio del ragazzo numero quattro. «Non posso avere qualcuno alle spalle in questo modo. Hirotoshi mi farebbe fare mille flessioni e io...» Bloccò il pugno successivo del tipo numero tre con il palmo della mano e poi gli diede rapidamente un doppio pugno allo stomaco. Gli afferrò la testa mentre si piegava e gliela sbatté sul ginocchio che si alzava. Mentre lui crollava, lei concluse: «...odio assolutamente le flessioni.»

L'ultimo ragazzo aveva dimostrato di avere più muscoli che cervello quando aveva cercato di afferrarla in un abbraccio. La sua velocità superiore offriva poche opzioni e lei decise di divertirsi. Gli permise di prenderla e lui rise mentre la sollevava e la stringeva forte.

«Attento alle ta-tas, stronzo» disse infuriata. «Qui non ci sono palloncini del cazzo, imbecille!» Gli sbatté la fronte sul mento, facendolo barcollare, poi aprì le braccia per rompere la presa e si lasciò cadere al suolo. Gli diede un forte pugno nello stomaco e poi, con nonchalance, gli spaccò il cranio.

«E un altro morde la polvere» concluse mentre gli occhi di lui si rovesciavano all'indietro e crollava a terra. Si guardò intorno. Quattro ragazzi spenti, uno ancora tossiva e si stringeva lo stomaco. Si abbassò e afferrò il colletto della giacca di jeans blu del primo cazzone e si avviò verso il cassonetto. «Tu finirai in fondo. Forse il peggio è lì.» Gli afferrò il braccio, il passante della cintura e un po' di tessuto dei jeans nelle vicinanze e lo gettò con disinvoltura nel cassonetto. Qualcosa scricchiolò insieme al rumore del suo corpo che atterrava. Dalla spazzatura si levò un aroma che fece storcere il naso a Tabitha.

«Maledizione, questa sì che è merda» commentò mentre ne afferrava altri due, li tirava e li buttava dentro. Afferrò gli ultimi due, uno dei quali si teneva ancora lo stomaco, mentre li tirava entrambi per le gambe verso il cassonetto.

Dopo aver buttato dentro quello in coma, si chinò accanto all'ultimo ragazzo. «Mi dispiace, numero cinque. Apprezzo che tu ci abbia provato, ma la migliore riduzione della tua pena è che non ti butterò» fece un cenno al cassonetto, «lì dentro.» Si alzò e gli diede un calcio sul lato della testa. «Ma devi comunque essere punito» concluse rivolgendosi al ragazzo ormai privo di sensi.

Un attimo dopo era di nuovo in strada e riprendeva la passeggiata interrotta fino all'albergo.

I suoi passi erano un po' più leggeri di prima.

<u>Sede delle Nazioni Unite, New York City, USA</u>

«Quello che abbiamo» disse l'ambasciatore cinese agli altri undici membri delle Nazioni Unite presenti nella stanza chiusa, «è una società o un'entità o un gruppo di esseri umani che hanno usufruito di ciò che il mondo offre e non danno nulla in cambio. Egoismo in azione.» Zhou si guardò intorno e si compiacque.

Tutti annuivano con la testa nella giusta direzione. Cioè, erano d'accordo con lui.

«Stanno anche prendendo il meglio del nostro popolo!» intervenne l'ambasciatore Jackson Emeka, proprio al momento giusto. Quasi come se fosse stato pianificato ore prima in una riunione privata, una delle tante che l'ambasciatore Zhou aveva tenuto negli ultimi due giorni.

Per tre anni il governo cinese aveva seguito le tracce dei clan che possedevano la tecnologia aliena nel proprio Paese. Alcune persone erano morte da entrambe le parti, ma nessuna tecnologia era mai stata recuperata. Avevano catturato vivi due membri del clan e avevano intenzione di fare ricerche su di loro, ma si erano uccisi e i campioni di sangue erano quasi inutili.

I ricercatori, gli era stato detto, avevano speranze, ma i segreti del sangue non arrivavano e alcuni politici di alto livello avevano esaurito la pazienza. Era arrivato il momento di passare alle maniere forti.

Per l'ambasciatore Zhou era giunto il momento di utilizzare le alleanze e i debiti coltivati con cura che la Cina aveva accumulato nel corso degli anni.

«Non hanno preso tutti» rispose l'ambasciatore Jamil Franklin. L'ambasciatore Zhou amava un dibattito ben scritto.

«Sì, e perché?» chiese l'ambasciatore Emeka. «È perché hanno la capacità di sapere chi ha i nostri segreti? Forse cercano solo coloro che possono dare un tocco in più, per così dire, ai loro obiettivi nascosti? So che sostengono di andare tra le stelle per combattere altri alieni, ma perché stanno costruendo una gigantesca stazione spaziale?»

«Una *cosa?*» chiese l'ambasciatrice Billony, alzando le sopracciglia per la sorpresa.

«La loro stazione spaziale» ripeté l'ambasciatore Zhou, riprendendo il comando della conversazione. «La RDS ha costruito in segreto una stazione spaziale nella Cintura degli Asteroidi negli ultimi tre anni. Abbiamo le immagini di alcuni dei nostri mezzi spaziali.»

«Cosa se ne fanno di una stazione spaziale?» insistette lei, voltandosi dall'ambasciatore Emeka all'ambasciatore Zhou.

«Questa è una buona domanda» rispose Zhou. «La spiegazione ufficiale non ufficiale che abbiamo appreso da conversazioni segrete è che la usano per le centinaia di migliaia di persone che hanno sottratto ai nostri rispettivi Paesi. I migliori del raccolto» fece un cenno all'ambasciatore Emeka, «che hanno sottratto ai nostri Paesi, forse soffocando la nostra capacità di andare avanti.»

Le labbra dell'ambasciatrice Billony si strinsero. Era nuova nel gruppo; il suo paese, in Europa, era stato di recente sottoposto a elezioni e la vecchia guardia era stata cacciata. Il nuovo presidente e il nuovo gabinetto erano certamente più bellicosi nei loro discorsi contro la RDS.

Alla Cina era costato uno sforzo notevole sostenere il nuovo presidente durante le elezioni senza farsi scoprire. La corsa era ancora vicina a un mese dal voto, ma poi una o più fonti senza nome avevano fatto cadere una quantità significativa di e-mail e altri documenti che avevano cambiato le elezioni. Con così tanti contenuti da analizzare, nessuno si era chiesto chi potesse aver girato i due brevi filmati che mostravano il presidente con persone discutibili e che avevano influenzato gli indecisi rimanenti e spinto la vittoria da vicina a schiacciante.

«Allora come li fermiamo?» domandò lei. «Rispettano il divieto di sbarcare nei nostri Paesi, ma la nostra gente va in altri Paesi.»

«Hanno solo usato questa regola per filtrare quelli che non erano seri» rispose Emeka. «Gli Stati Uniti, per ora, permettono loro di prendere persone dal loro Paese. Hanno acquistato un terreno e lo usano come terminal spaziale. Gli Stati Uniti non li hanno fermati.»

«La decisione di cambiare lo stato delle cose potrebbe essere vicina, da quanto capisco» interruppe Zhou, e tutte le teste si girarono verso di lui. «L'attuale presidente non è un grande fan come lo era il precedente. Al momento, il massimo che è stato fatto contro la RDS è imporre loro di compilare i piani di volo, il che consente agli Stati Uniti di testare i loro radar e altre postazioni difensive e l'acquisizione dei bersagli.»

«Non ci serve a un granché» brontolò Billony.

Zhou scrollò le spalle. «Non è che la nostra gente non possa comunque andarsene e andare negli Stati Uniti, quindi dovrebbero ammettere che stanno smettendo di fare le loro sciocchezze da "terra della libertà" se fanno altrimenti. So che stanno soffrendo per alcune perdite significative di personale militare, scientifico e di tecnologia avanzata.»

«Ora sanno come ci si sente» sbottò Billony, «quando i propri dipendenti vanno in un altro Paese e vi rimangono, senza tornare per aiutare il proprio a migliorare le proprie competenze.»

Molti dei presenti annuirono con simpatia. Gli Stati Uniti stavano ricevendo la ricompensa per aver fatto lo stesso a tutti loro e a molti altri Paesi del mondo negli ultimi cento anni. Nessuno avrebbe versato una lacrima per gli americani, che avevano perso alcuni dei loro stessi cittadini a causa della RDS.

Ma nessuno volle ammettere di avere un Paese o un governo in cui non si voleva tornare o che non si voleva sostenere.

«Quanti ne stanno prendendo ora?» chiese l'ambasciatore Franklin.

L'ambasciatore Emeka sfogliò un paio di pagine davanti a sé. «Sta rallentando. Hanno aggiunto circa cinquemila persone alla lista degli emigranti per ognuno degli ultimi tre mesi.»

Franklin indicò il foglio dall'altra parte del tavolo. «Se credi che abbiano messo tutti i nomi sulla lista. Potrebbero essere cinquantamila, non lo sapremmo.»

Zhou rispose. «Non sappiamo se non sono quindicimila persone a lasciare la Terra. Non sappiamo se non sono sinceri con noi, quindi forse concediamo loro il beneficio del dubbio? Se il numero è di duecentocinquantamila a oggi e ogni persona vivrebbe in media cinquant'anni, sono molti, molti anni di progresso e di risorse di cui il mondo farà a meno.»

Si udì un epiteto dall'estremità del tavolo. Quando tutti si voltarono, il volto dell'ambasciatore Jameson diventò rosso. «Scusate, ho appena fatto i conti. Sono dodici milioni e mezzo di anni di sostegno che stanno rubando.»

Zhou, notando l'occasione perfetta per pugnalare quando poteva sembrare gentile, rispose: «Be', possiamo presumere che non sarebbero così utili prima dei vent'anni, quindi probabilmente si tratta di un aiuto di circa sette milioni e mezzo di anni.» L'ambasciatore Jameson guardò Zhou e sollevò un sopracciglio. Zhou sorrise e alzò le mani. «Mi dispiace, hai ragione. Sette e mezzo è ancora troppo tempo da permettere alla RDS di rubare.»

Zhou si voltò verso il tavolo. «Sembra che siamo d'accordo, sì? È ora che la RDS paghi per ciò che ha preso dal nostro mondo.»

3

NRS ArchAngel, in rotta verso la Terra

Bethany Anne, vestita di jeans e felpa bianca, fece un cenno alle due guardie davanti al laboratorio di sviluppo delle armi di Jean Dukes. «Signori.» Non conosceva nessuno dei due, il che non era una situazione insolita ora che avevano permesso a quasi quattrocentomila persone di entrare nel suo regno.

«Mi dispiace, signora, ma abbiamo bisogno di un pass» le disse il primo. Bethany Anne sentì Eric sbuffare dietro di lei, che si afferrò il colletto e iniziò a parlare sottovoce.

«Ho bisogno di un pass?» Bethany Anne chiese ai due uomini, guardandoli avanti e indietro in modo confuso.

«Sì, signora» spiegò la seconda guardia. «Il guardiano Peter ci farebbe il culo se ammettessimo qualcuno senza le dovute credenziali.» La prima guardia annuì.

«Giusto.» Bethany Anne alzò la mano e la girò con il palmo verso di lei, sollevando il dito medio e facendo segno di no.

«Signora» esordì il primo, poi i suoi occhi si allargarono quando un'unghia lunga tre pollici e straordinariamente affilata si estese dal dito medio della donna e i suoi occhi diventarono rossi.

«Ora, di *quale* lasciapassare ha bisogno la regina, esattamente?»

In quel momento, i quattro sentirono dei passi veloci e un ruggito: «È la regina, *idioti!*» mentre Peter girava l'angolo. Il suo sguardo si soffermò sui due uomini, che erano sbigottiti, e sulla mano di Bethany Anne e i suoi occhi rossi che li fissavano.

Eric sorrise, mentre Peter cercava di nascondere la sua frustrazione, rallentando la corsa e raggiungendoli. «Sadhi, Ken, non avete prestato attenzione alla lista delle immagini più importanti?» La smorfia di Peter fu sufficiente a scuotere gli uomini dal loro torpore.

«Ma signore» esordì quello di sinistra, «la regina era vestita di nero e... e...» Sadhi si leccò le labbra e lo sguardo tornò su Bethany Anne. La sua mano si era abbassata, l'unghia era tornata normale e lei lo guardava senza gli spaventosi occhi rossi.

Peter si rivolse a Bethany Anne. «Ovviamente abbiamo qualche lacuna nella nostra formazione, Bethany Anne. Le mie più sincere scuse.»

Gli diede una pacca sulla spalla. «Apprezzo lo sforzo, e anche se non mi riconoscono quando sono vestita in modo normale, potevano prestare attenzione al distintivo sulla spalla di Eric.» Bethany Anne si divertì a vedere gli occhi di entrambi gli uomini seguire il suo pollice fino alla toppa da Stronzo di Eric e poi passare rapidamente alla stessa toppa sul braccio del loro capo. Gli occhi di Ken si chiusero lentamente nella classica mossa del "come ho potuto essere così ottuso".

Sadhi, invece, sembrava voler discutere ancora. Peter lo sollevò in aria per la camicia con un braccio e sibilò: «Non dire una parola. Siamo d'accordo?» Sadhi guardò il suo capo e annuì.

«ArchAngel, apri questa porta» ordinò Bethany Anne e la voce della nave uscì dagli altoparlanti vicino alla porta. «Sì, Bethany Anne.»

Sadhi guardò Bethany Anne ed Eric mentre le porte si aprivano e loro le attraversavano, poi si voltò a guardare il suo capo, che ancora non lo aveva mollato.

«Se mai dovessi essere così stupido da discutere di nuovo con le persone sbagliate, fidati di me quando ti dico che Bethany Anne e i suoi Stronzi hanno un modo di insegnare molto duro.»

Peter aprì la presa e Sadhi cadde a terra. «Ora, voi due prendete i vostri tablet e aprite il libro sulle persone importanti. Voglio che scriviate la vostra storia su quello che è appena successo e magari qualche idea su come essere maledettamente sicuri di capire quando la regina verrà a bussare, capito?» ringhiò.

«Be'» si offrì Ken, «gli spaventosi occhi rossi sono una caratteristica unica.»

Peter rise. «Dovreste esserne felici. Di solito non è di buon umore quando arrivano quegli stronzi.»

«Era di *buon* umore, signore?» chiese Sadhi. La mano gli tremava un po' mentre tirava fuori i documenti che Peter gli aveva detto di esaminare.

«Cazzo, *sì*, quello era il suo buon umore» ringhiò Peter mentre si voltava per andarsene, chiamando da sopra la spalla mentre si allontanava. «Altrimenti il tuo culo sarebbe *morto*.»

La sua risposta rimase nell'aria per molto tempo dopo che ebbe girato l'angolo e i suoi passi si allontanarono lungo il corridoio.

Schwabenland, Antartide

Le credenziali del dottor Abesemmins passarono insieme a quelle di chi lo accompagnava. Si guardò intorno alla grande bocca della grotta, che era stata sgombrata e ospitava diversi tipi di veicoli. Alcuni erano stati costruiti di recente per uscire dalla grotta, mentre altri sembravano essere in circolazione dalla Seconda Guerra Mondiale.

Alcuni erano di design unico, realizzati molto tempo fa.

Abesemmins avrebbe voluto dare un'occhiata, ma il suo compito era chiaro.

Entrare, prendere appunti, fare domande e tornare al suo lavoro a Washington.

Gli Schwabenlander sembravano tutti vecchi. In forma, ma decisamente vecchi. Diavolo, se la sua gente avesse aspettato abbastanza a lungo, sarebbero stati in grado di tornare dopo la loro morte, che sarebbe avvenuta sicuramente entro i prossimi due decenni, e di prendere quello che volevano.

Oppure, considerando l'aspetto forte di una delle guardie, forse non erano così fragili.

Metà del gruppo fu accompagnata in una minuscola sala d'attesa e la porta si chiuse alle loro spalle. Abesemmins guardò l'uomo dietro il vetro.

«Esponete le vostre ragioni per essere qui» chiese, con il suo accento germanico pesante. J.J. Aspens prese la parola.

«La delegazione statunitense che deve incontrare la signora Orsitsch.»

«Mi sembra di capire che ha dodici persone con sé, dottor Aspens?»

«Sì» rispose JJ. «Ne abbiamo altri sei che aspettano fuori.»

«Composizione delle persone fuori?»

«Due signore, quattro signori.»

«Capito, dottor Aspen. Benvenuto a Schwabenland.» La porta dall'altra parte della piccola stanza si aprì mentre un cicalino suonava.

Abesemmins uscì con gli altri e un minuto dopo gli altri uscirono dalla camera.

«Dottori?» Una donna di mezza età parlò dalla sua destra di. Lui si girò e lei continuò: «Volete seguirmi tutti?»

La seguirono, mentre lei diceva con voce piacevole: «Per favore, non lasciate il gruppo. Sarebbe molto pericoloso.»

Abesemmins annuì. Erano stati informati del potenziale caos

che attendeva coloro che andavano a visitare la base senza permesso.

I risultati erano spesso letali.

Supponeva che non ci fossero molti avvocati nello Schwabenland. Se ne avevano avuti, la loro curiosità era stata fatale.

Ci misero circa cinque minuti per raggiungere la sala conferenze attraverso corridoi che non presentavano nulla di interessante da vedere. Abesemmins, di solito bravi con i luoghi sotterranei, sospettavano di essere vicini all'ingresso e al punto di partenza. Tuttavia, dovevano aver pianificato il viaggio per saltare alcune aree.

Interessante.

Il laboratorio di ricerca e sviluppo di Jean Dukes

«Ehi, capo» chiamò Jean dal fondo della stanza. Era ingobbita e indicava un ologramma di progetto che uno dei suoi ingegneri aveva proiettato sopra la sua scrivania.

«No, non superate il limite proprio qui. La gravitazione si deformerà in quel punto e avremo un problema. Credetemi, ci siamo passati anni fa quando abbiamo costruito questa nave. Ha fatto impazzire Marcus e TOM.»

«Non vogliamo che succeda di nuovo, vero?» commentò il suo uomo prima di impartire comandi subvocali al computer che gestiva il software di progettazione.

Bethany Anne si avvicinò e fece cenno a Jean di allontanarsi.

Jean strizzò l'occhio a Eric. «Come va, hombre?»

Eric ricambiò l'occhiolino, ma non rispose. Continuò a guardarsi intorno e a osservare la sua gente. Jean aveva avuto una lunga conversazione con John sulla fiducia nella sua squadra qualche tempo prima. Alla fine aveva capito che nessuno degli Stronzi pensava che ci fosse qualcosa di male nella gente *di Jean*, ma che dire del controllo mentale?

Con gli alieni là fuori e quello che le era stato detto sulle capacità di Bethany Anne, era una possibilità.

Jean si voltò verso Bethany Anne. «Capo?»

«Volevo solo sapere come stavano andando i progetti» rispose Bethany Anne.

«Ah, la gestione con passeggiata» dichiarò Jean. «D'accordo, il Progetto T113» fece un cenno alle sue spalle, «è leggermente in anticipo sulla tabella di marcia, se riusciamo a risolvere questo problema di gravità che ronza là dietro...»

«Ehi!» esclamò l'ingegnere. Decise invece di concentrarsi intensamente sul suo progetto quando entrambe le signore si voltarono a fissarlo.

Jean si rivolse nuovamente a Bethany Anne. «Come stavo dicendo prima che Buzzkill mi interrompesse bruscamente, il Progetto T113 è sulla buona strada, anzi è leggermente in anticipo. Cercare di spingere tutto questo metallo attraverso l'eterico fa venire a tutti l'emicrania.»

«E i motori di TOM?» domandò Bethany Anne.

«TOM non sa esattamente come funziona. Era un pilota.»

«Non è uno scienziato della propulsione a curvatura a fusione eterica» concluse Bethany Anne. «Me lo ricorda sempre.»

Non sempre.

Ogni volta che faccio una domanda sui tuoi motori.

Spingo i pulsanti, calcolo l'accuratezza della posizione in base alle informazioni sulle pulsar kurtheriane e sulle onde gravitiche presenti nel database, seleziono il mio prossimo obiettivo, schiaccio il pulsante quando i motori hanno abbastanza potenza e riserva e incrocio le dita.

È questa capacità di incrociare le dita e sperare che ti ha reso un pilota, TOM rispose Bethany Anne. *Una caratteristica insolita nella vostra gente.*

Vero.

So che ne sai di più. Penso che potremmo trovare un piccolo scienziato missilistico kurtheriano in te.

Bethany Anne sentiva che TOM stava valutando il suo commento. Aveva bisogno che TOM fosse concentrato sul gioco. Se solo fosse riuscita a fargli ammettere che avrebbe potuto contribuire a quel progetto come un vero esperto e non come uno scribacchino, avrebbe potuto aiutare il loro gioco.

Forse rispose TOM alla fine.

Soddisfatta che il suo progetto con TOM fosse in dirittura d'arrivo, Bethany Anne continuò a parlare con Jean Dukes.

«Dunque, veniamo al Progetto Gauntlet» esordì Jean.

«È il preferito dei Guardiani. Mi sorprende che Peter non fosse qui dentro e avesse solo due dei suoi lacchè fuori.»

Jean emise un *hmm*. «Questo spiega perché non abbiamo avuto tante interruzioni come prima.»

«Non sapevi di avere due guardie fuori?» domandò Bethany Anne.

«Be', sì, lo sapevo, ma non avevo capito che Peter lo facesse perché aveva notato quante persone a caso entravano e ci interrompevano.»

«Ha funzionato?»

«Sì.» Jean si voltò verso un'altra postazione di lavoro, un cubo alto novanta centimetri per lato. In superficie era di legno, sotto era un computer racchiuso nel metallo. Il piano di legno offriva a chi stava intorno un posto per appoggiare i tablet mentre parlava.

Bethany Anne si mise al secondo lato della scrivania, mentre Jean accedeva al computer e iniziava a eseguire la complicata procedura di login prima che Gauntlet apparisse nell'ologramma. C'erano tre taglie. Una si adattava a un umanoide alto due metri, una a un uomo robusto e l'ultima a una donna forte.

«Queste tute permettono ai Wechselbalg o ai Marines Guardiani di entrare in azione, di vestirsi e di diventare duro tutt'uno con la sua tuta.»

«La più grande?» Bethany Anne poteva indovinare, ma voleva che fosse Jean a rispondere.

«Uhhh...» Jean sorrise. «Be', Peter, Nathan ed Ecaterina volevano qualcosa che potessero usare se fossero stati Pricolici.»

«Qual è la riserva, se si ribellano e non cambiano di nuovo?» Bethany Anne allungò la mano e fece ruotare le tute mech davanti a sé.

«I componenti interni delle tute sono stati calibrati per verificare se all'interno della tuta c'è un essere mentalmente competente o meno. Se non cambiano può essere richiamata sulla nave, oppure si bloccherà e uno di loro sarà incazzato quando l'override aprirà la tuta.»

Bethany Anne fece una smorfia. Erano pochi, compresa lei, quelli che sarebbero stati a disposizione se non fossero riusciti a trovare un modo per far tornare indietro uno dei Pricolici.

«Quando ho autorizzato quella?» indicò la grossa armatura.

Jean borbottò nel nodo vocale del suo computer e apparve un modulo. «Ah, è successo durante una delle riunioni al Pistola Fumante.»

TOM, di quando sta parlando?

Ahhh...

Pensavo che fossi sempre attento.

Se non sono concentrato su altro, sì.

Per essere un alieno, ti comporti proprio come un maschio.

In effetti, *sono* un maschio.

Allora la mia affermazione che un uomo è un uomo è un uomo, indipendentemente dalla specie da cui proviene, è ora dimostrata.

Ci fu silenzio prima che TOM rispondesse: **Da quanto tempo stai preparando questa battuta?**

Devo fare qualcosa per tenerti sulle spine.

>> Ho le informazioni, Bethany Anne.<<

Grande, ADAM.

Cosa si intendi per maschio? Tom si intromise nella conversazione.

Eh?

Be', possiamo discutere...

Fermo lì! lo interruppe Bethany Anne. *Non si possono portare qui i comesichiamano del Sistema Kurtheriano Quattro-quattro-sette o altre stronzate del genere.*

Perché no? Sono una specie reale, te lo assicuro.

Davvero? Perché non ho idea se ti stai inventando queste cose o no.

Quindi posso portare solo le specie che puoi confermare?

>>È stato durante la conversazione che hai avuto con Peter e Nathan durante la festa della piccola Christina Bethany Anne.<<

Bethany Anne stava ripensando alla festa quando TOM la interruppe di nuovo: «**E le specie che *puoi* confermare?**

Eh? Certo, le specie che posso confermare vanno bene, TOM.

Jean Dukes notò la classica faccia da conversazione con voci nella testa di e aspettò un secondo prima che gli occhi di Bethany Anne tornassero a fuoco.

«Ora ti ricordi, capo?»

«Sì!» sbuffò. «Quei due serpenti mi hanno incastrato!» Si tolse una ciocca di capelli dal viso.

Jean indicò il Gauntlet più grande. «Il Proc-101 lì verrà annullato?»

Bethany Anne scosse la testa. «No, non fraintendermi. Io me la cavo con» indicò l'ologramma, «quelli. Per quanto riguarda i ragazzi, sarò pronta per loro la prossima volta. Sembra che sarà coinvolto anche il nostro santo preferito.»

Jean annuì saggiamente. Negli ultimi tre anni, San Contrappasso era diventato quasi una religione a sé stante tra la gente di Bethany Anne.

Il capitano Kael-ven si incamminò a quattro zampe lungo il corridoio e fece un cenno alle due guardie Wechselbalg che impedivano agli umani di entrare nello spazio yollin dell'*Arch-Angel* senza permesso. Di tanto in tanto le nuove reclute in rotazione sull'*ArchAngel* scendevano negli alloggi degli yollin per vedere se riuscivano a spiare gli alieni, alquanto solitari.

Il mese precedente, un paio di sedicenti geek avevano quasi avuto un infarto quando erano stati fermati dalla guardia, per poi ritrovarsi il capitano Kael-ven alle spalle quando si erano voltati per tornare indietro.

Entrambi erano rimasti lì a guardarlo, stupefatti.

«Vi dispiace?» chiese loro. «Devo passare per andare in camera mia.» Allungò il braccio per indicare il corridoio.

I due geek avevano scosso la testa in silenzio.

«Prima dovete muovervi» aveva spiegato con pazienza ai due umani. Alla fine le due guardie Wechselbalg li avevano presi e li avevano spostati accanto al muro, in modo che il capitano yollin potesse proseguire tranquillo il suo cammino.

Quella volta non c'erano turisti.

La porta della suite di Kael-ven si aprì e si chiuse al suo passaggio. Aveva capito che ArchAngel era in grado di distinguere gli yollin e non aveva problemi ad aprirgli la porta. Si sentiva come un membro della Prima Casta ogni volta che entrava nella sua stanza.

«Capitano Kael-ven, c'è una chiamata da parte di TOM» annunciò l'altoparlante dopo che la porta si era chiusa alle sue spalle.

«Rispondi, per favore» disse e si diresse verso il suo divano.

La voce di TOM giunse attraverso l'altoparlante: «Salve, Kael-ven. Mi dispiace essere breve con te, ma devo farti esaminare una serie di razze aliene...»

4

Bethany Anne, Ashur, John, Darryl e Jean Dukes si presentarono nella stanza di trasferimento della regina, appositamente costruita. Si trattava di una stanza di nove metri di diametro e di tre e mezzo di altezza, con un semplice pavimento di gomma e due porte. Una conduceva alle sue stanze private e l'altra al corridoio sorvegliato.

Il pavimento in gomma serviva ad attutire la caduta in caso di slancio eccessivo, ed era facile da pulire in caso di problemi di sangue.

Ashur si fermò davanti alla porta esterna e abbaiò.

«Bentornato a casa, Ashur» disse la voce di Meredith, l'IE delle operazioni della stazione base, attraverso gli altoparlanti. Ashur uscì di corsa non appena l'IE aprì le porte.

«Non litigare con Bellatrix!» gli gridò dietro Bethany Anne. «E bacia i cuccioli per me!» I quattro lo sentirono abbaiare in risposta, e John e Jean sghignazzarono.

«È molto più facile credere che non sei pazza ora che riesco a capire la sua comunicazione» disse Jean a Bethany Anne mentre i quattro si dirigevano verso la sala conferenze attraverso la stessa serie di porte.

«Non lo so» ammise Bethany Anne mentre le porte si chiudevano alle loro spalle. «Mi piaceva quando nessuno, a parte me, sapeva che poteva comunicare. Avreste dovuto vedere le vostre facce.»

«Oh, ho sempre pensato che l'avessimo nascosto bene» rispose Jean.

Bethany Anne rise.

«Ti rendi conto che oltre a leggere la mente, anche se non ci sta provando, riesce a percepire quello che pensi?» chiese Darryl a Jean.

«Nooo» disse Jean allungando la risposta, «ma potrebbe essere un po' imbarazzante impararlo adesso!» Lanciò un'occhiata cupa al suo uomo, che scrollò le spalle mentre proseguivano lungo il corridoio.

«Non preoccuparti» le disse Bethany Anne. «Non pubblicizziamo il fatto perché farebbe solo spaventare la gente. Io cerco di non pensarci, perché mi sembra di essere una Bethany Anne guardona. A volte, però, come quando Ashur mi parlava, era divertente.» Guardò Jean. «Hai bisogno di divertirti dove puoi, a volte.»

Bethany Anne sorrise quando le guance di Jean si colorarono. «Non così, ninfomane.» Le guance di Jean si colorarono ancora di più quando i due ragazzi risero più forte del suono del pugno di Jean sulla spalla di John.

Cinque minuti dopo entrarono nella sala speciale della legazione, che si trovava all'interno della base, a differenza di quella collegata ai moli che veniva utilizzata per motivi di sicurezza.

Bethany Anne fece un cenno a Omar Kolan, in precedenza responsabile delle operazioni alberghiere per la Cintura di Asteroidi, e ormai promosso a responsabile delle operazioni umane della stazione base. La dottoressa April Keelson del reparto medico e la dottoressa Michelle S. Brown-Williams, responsabile del cibo, erano ai lati del tavolo con il signor Kolan.

Salutò la squadra composta da Kevin McCoullagh e Yamauchi Stephanie. Lance li aveva portati su dalla base del Colorado e loro avevano aiutato a supervisionare l'inizio degli scavi e la costruzione della *Meredith Reynolds*. Erano alla sua destra con Marcus, Bobcat e William. La struttura di fusione nella cintura era stata finalmente smontata e l'enorme quantità di materie prime provenienti dagli scavi era stata immagazzinata dove diavolo si poteva trovare spazio. I minatori, abituati alle difficoltà dell'estrazione nello spazio, apprezzavano l'estrazione dell'interno dell'asteroide con le nuove macchine di perforazione yollin.

Erano stati tre anni difficili ma positivi.

«Per prima cosa» disse Bethany Anne, «il sole artificiale?»

Marcus fece una smorfia. Preferiva non chiamare nulla artificiale, ma gli si erano opposti con decisione quando Bethany Anne gli aveva chiesto il nome che preferiva.

La sua scelta ufficiale era stata un lungo gruppo di parole scientifiche che facevano venire voglia di usarle per un gioco alcolico.

Sbagliare a dire il nome, prendere un drink. La gente si sarebbe ubriacata in pochi minuti.

«Abbiamo testato tutti e tre i livelli e funzionano. Abbiamo anche testato ciò che potrebbe accadere in sette diversi scenari catastrofici, tra cui» Marcus guardò i suoi due amici, «se un idiota si ubriacasse e facesse passare una piccola capsula nel collettore principale di energia eterica, sovraccaricando il sistema.»

Bobcat scrollò le spalle. «Bisogna sempre pensare che l'alcol prenderà la tua peggiore catastrofe e la ingigantirà.»

«Diglielo, fratello Bobcat» concordò William.

«E?» li interruppe Bethany Anne.

Marcus si voltò verso di lei. «Si è degradato efficacemente in tutti i casi e *non* abbiamo avuto alcun incidente sfortunato.»

«Qual era, di grazia, la probabilità di un incidente sfortunato? E dimmi di nuovo di che si sarebbe trattato.»

«Ah.» Marcus si grattò la guancia e guardò il tavolo. «Meno che morire in un incidente aereo, e l'annientamento istantaneo per tutti coloro che si trovano all'interno dell'asteroide.»

«Quindi gli unici sopravvissuti sarebbero stati quelli all'esterno, nella zona del molo?» domandò Bethany Anne

«Sì» ammise Marcus.

«Allora supponi sempre che l'alcol sia disponibile e cospargetelo ovunque come polvere magica quando immagini problemi con il sistema. Tutto il mio tentativo di salvare quella palla blu traditrice laggiù cesserebbe all'istante di essere molto efficace se la nostra dannata base venisse vaporizzata.»

Fece una pausa, poi aggiunse: «Da noi stessi.»

Bethany Anne guardò Marcus, battendo le unghie sul tavolo per fargli alzare lo sguardo su di lei. «Abbiamo già avuto queste discussioni, Marcus. Capisco che tu lavori con le probabilità e che le possibilità di un errore dopo che tu, ADAM, ArchAngel, Meredith, l'IE della Difesa e TOM avrete esaminato il progetto potrebbero essere irrisorie, ma non possiamo commettere un errore se possiamo evitarlo.»

Marcus fece un cenno di intesa.

«D'accordo, allora quando vuoi accendere il sistema principale?»

Le sopracciglia di Marcus si alzarono. «Ah, cosa?»

Bethany Anne sorrise. «Credo che abbia testato a sufficienza il sole artificiale, quindi quando vuoi accenderlo?»

. . .

<u>Base Schwabenland, Antartide</u>

La delegazione americana stava parlando con Maria da ben più di un'ora e Barnabas era assillato da una sola cosa.

Non riusciva a leggere il dottor Abesemmins.

La sua mente era vuota. Era un cifrario, un problema, un puzzle.

A Barnabas piacevano i rompicapo, perché promettevano nuove conoscenze alla fine, quando si finiva di comporli. Il fatto che non riuscisse a leggere la mente di Abesemmins era curioso e molto raro, ma era solo un indizio che ci poteva essere qualcosa che non andava, non una prova, per il momento.

Gli americani avevano praticamente promesso allo Schwabenland una piccola parte del paese, come avevano fatto con i nativi d'America. Sfortunatamente per gli americani, Maria si era informata su di loro e la vita dei nativi americani non era andata molto bene fino a quando non avevano capito che il gioco d'azzardo era l'equalizzatore definitivo. Ora, le riserve di tutto il Paese stavano guadagnando legalmente i soldi dell'uomo bianco.

Diavolo, l'uomo bianco guidava per ore per versare i suoi soldi nelle casse dei nativi.

Se la gestione dei giochi e il governo dei nativi l'avessero gestita in modo adeguato, il popolo nativo sarebbe stato bene per molto tempo. Forse per le generazioni a venire, se non avessero ceduto all'avidità come quasi tutti gli altri esseri umani esistenti.

Maria fece un cenno al dottor Abesemmins, che alzò la mano. «Mi scuso, signora Orsitsch, ma ho un paio di domande piuttosto singolari, se posso?»

«Certo, dottor Abesemmins.»

«Sappiamo che avete parlato con gli alieni che vivono ad Alpha Centauri. Non lo metto assolutamente in dubbio, ma siamo curiosi di sapere se avete avuto contatti con un altro gruppo di alieni... i Grigi?»

Tutti i volti si girarono verso Maria. «No» rispose lei. «Sono a conoscenza degli alieni chiamati "Grigi" e credo di non aver parlato con nessuno di loro.» Sorrise benevolmente al dottor Abesemmins, che fino a quel momento era stato incredibilmente rispettoso nelle sue domande.

«Grazie. La seconda domanda è: ha mai sentito parlare di alieni chiamati "kurtheriani"?»

«*STARNUTISCI!*» ordinò Barnabas nella mente di Maria, che alzò subito una mano, girò la testa lontano dai presenti e starnutì rumorosamente.

«Per favore non riconoscere il nome "kurtheriani", Maria» suggerì Barnabas, lasciando a Maria la decisione finale.

In ogni caso, quest'uomo era ora il sospetto numero uno nella sua lista di piste.

Maria si sventolò il viso, chiudendo gli occhi e allontanando di nuovo la testa dal tavolo. Quella volta si girò in direzione di Barnabas e i suoi occhi si allargarono quando lo vide seduto sulla sedia.

Poi si restrinse a guardarlo, prima di starnutire di nuovo e tornare verso il tavolo.

Sorrise al tavolo. «Sono terribilmente dispiaciuta. Di solito non sono molto allergica, ma forse qualcosa è entrato con i vostri vestiti. Mi scuso ancora.» Si voltò verso Abesemmins. «Mi scusi, buon dottore, ha chiesto di una specie aliena? I kurturiani?»

«No, signora, "kurtheriani"» la corresse.

«No, non li ho incontrati. Sono importanti?» chiese. «Ho sentito parlare di una dozzina di specie diverse, ma i kurtheriani» fece una pausa per assicurarsi di pronunciare correttamente il nome, «non sono una di queste.»

«Capisco. Sono una razza di cui si vocifera e una mia passione. Mi scuso per aver azzardato una richiesta durante la limitata disponibilità del vostro tempo» disse Abesemmins a coloro che avevano annotato il nome nei loro appunti.

Almeno tre teste annuirono in segno di comprensione, tutti ricercatori che Barnabas conosceva, avendo letto i loro pensieri superficiali.

Continuarono a parlare per altri venti minuti quando bussarono alla porta. Hans e Horst la aprirono ed entrarono. Ben presto gli americani uscirono dalla stanza e Maria li seguì per accompagnarli all'uscita. Si voltò e sussurrò nella stanza prima di chiudersi la porta alle spalle: «Parleremo più tardi, Barnabas.»

Residenza privata fuori Chicago, Illinois, USA

L'ex presidente sospirò mentre riattaccava il telefono. Si appoggiò alla sedia e con il piede la spostò in modo da guardare fuori dalla grande finestra lo splendido paesaggio invernale sul retro della casa.

Stava per essere trascinato di nuovo in quel pasticcio per l'ultima volta.

Tre anni prima aveva lasciato due buste per il nuovo presidente. La prima era la tradizionale lettera del presidente uscente a quello entrante. Era attesa, e conteneva pensieri e raccomandazioni simili a quelli che il presidente precedente aveva lasciato a lui all'inizio del suo mandato.

Il secondo era intitolato semplicemente "Ignorare a proprio rischio e pericolo".

Per il primo anno dopo aver lasciato il suo incarico, le relazioni tra la RDS e gli Stati Uniti erano state cordiali e lui sperava che il buon rapporto di lavoro costruito con Bethany Anne sarebbe continuato con il nuovo presidente.

Non andò così.

Fin dal primo momento non erano andati d'accordo. Entrambi avevano grandi responsabilità, ma solo uno di loro aveva una reale capacità di sostenerle.

Gli Stati Uniti avevano una grande capacità di essere tattici, e armi e persone maledettamente impressionanti. Bethany Anne, invece, poteva far cadere un sasso nel bel mezzo del Colorado. Che *non l'avrebbe fatto* era un'ipotesi che i furbetti del governo avevano finalmente deciso essere la verità del vangelo.

Se si potrebbe fare qualcosa ma non lo si fa, dov'è la minaccia?

Continuò a guardare fuori dalla finestra, sapendo che avrebbe preso il suo telefono personale e fatto quella telefonata. Doveva al mondo un altro tentativo. Diavolo, lo doveva alla sua famiglia.

Respirò profondamente e allungò la mano sinistra all'indietro, muovendola un paio di volte a destra e a sinistra prima di afferrare il cellulare e portarselo davanti.

Sorrise un po' mentre utilizzava l'assistente digitale. «SIRI, chiama Wonder Woman.»

SBRDS *Meredith Reynolds*

Le luci e gli allarmi di tutto il sistema urlarono e a tutto il personale non essenziale fu detto di rientrare.

Sarebbe stato bello che tutti avessero visto accendersi quella nuova tecnologia, ma Bethany Anne non voleva correre il rischio che un piccolo errore avrebbe vaporizzato la sua gente.

Guardarlo in video doveva essere sufficiente.

Quelli che lavoravano per far sorgere il nuovo sole artificiale erano al lavoro nelle sale di ingegneria principali. Una con i comandi, un'altra per i macchinari con un vetro tra di loro. «Quando avrai chiuso il circuito tra i due sistemi dal lato eterico, torna qui e premi il pulsante per completare i collegamenti» disse Marcus a Bethany Anne. Si leccò le labbra mentre guardava i due schermi che mostravano l'energia eterica che tirava i sistemi.

Toccò i comandi e le luci al centro dell'enorme caverna si spensero, lasciando tutto nel nero incolore che l'assenza di luce produceva sempre.

I condotti eterici più piccoli furono dirottati verso l'Arti-Sole.

«Ci vediamo tra un attimo» disse Bethany Anne entrando nella stanza con il macchinario per il condotto eterico e chiudendo la porta di vetro dietro di sé. Un attimo prima la vedevano tutti, un attimo dopo fece un passo e sparì.

Marcus osservò le letture e si asciugò la fronte. Poi ci fu un leggero aumento dell'energia eterica che entrava nel sistema. «Quattro, tre, due... uno!» esclamò Marcus e sbatté la mano sulla scrivania quando l'immissione di energia aumentò di mille volte e il leggero ronzio proveniente dalla stanza accanto a loro diventò un ruggito.

«Sì!» urlò Marcus trionfante. «Abbiamo la connettività e il condensatore non viene strapazzato! L'Arti-Sole sta acquisendo energia secondo i calcoli. Meredith?»

«Sì?» rispose l'IE.

«Vedi qualcosa al di fuori dei parametri normali?»

«No, Marcus. Sto eseguendo i parametri di prova concordati, facendo passare l'energia attraverso l'iride eterica con diametri diversi. Finora sta funzionando... Un momento.»

La bocca di Marcus si aprì. «Un momento?» chiese voltandosi per esaminare i sistemi.

Bobcat e William si fecero avanti. Avevano lavorato per restare in secondo piano in quel progetto.

«Ma che diavolo?» chiese William e iniziò a usare il monitor all'estrema sinistra e a controllare altri schermi.

Bobcat lavorava con Marcus. «Questo non sembra corretto» commentò indicando un grafico sullo schermo di Marcus.

«Dimmi qualcosa che non so, Bobcat» scattò Marcus mentre si adoperava per capire cosa stesse facendo Meredith.

«Uhhh... qualcosa che non sai. Va bene, eccone una. Credo di aver trovato una ragazza» disse Bobcat all'amico.

«Che bello, che sapore ha?» chiese Marcus mentre toccava le aree dello schermo per mostrare contemporaneamente altri due grafici di input.

Bobcat sbuffò. «Idiota! Ho detto ragazza, non un'altra birra.»

«Non hai altro amore che la birra, Bobcat» rispose Marcus.

«Gente?» li interruppe William.

«Sì?» rispose Bobcat e si chinò a guardare dove William stava indicando sul suo schermo.

«Oh, merda» sbottò Bobcat. «Marky Mark, dai un'occhiata qui.»

Marcus guardò rapidamente verso lo schermo di William e poi tornò al suo per un secondo, prima di voltarsi verso quello di William e chinarsi. «Che diavolo?»

«È il codice Morse» rispose William. «Bethany Anne sta testando il nostro sistema.»

«Ma come...» Marcus scrollò le spalle. «Meredith, traduci il codice Morse e usalo per capire la prossima fluttuazione. Regolati in modo appropriato.»

«Fatto» rispose Meredith qualche istante dopo.

Trenta secondi dopo, quando Bethany Anne apparve nella stanza a vetri, il ronzio delle macchine dietro di lei si ridusse a un solido basso di livello medio, che si poteva sentire nel petto.

Aprì la porta a vetri e il rumore aumentò, poi la richiuse, impedendo alla maggior parte del rumore di raggiungerli ancora una volta.

«Com'è andato l'esame finale, ragazzi?» chiese mentre il suo telefono squillava nella mano di John. Lui prese la chiamata.

«Bene, capo. Dovevi proprio spaventarci così tanto?» chiese Bobcat.

«Come avete gestito la situazione?» chiese.

«Senza problemi, te lo assicuro» rispose Marcus.

Lei si avvicinò e gli diede una pacca sulla spalla. «Sono sicura che l'hai fatto, ma quanto sei sicuro che il sistema funzionerà se avremo fluttuazioni eteriche inaspettate?»

«FIE?» Marcus la guardò, confuso. «TOM non ha mai detto che ci sono FIE e, prima che tu dica qualcosa, ho chiesto.»

«Amo TOM alla follia, il che potrebbe essere una prefigurazione se continua a parlarmi nella mia testa in questo momento, ma gli ho chiesto se è un saputello eterico e ha ammesso di non esserlo. Chi ci dice che non ci sia un normale lampo eterico di cento anni solari?»

«Abbiamo superato l'esame, vero, capo?» intervenne William e diede un leggero calcio alla caviglia di Marcus.

«Sì, l'avete superato» concordò lei.

«Bethany Anne?» la chiamò John.

Lei si girò e alzò un sopracciglio. Lui le mosse il telefono. «Chiamata dal presidente.» Lei fece una faccia disgustata e lui le spiegò: «Scusa, *ex* presidente, non l'SNF.»

«Oh, allora va bene. Passamelo.» John le lanciò il telefono, lei lo prese al volo e se lo portò all'orecchio. «Ehi, sei pronto a lasciare l'Illinois?» chiese con un sorriso.

La voce rise dall'altra parte del filo. «SNF?»

«Sì, il nostro acronimo non tanto nascosto per tu-sai-chi» rispose Bethany Anne. «Un secondo.» Si girò per vedere il resto della squadra dell'ingegneria Arti-Sole che si dava il cinque e si passava bicchierini di alcol.

Per fortuna le IE non bevevano.

ADAM, conferma che Meredith gestisce Arti-Sole per le prossime ore.

>>Ha il pieno controllo ora. Marcus l'ha impostato in precedenza. È necessario un suo annullamento, con il tuo permesso in anticipo, per cambiare lo stato delle cose.<<

Almeno lui pensava al futuro. Notò che la dottoressa Brown-Williams si era avvicinata a Marcus e sembrava stesse iniziando una conversazione. Marcus ignorava che la sua piccola trovata del sole aveva attirato la scienziata alimentare in modo forse romantico.

Chi l'avrebbe mai detto?

Si voltò verso il telefono. «Eccomi, sono tornata. Che cosa vuoi che faccia, e chi ti ha costretto a farlo?» chiese all'ex presidente.

«È ovvio, o ho una cimice qui?» chiese.

Lei si batté le labbra. «No, non c'è nessuna cimice, ma se mentissi su questo sarebbe buffo sentire la tua scorta che si arrabatta per tutta la casa cercando di capire come lo sappiamo.»

Il suo cipiglio trasparì con chiarezza dalla telefonata. «No, non credo proprio. Mia moglie non apprezzerebbe che i nostri muri venissero fatti a pezzi e distrutti mentre cercano di trovare la vostra tecnologia. Ci sfratterebbero per esproprio o per qualche altra stronzata, e non vedremmo mai più l'interno della nostra casa.»

«Oh, sì. Immagino che, dopotutto, fa schifo come scherzo» ammise.

«Be', la richiesta è che tu venga a un evento in Europa, insieme a pochi potenti del governo e dell'economia, per cercare di seppellire la... Pessima scelta di parole. Per vedere se possiamo negoziare un qualche tipo di accordo per la tecnologia quando non ci sono telecamere ed ego coinvolti. Be', ego in parata, in ogni caso.»

«Quindi niente luci, telecamere o registrazioni?» chiese lei.

«Non posso promettere nulla, ma mi è stato detto che dovrebbe essere un incontro piacevole in cui si passeggia e si chiacchiera. Nessuno dirà niente, ammetterà niente, userà qualcosa durante l'incontro come munizioni politiche, ecc. Credici quanto vuoi.»

«E tu?»

«Per il mio peccato di poterti chiamare e farti rispondere, mi è stato chiesto di partecipare con te.»

Bethany Anne sbuffò. «Hai fatto una cazzata, vero?»

«A quanto pare.»

«Cosa ne pensa tua moglie?» chiese.

«Si sta convincendo a mandare tutti a quel paese e a prendere a calci nel sedere i loro culi arroganti. Pensare a come li ha difesi negli ultimi tre anni comincia a darle sui nervi.»

«Te l'avevo detto.» Bethany Anne non si preoccupò di nascondere la nota di sarcasmo.

«Accidenti, e io che pensavo che le regine fossero al di sopra di tutto questo.»

«Non questo. Ho deciso che essere regali è passato.» Sorrise, poi si girò per vedere Marcus che agitava le mani in aria mentre spiegava cosa stava pensando.

«E noioso» aggiunse lui.

«*Soprattutto* noioso. Come facessero quei re e quelle regine del passato, non ne ho idea» concordò lei, tornando alla conversazione.

«Allora, lo farai?» Tornò al motivo della chiamata.

Bethany Anne scrollò le spalle. «Non mi aspetto che si ottenga qualcosa, ma darò al cavallo morto un'altra possibilità prima di metterlo sotto terra.»

«La tua gente ha chiamato la mia gente?» chiese.

«Che ne dici di farti richiamare da Gabrielle?»

«Sì, anche questo funziona» concordò lui prima di chiedere: «Sta ancora con Eric, vero?»

«Un secondo.» Bethany Anne coprì appena il microfono del suo telefono e urlò a Eric: «Ehi, testa di patata!» Aspettò che Eric si girasse verso di lei. «Tu e Gabrielle siete ancora legati, vero?»

«Chi lo chiede?» rispose Eric, con la confusione sul volto.

Lei sollevò il telefono, con l'altra mano che copriva ancora il microfono. «Il presidente che ci piace.»

Eric sorrise. «Oh, allora di' a sua moglie che sì, Gabrielle è ancora molto presa.»

Bethany Anne riportò il telefono all'orecchio. «Sua moglie ha sentito?»

«Sì, sta facendo cenno di sì. È entrata nella stanza pochi secondi fa per dirmi che la cena era pronta.»

«D'accordo, allora Gabrielle ti chiamerà e organizzerà tutto. Voi andate a mangiare. Ci vediamo più tardi.»

Si salutarono e chiusero la chiamata.

5

<u>Base Schwabenland, Antartide</u>

Maria Orsitsch non sapeva se essere furiosa o se lasciare che la sua curiosità superasse la rabbia nei confronti di Barnabas per aver esibito poteri che non aveva mai rivelato prima.

O entrambe le cose.

Si aspettava che l'uomo sparisse una volta terminata qualsiasi cosa fosse venuto a fare, e fu sorpresa di scoprire che era ancora al tavolo e sorseggiava il caffè da una tazza che qualcuno doveva avergli portato quando lei tornò nella sala riunioni.

Disse a Horst di restare fuori ed entrò nella stanza, chiudendosi la porta alle spalle. «È stata un'interessante dimostrazione di talento che non mi aspettavo da te, Barnabas.»

Lui abbassò la testa in segno di riconoscimento e continuò a sorseggiare il suo caffè.

Maria tirò fuori la sedia e si sedette, appoggiando i gomiti sul tavolo. «Ci sono altre sorprese che potrei aspettarmi?»

Mise il caffè sul tavolo. «Perché dovrei dirtelo, Maria?»

La donna appoggiò un dito sul tavolo. «Avevo l'impressione che la tua regina fosse una delle legazioni che lavorano per acquisire la nostra fedeltà. Che ne dici di iniziare da questo?»

«Allora credo che tu abbia sbagliato qualcosa, Maria.» Barnabas riprese il boccale e bevve un altro sorso. «Quello che avete in questa base è impressionante, e le vostre abilità e armi sono lodevoli, sì.» Posò una seconda volta la tazza di caffè e la avvolse con entrambe le mani. «Ma se vogliamo essere sinceri e parlare come due adulti, niente qui» fece un cenno con la testa verso la porta, «ha valore per l'Impero Eterico.»

«Allora perché tutto questo aiuto?» chiese Maria, infastidita. «La vostra gente ci ha aiutato a mantenere lo Schwabenland un paese libero. A che scopo lo fate? Inoltre» continuò, con l'irritazione che si insinuava nella sua voce, «mi hai ordinato di starnutire!» Si sedette e gli puntò un dito contro. «Potresti manipolarmi in questo momento.»

Barnabas sollevò un sopracciglio ma non disse nulla.

«Be', rispondi alla domanda!» chiese.

«Maria, non c'era nessuna domanda. Sei irritata perché ti senti fuori controllo. Il fatto che tu ti senta *in* controllo è dovuto a un'errata percezione da parte tua. Tu e la tua gente siete protetti per cortesia e per tenervi al riparo da una lotta che non potete vincere.»

«Una lotta con chi?» Maria agitò il braccio verso la porta. «Quei dischi volanti sconosciuti? La loro tecnologia è migliore di alcune delle nostre, ma non abbastanza da permettere una vittoria facile su di noi. Dubito che riescano a penetrare troppo in questa fortezza.»

«Non con loro, anche se sospettiamo che sarebbero peggio di quanto pensiate. No, con Bethany Anne.»

«Perché dovrebbe essere un problema?» chiese Maria, del tutto confusa ormai. «Non è mai stata aggressiva con noi, né noi abbiamo fatto qualcosa alla RDS.»

«Facciamo un gioco chiamato "Supposizioni", Maria.» Barnabas si offrì. «Facciamo finta che sia accaduto quanto segue: lo Schwabenland, per qualsiasi motivo, è stato sopraffatto da una potenza straniera. Una qualsiasi delle grandi potenze, come la Cina, per esempio.» L'improvvisa smorfia di Maria fu tutto ciò di cui Barnabas aveva bisogno per sapere che poteva vedere i risultati di quella strada. «O gli Stati Uniti, con il loro presidente attuale e il suo atteggiamento di Prima il Mondo?»

«È Bethany Anne la responsabile di questo» rispose Maria, «non noi.»

«No, Bethany Anne ha la responsabilità di aver detto "no". Nient'altro, ed è rimasta fedele alla sua posizione sull'argomento. A quanto pare, la sua posizione coerente su questo tema ha fatto infuriare coloro che credono che, poiché si sono uniti in gruppi sempre più grandi di bambini adulti che fanno capricci di dimensioni nazionali, dovrebbe cambiare idea.»

Maria restò in silenzio per un momento prima di commentare: «Era questo il nostro percorso, mi stai dicendo?» Lui annuì. «Quindi, senza che lei si prendesse la briga di sorvegliare lassù per assicurarsi che nessun grande Paese ci inseguisse, attualmente parleremmo la lingua delle Nazioni Unite?»

Barnabas sorrise. «Sì, questo è lo scenario che abbiamo visto verificarsi. Coloro che conducono la psicoanalisi su Bethany Anne hanno deciso che se qualcuno avesse provato a prendere il controllo dello Schwabenland con la forza, l'avrebbe spinta ad agire. Se lo avessero fatto, lei si sarebbe vendicata, ma con piccoli gruppi, come l'aereo che avete abbattuto, dovevate cavarvela da soli.»

Quella volta Maria riflette per qualche minuto sulle sue parole.

Lei lo guardò negli occhi, le sue iridi blu bellissime nella luce artificiale. «Non ci volete?»

Barnabas alzò le spalle. «Non ho avuto discussioni personali con la regina sull'argomento. Per quanto posso immaginare, sarebbe felice se vi uniste a noi, o le starebbe bene che rimaneste. Sospetta che se qualcuno nel mondo possiede la vostra tecnologia e non la condivide, sarà il fiammifero finale che accenderà la polvere da sparo della Terza Guerra Mondiale.»

«E dove sarà lei?»

«Al di là della linea delle stelle, Maria.» La voce di Barnabas si addolcì. «Non ti abbiamo nascosto nulla di tutto ciò.»

«Lasciate questo disordine così com'è?»

«Maria.» Barnabas fece una pausa, poi sospirò. «Maria, siamo meno di cinquecentomila anime là fuori, e stiamo per combattere una razza che è l'uomo nero dell'intera Via Lattea. Non credo sia necessario aggiungere "Fare da genitore della Terra" alla nostra lista di cose da fare.»

«Se non lo fate voi, chi lo farà?» rispose lei, con voce rassegnata.

«Magari la Terra stessa?» disse Barnabas. «Non è escluso che la risolvano da soli. Bethany Anne si è assunta la responsabilità di assicurarsi che la Terra abbia la possibilità di restare libera, ma quello che faranno con questa libertà dipende da loro. Se togliamo l'opzione, allora siamo l'impero soggiogatore, e a quel punto sarà fratello contro fratello e sorella contro sorella. È questo che ci chiedi di fare?»

Maria abbassò lo sguardo sul suo grembo, con le dita che si agitavano. «È quello che sarà per noi, solo che nel nostro caso saremo noi contro i nostri nipoti e i figli dei loro figli.» Alzò lo sguardo su Barnabas. «La maggior parte della mia gente non la pensa così, ma io lo so.» Si diede dei colpetti sul cuore prima di guardare alla sua sinistra, come se potesse penetrare attraverso la solida montagna e vedere la Germania stessa. «Non abbiamo la forza di opporre un rifiuto a un mondo che ci implora di aiutarlo.»

Sospirò, provando un senso di rassegnazione e tristezza. «Siamo un popolo fuori dal tempo, Barnabas, in un mondo in cui chi ci vive non ha idea di cosa sia stata davvero la guerra mondiale e, francamente» si voltò verso di lui, «non sa di essere di nuovo all'inizio di una guerra.»

Scosse la testa. «No, sono stata trascinata in una guerra e costretta ad aiutare un gruppo di persone che non volevo sostenere. Lo Schwabenland è stato il prezzo negoziato per il nostro aiuto. Non lo rifarò.»

Guardò Barnabas. «Questo è ciò che chiederei alla tua regina, Barnabas.»

New York City, New York, USA

Tabitha uscì dalla sua stanza nella suite in cui lei e i Tonti alloggiavano a New York. Bussarono alla porta. Alzò un sopracciglio quando Hirotoshi andò ad aprire e parlò un attimo con Kouki.

Chiudendo la porta, si rivolse a Tabitha. «Kemosabe, perché il dipartimento di polizia di New York è venuto qui?»

Tabitha fece finta di niente e scosse la testa. «Non ne ho idea. Qualcuno che conosciamo?»

«Sì, è l'ispettore Clouseau.» La risposta di Hirotoshi, fortemente accentuata, fece un macello del nome del detective.

Lei lo indicò. «Sai che non è così che si pronuncia il suo nome.» Passò davanti a Hirotoshi, che la guardò come un padre che osserva la figlia adolescente che ha fatto qualcosa e non sa ancora bene cosa.

Bussarono alla porta e Tabitha si esercitò a sorridere prima di aprire e salutare l'uomo dall'altra parte.

«Ma, detective Cleusah, che sorpresa rivederla!»

«Davvero?» le chiese l'uomo. L'ispettore Cleusah era alto un metro e ottanta, aveva i capelli scuri e forse aveva superato di una decina di chili il suo peso forma, ma aveva ancora i muscoli dei suoi vent'anni. «Si dà il caso che io sia...»

«Aspetta un attimo» disse Tabitha al detective e chiuse la porta sul resto della frase. Si girò e trovò Hirotoshi a tre metri dietro di lei, con le braccia incrociate sul petto. «Lo porterò fuori» gli disse.

Si voltò verso la porta e uscì, facendo indietreggiare rapidamente il detective. Kouki sorrise quando Tabitha lo guardò. Lei alzò gli occhi al cielo, afferrò il detective per la giacca e si avviò verso l'ascensore.

«Dove stiamo andando?» chiese lui alla donna caparbia.

«Ix-nay alking-tay, 'k?» mormorò Tabitha mentre si dirigevano verso l'ascensore. La cabina arrivò e lei praticamente afferrò il detective e lo tirò dentro, mentre il suo dito batteva il pulsante di chiusura della porta più e più volte.

Finalmente si chiuse.

«Tabitha, che diavolo ti prende?» le chiese il detective esasperato. Da quando l'aveva conosciuta, due anni prima, quando la giustizia si era fatta sentire a New York, per mano di una vigilante donna, il detective Theodore "Ted" Cleusah aveva atteso con ansia di vedere Tabitha e allo stesso tempo l'aveva temuto.

Non era mai riuscito ad attribuire a lei le situazioni degli ultimi due anni, ma sembrava che ogni volta che veniva in città accadessero cose inspiegabili a persone poco raccomandabili. L'unica volta che era riuscito a incastrarla in un luogo, molti testimoni oculari avevano dichiarato che si trattava di un chiaro caso di autodifesa.

«Non posso volere solo un momento del tuo tempo, Ted?» gli chiese con voce bassa.

«No!» Ted alzò una mano. «Ci sono passato... Be', più o meno, e no grazie. Mi dispiace, ma il concetto è una signora per strada, un mostro a letto. Non un mostro per strada e Dio sa cosa a letto.»

Tabitha si mordicchiò il labbro. «Accidenti, non l'avevo considerato un problema. Pensavo che "mostro a letto" perdonasse tutti i peccati.»

«Ho un sacco di gente strana nella mia esistenza normale. Non ne ho bisogno di altri a casa» rispose Ted mentre l'ascensore raggiungeva l'atrio.

Le porte si aprirono e Tabitha guardò alla sua destra e strizzò l'occhio a Ryu, che al momento era di guardia alla lobby.

L'avrebbe fatto arrabbiare, perché non avrebbe potuto seguirla quella sera.

«Perché non possiamo restare in questo albergo caldo?» chiese Ted mentre lei lo trascinava per mano nella fredda notte esterna.

«Perché l'albergo ha molte orecchie» rispose lei girando a sinistra. Gli lasciò la mano e mise le sue in tasca. «Bene, visto che non sei qui per chiedermi un appuntamento, in cosa posso aiutarti?»

Ted fece una smorfia. Con il suo accento Tabitha riusciva a rendere indecifrabile qualsiasi cosa per una persona di lingua inglese normale. Quando poi alzava il suo accento da gattina sexy, nessun maschio di lingua inglese la capiva più di tanto.

Tranne Ted.

Aveva lavorato sodo per inchiodarla per molto, molto tempo e quindi aveva avuto a che fare con la sua attrazione sessuale come arma di difesa molto spesso. Per lo più non ne era più infastidito. «Un branco di ragazzi è stato trovato non molto lontano da qui, dentro un cassonetto.»

«Strano posto dove andare a cercare cibo. Non è dove voi americani lo buttate via?» chiese Tabitha.

«Tabitha, tu conosci gli Stati Uniti alla perfezione, quindi non fare l'ignorante sudamericana per me.»

«Non conosco questo gruppo di ragazzi, quindi come faccio a sapere se capiscono dove andare a mangiare? Inoltre» continuò Tabitha, che si divertiva a parlare con Ted, «voi newyorkesi fate tutto in modo diverso qui nella grande città. È un miracolo che si faccia qualcosa di normale.»

Ted scavalcò alcuni rifiuti mentre camminavano. «Forse a volte possiamo infrangere la legge della normalità, ma cinque tizi malconci in un cassonetto è un po' raro. Soprattutto perché un vagabondo ha visto una donna che corrisponde alla tua descrizione correre nel vicolo, urlando contro di loro. Sostiene di aver sentito delle risse e che la donna è tornata fuori un minuto dopo, dirigendosi in questa direzione.»

«Ted, ti stai inventando tutto» dichiarò Tabitha.

«Perché dici così?» chiese Ted mentre schivava un tizio in trench che stava prestando più attenzione agli sms che a chi poteva intralciarlo sul marciapiede.

«Perché lo stai facendo e sei un bugiardo pietoso» gli rispose.

«Be', immagina la mia sorpresa quando ho scoperto che sei in città» Ted ignorò l'insulto, «e vicino all'alterco con i cinque teppisti, uno dei quali dice di essere stato preso a calci in culo da una donna. Una donna *ispanica*.»

«Caspita, voi newyorkesi li crescete bene» ironizzò Tabitha.

«Uh huh» rispose Ted.

«Perché te ne occupi, Ted? Pensavo che i detective si occupassero di omicidi e di pulizia del denaro.»

«Se ti riferisci alla contraffazione, è compito dei federali. Se intendi il riciclaggio di denaro, forse, ma smettila di cercare di eludere la domanda. Hai picchiato quei ragazzi questa sera, Tabitha?»

Si fermò e lo guardò. «Perché fai domande a cui sai che non risponderò?»

Ted diede un'occhiata alle luci e alle auto in strada e sentì il suono dei clacson. «Perché, Tabitha, ti ho seguito abbastanza da sapere che lavori per la RDS. Lavori nelle loro forze dell'ordine, giusto?»

Tabitha strinse le labbra, poi gli fece un leggero cenno di assenso.

Guardò dall'altra parte e sospirò. «Ecco, vieni a prendere un caffè con me. Conosco una tavola calda dietro l'angolo.»

«Mi stai chiedendo di uscire con te, Ted?» chiese Tabitha, sorridendo.

Scosse la testa. «Diavolo, no. Questo è un rapporto tra...

poliziotti. E se la mia ragazza mi vede con te, faresti meglio a darmi ragione.» Ted iniziò a camminare verso l'incrocio successivo, lasciando Tabitha sola per un secondo a guardarlo allontanarsi con la bocca aperta.

«Quale ragazza?» lo chiamò dietro di sé, correndo per raggiungerlo.

Schwabenland, Antartide

Barnabas si strofinò gli occhi «Maria, non sono un inviato di Bethany Anne. Sono il capo dei suoi Ranger.» Quando si voltò a guardarla, lei era ancora seduta, decisa come sempre a fargli venire il mal di testa.

«Sì, me l'hai già detto, Barnabas, e ho cercato i retroscena. Siete una legge autonoma, nei limiti della ragione, per rintracciare e applicare la giustizia della regina.»

«Esatto, allora perché mi chiedi di essere coinvolto in una discussione come questa?» le domandò. Si rifiutava di leggere la mente di Maria per un motivo che ancora non capiva bene. In effetti, era più interessante lavorare con lei, ma il livello di frustrazione era molto più alto.

«Perché, in quanto uomo di giustizia, sei uno dei pochi di cui mi fido implicitamente per questo.» Si appoggiò allo schienale della sedia.

Barnabas guardò la donna, valutando la sua richiesta. «Non ho motivo di essere coinvolto, Maria.»

«No, non uno che fa parte del tuo gruppo di Ranger, questo è vero» concordò lei. «Tuttavia, lo faresti come amico? Per me, Barnabas?» chiese, spalancando gli occhi tanto da attirare Barnabas a leggere i suoi pensieri più profondi.

Lui chiuse gli occhi e annuì. «Sì, farò la richiesta.» Riaprì gli occhi. «Ma la decisione spetta a Bethany Anne.» I suoi occhi le trafissero l'anima. In essi c'era la certezza assoluta e granitica che lei non avrebbe potuto fargli pressione di un altro centimetro.

Perché, si chiese Maria, *non eri in Germania cento anni fa?*

6

<u>New York City, New York, USA</u>

La cameriera portò due tazze di caffè e le posò. «Zucchero o dolcificante?»

«Nero, grazie» rispose Ted.

«Io li prendo entrambi» disse Tabitha e la signora aprì la mano, lasciando cadere sul tavolo cinque confezioni di ciascuno.

La cameriera guardò e fece un cenno a una coppia che si era seduta a due cabine di distanza. «Arrivo subito, tesoro.»

Dopo che la cameriera se ne fu andata, Ted chiese: «Sei in città per motivi personali o di lavoro?»

«Cosa farai esattamente con questa informazione, Ted?» gli chiese Tabitha. Afferrò le cinque bustine di zucchero e ne strappò di netto un lato, poi le versò nel caffè.

Di norma, Ted si sarebbe aspettato che Tabitha facesse qualche commento carino del tipo "Il mio caffè è dolce come me" o qualcosa del genere, ma quella Tabitha di fronte a lui era una persona diversa.

Quella donna era tutta lavoro.

Ted si guardò intorno e poi di nuovo verso Tabitha, che lo stava ancora fissando direttamente negli occhi. «Perché sei così seria?»

«Perché stai chiedendo di essere coinvolto in cose che sono al di sopra del tuo livello, Ted» rispose lei. «Prima, quando c'erano Ted e... Tabitha, forse vigilante o forse no, era una cosa. Ma se stai indagando sul mio passato e vuoi davvero scoprirlo? Be', questa fiducia ha un prezzo.»

«Alto?» chiese Ted.

«Mortale» rispose lei.

Gli occhi di Ted si spalancarono e si chinò verso di lei. «Che diavolo, Tabitha?»

Tabitha alzò un dito e si guardò intorno, ma non c'erano segni rivelatori di qualcuno in ascolto. Aprì la cerniera del cappotto per qualche centimetro, infilò la mano, tirò fuori un piccolo tablet e mise il pollice sul pulsante in basso. Premette un paio di aree sullo schermo e gli occhi di Ted si spalancarono per la sorpresa quando il rumore della tavola calda diminuì e ciò che riuscì a sentire era ovattato.

«Ma che...»

«Tecnologia, Ted» gli disse. «Senti, se voglio posso fare la scema e forse sto esagerando un po', visto che so che sei un uomo con un lavoro, una fidanzata... e una vita, ma credimi se ti dico che non mi avresti mai messo dietro le sbarre.»

«No? E perché?» chiese Ted.

«Perché la mia regina non abbandona mai i suoi. *MAI*. Sarei stata rilasciata dal sistema o recuperata senza il permesso del governo, non avrebbe avuto importanza quale. Forse il mio capo sarebbe venuto a prendermi, forse avrei detto loro che sarei uscita da sola.» Tabitha sollevò una spalla. «Sono un Ranger della Regina, e come tale la mia responsabilità è trovare l'ingiustizia. Prendo i casi e li risolvo. Anche la punizione, se non c'è un altro modo evidente, è una mia responsabilità. Quei cinque tizi? Sì, sono stata io.»

Gli occhi di Ted si spalancarono. Non solo perché lei aveva finalmente ammesso di aver avuto un alterco, ma la sua testa stava nuotando. I casi che aveva avuto un paio di anni fa con il supporto dei vigilanti, e poi quella sera.

«Non ero sempre io, ovviamente» aggiunse lei.

«Sai leggere nel pensiero?» chiese.

«Ci hai studiato, detective?» Tabitha sorrise.

Ted annuì. «Un po'. Cose che posso scoprire senza destare troppi sospetti.»

«Allora devi capire che ci sono cose brutte nella notte. I Ranger della Regina rispondono con cose altrettanto brutte.»

«E se sono troppo brutte?» chiese Ted.

Tabitha scoppiò a ridere e alzò una mano. «Scusa.» Si coprì la bocca e si riprese il controllo. «Ted, se un Ranger non è in grado di occuparsi del problema, allora quel Ranger subirà un sacco di merda, soprattutto molestie. Ho la mia squadra e siamo un ottimo piano A, credimi. Ma c'è sempre un piano S.»

«E cos'è S?» chiese Ted.

Tabitha alzò la mano chiusa, poi aprì un dito per ogni nome pronunciato. «John, Eric, Darryl, Scott, Akio. "S" sta per "Stronzi" e credimi, non vorresti farli arrabbiare.»

«Perché? Sono super resistenti?» chiese Ted, il cui testosterone alimentava il desiderio di dimostrare a Tabitha le proprie capacità.

Tabitha scosse la testa. «Ted, non pensarci nemmeno. Un Ranger della Regina» indicò se stessa. «Io, Barnabas e chiunque altro sia con noi abbiamo un vincolo, ed è la legge. Siamo vincolati da essa, da Bethany Anne. Fa parte del nostro credo. Ma loro vivono secondo un credo diverso.»

«Che sarebbe?»

«Risultati» rispose Tabitha. «Io cerco di contenere il dolore.» Ted sbuffò incredulo mentre lei continuava: «Senti, coglione, l'*ho* tenuto basso per quei cinque idioti. Erano solo qualcosa su cui sfogare la mia irritazione e mi hanno avvicinato per primi. Non ho detto loro di saltarmi addosso.»

«Quindi ti hanno inseguita nel vicolo?»

«Sì.»

«Perché eri infastidita?» chiese.

«Perché altri due simpatici rompiscatole si sono presi la responsabilità di insegnare ai miei Tonti cose che avrei preferito non sapessero.»

Ted si strofinò gli occhi. «Mi sembra di essere caduto ai confini della realtà. Tornando agli Stronzi... Perché i risultati sono un problema?»

La voce di Tabitha si addolcì. «Ted, ascoltami.» Lui annuì. «Potrei entrare in uno qualsiasi dei vostri distretti e uccidere tutti quelli che ci sono. Mi farei male, è vero. Forse non sopravvivrei, ma potrei farlo.» Alzò una mano. «Non te lo dico per vantarmi, te lo dico perché tu capisca. Sono una poliziotta, a modo mio. Sono la legge e sono la giustizia. Sono più brava di voi con le pistole, certo, ma non riesco a toccare uno di loro. Noi» indicò avanti e indietro tra loro due, «siamo agenti della legge. Gli Stronzi? Sono guerrieri. Figli di puttana cazzuti che si buttano sui problemi. Se Bethany Anne indicasse un Paese e dicesse a uno dei cinque di sottometterlo, quel Paese sarebbe così fottuto da non avere la minima idea. John potrebbe distruggere un'intera base militare con le armi di Jean.»

«Stai descrivendo un superuomo, Tabitha. Non sono sicuro di crederci.»

Tabitha prese il tablet e iniziò a scrivere con una velocità accecante. Gli occhi di Ted si allargarono quando si rese conto che stava digitando troppo in fretta per un umano, persino per un'umana adolescente.

Lei girò il tablet dopo aver premuto un pulsante e Ted notò che la cancellazione del rumore diminuiva mentre lei gli porgeva il dispositivo. Si sorprese che l'avesse fatto e poi la vide guardare dietro di sé. Si guardò alle spalle mentre la cameriera si avvicinava al tavolo. «Altro caffè?»

«Sì, grazie» rispose Tabitha e Ted sollevò la tazza.

Ted bevve qualche sorso di caffè e guardò i ritagli di giornale che lei aveva fatto comparire. Li lesse e restò a bocca aperta prima di guardare Tabitha. «Stai dicendo che sono stati gli Stronzi, quei ragazzi, a fare questo?»

«È di anni fa» Tabitha tese la mano e lui le restituì il tablet. Lei premette un pulsante e la protezione dal rumore tornò al suo posto. «Erano i ragazzi che si sfogavano. Diavolo, all'epoca erano solo Stronzi uno punto zero.»

«Cosa sono adesso?» chiese Ted, ripensando alla carneficina descritta nel rapporto e al suo commento sul fatto che i ragazzi si stavano solo sfogando.

«Probabilmente due punto cinque o tre.»

«Come li chiami questi ragazzi, a parte "Stronzi"?» chiese Ted.

«Io?» chiese Tabitha e Ted annuì. «Io li chiamo amici.»

«Cosa siete?» Ted chiese, senza aspettarsi una risposta.

«Siamo la migliore possibilità per la Terra di restare libera» dichiarò lei con semplicità. «Siamo il popolo di Bethany Anne, che sia l'inferno o l'acqua alta. Siamo la sua legge e la sua giustizia, il tutto racchiuso in un gruppo di umani senza fronzoli che attraverseranno l'inferno e lo ripuliranno. Satana deve sperare che Bethany Anne non ci indichi mai da quella parte.»

«È questo che stavi facendo qui a New York?»

«In un certo senso, sì. Ho dato la caccia a degli stronzi per un po' e sono tornato.»

«Quei ragazzi stasera ti hanno solo ostacolato?»

«Più che altro hanno avvicinato la Giustizia e lei li ha presi a calci nel sedere. Se fossero stati davvero d'intralcio li avrei fatti fuori, o se non io, allora Barnabas, uno degli Stronzi, o Bethany Anne. E a dire il vero, che Dio li aiuti se mai chiamerò *lei*.»

«Perché?»

«Perché significa che la vendetta sta arrivando, e lei non lascia cadere fiori dietro di sé» rispose Tabitha. «È una grande leader, non fraintendermi, ma ha una politica di "zero stronzate" ed è con questo che ho a che fare... con le stronzate. Ci sono un sacco di stronzate nelle nostre vite e io sono abbastanza brava a sopportarle. Bethany Anne?»

«Sì?»

«Probabilmente non avresti trovato quegli imbecilli.»

«Li avrebbe uccisi?» chiese Ted, con le sopracciglia aggrottate. «Per essere stati maleducati?»

«Ummm... Accostare una donna non è semplicemente scortese, è un'esperienza orribile.» Questa volta la piccola donna ha reagito. Ma no, Bethany Anne può fare cose ben peggiori che ucciderli e, prima che tu me lo chieda, non te lo dirò. Diavolo, non le conosco tutte nemmeno io.»

«Allora perché la segui?» chiese Ted.

Tabitha bevve un sorso di caffè prima di rispondere. «Perché mi ha salvato la vita e poi ha salvato la mia anima. Ho la possibilità di ripagarla, e lo farò. L'uomo che chiamo mio padre potrebbe tornare un giorno e io sarò lì, accanto a Bethany Anne, per dargli il benvenuto.»

«Tuo padre?»

«Non lo conosci. Si chiama Michael. Quando avremo portato a termine il nostro attuale compito, so che lo cercheremo e troveremo il suo culo, te lo garantisco.»

«È morto, andato, perso, o cosa?» chiese Ted.

«Si è sicuramente perso. Bethany Anne dice che non è morto, ma non so perché lo dica. Hanno un legame, questo è tutto ciò che so, e mi fido del tutto di lei. Se lei dice che è vivo, allora è vivo. Lei mi dice di ripulire New York, io vengo qui e inizio a ripulire New York.»

Tabitha tese l'orecchio e toccò il tablet per abbassare il campo anti-suono. «C'è una rapina in corso. Lasci perdere o vai?»

«Ah, cazzo» ringhiò Ted, e Tabitha sorrise. Si alzò e uscì dalla tavola calda prima che lui si alzasse.

C'era una banconota da venti dollari sul tavolo e Ted non l'aveva mai vista metterla lì.

Chi diavolo era davvero quella donna? O doveva chiedersi "cosa"?

Iniziò a correre per raggiungerla.

Sentì un fischio alla sua sinistra mentre usciva dalla tavola calda e iniziò a correre in quella direzione. Arrivò in un vicolo e sentì la voce di Tabitha.

«Senti, testa di cazzo, non mi interessa se ti servono i soldi per mandare tua madre all'università, rubarli a questa donna non è la risposta giusta. Trovarsi un lavoro, magari dopo aver fatto un bagno, sarebbe un buon inizio.»

Ted prese il suo distintivo ma esitò, poi lo rimise in tasca.

Era quello che aveva cercato, no? Ormai non era più così sicuro di aver fatto bene a inventarsi la bugia di avere una ragazza.

Camminò il più silenziosamente possibile nell'ombra, e vide Tabitha tra una donna che piangeva a terra e due teppisti.

Il ragazzo bianco più grande e più alto le parlò. «Senti, puttana, ci prendiamo questi soldi e tutti quelli che hai tu, cazzo.» Tirò fuori un coltello di trenta centimetri, il cui luccichio, nella scarsa luce che si diffondeva lungo il vicolo, faceva da sfondo alla lama.

«Quello non è un coltello!» rispose Tabitha con accento australiano. Si infilò la mano nella giacca e il ragazzo saltò verso di lei urlando: «Aaiii!»

L'uomo volò attraverso il vicolo e si udì un forte *crac*, poi uno scricchiolio quando il suo corpo colpì il muro e si accasciò a terra. Nello stesso istante, il piede di Tabitha tornò a terra.

«Be', è stata una maledetta scortesia» sbuffò Tabitha, e si rivolse al secondo ragazzo. «Mi restituisci la borsa e i soldi o hai intenzione di farti un pisolino come il tuo amico laggiù?»

«Lui... è morto?» chiese il secondo teppista, guardando il ragazzo accartocciato a terra.

Tabitha gli lanciò un'occhiata. «No, non ancora. Il polmone sta sanguinando dal punto in cui il mio calcio gli ha rotto le costole e lo ha perforato. Sento già il sangue che crea problemi.» Si voltò verso di lui. «La prossima volta ti consiglio di non pugnalare prima e fare domande dopo.»

Il ragazzo consegnò la borsa a Tabitha, che aiutò la signora ad alzarsi. «Controlla se manca qualcosa.»

«Aiuterai Jim?» chiese il secondo teppista. «Non sarà un granché, ma è l'unico amico che ho.»

Tabitha guardò il teppista. «Hai un nome?» Lui annuì. «Allora dimmelo subito!»

«Thomas.»

«D'accordo, Thomas. Aiuterò il tuo amico, ma se farà di nuovo queste cose lo lascerò morire, capito?» Lui le fece un cenno. «Per tua informazione, quello dietro di me è un poliziotto. Non farti venire strane idee.»

Ted si avvicinò dietro di loro e guardò Tabitha che tirava fuori qualcosa dalla giacca. Era una siringa e una fiala. Mise un po' di liquido nella siringa, poi si inginocchiò e gli strappò la camicia. «Se vuoi aiutarlo, Ted, chiama un paramedico. Questo gli salverà la vita, ma sarà comunque dolorante e avrà bisogno di bende e aiuto. Non lo farò sentire meglio e di sicuro non gli bacerò la bua.» Infilò l'ago tra due costole e fece l'iniezione.

Ted tirò fuori il telefono e iniziò a scriverci sopra. «Cosa gli stai dando? È una medicina che ti metterà nei guai?»

«Improbabile. Non risulterà nulla nei rapporti tossicologici.»

«Altre cose segrete?» chiese Ted.

Tabitha si alzò e si girò, rimettendo la siringa con il cappuccio e la fiala nella giacca. «Ted, mi hanno sparato, accoltellato e sono caduta da edifici di tre piani... Be', in realtà mi sono buttata, ma non è questo il punto. Ho bisogno di questo prodotto per sopravvivere nel mio lavoro. Il fatto che abbia aiutato questo perdente è una mia debolezza, non un punto di forza. Ha avuto quello che si meritava. In realtà ho aiutato Thomas, che voleva solo un amico nella vita. Ci sono stata quando ero più giovane. Forse insieme, i due troveranno l'aiuto di cui hanno bisogno.»

Tabitha iniziò ad allontanarsi. «Aspetta!» disse Ted, spostando lo sguardo tra Tabitha e i due teppisti. Stava cercando di decidere cosa poteva fare, se c'era qualcosa, per tenere Tabitha con sé.

«Devo andare, Ted. Goditi il panorama finché puoi.» Si diede una pacca sul sedere. «Le sirene stanno venendo da questa parte, quindi presto avrai degli amici.» Lei si girò e camminò all'indietro, guardandolo. «Non preoccuparti dell'albergo, abbiamo già fatto il check-out.» Gli mandò un bacio, poi si voltò e girò l'angolo, scomparendo nella penombra.

«Merda.» Ted sospirò, le spalle si abbassarono.

SBRDS _Meredith Reynolds_

«Bethany Anne?» chiese Meredith dall'altoparlante. «Barnabas ti sta chiamando.»

Bethany Anne guardò il tablet e l'elenco dei documenti elettronici che doveva esaminare. Anche se aveva affidato gran parte di questi documenti a ADAM, che poteva fornirle i dati necessari per prendere una decisione, si trattava comunque di una mole di lavoro notevole.

Evidenziò veloce un terzo dei documenti e li inviò a suo padre. Lui aveva troppo tempo a disposizione, ne era certa.

«Bene, sono a posto. Passamelo.» Alzò lo sguardo e vide il volto di Barnabas che si librava nell'aria davanti a lei. «Che succede?» Poi notò la stanza in cui si trovava. «Sei a Schwabenland?» Lui annuì.

«Sì, la casa dei liberi ma congelati» rispose.

Lei annuì. «Stai rintracciando qualcuno?»

«Sì, ho una pista sulle persone che continuano ad attaccarci. Potrebbero aver mandato qualcuno qui a parlare con Maria come parte della delegazione americana.»

«Oh? Credi che gli Stati Uniti siano coinvolti in questa storia, allora?»

«No, non credo. Nessuno della squadra conosceva questa persona e non sono riuscito a leggerlo.»

«Scusa» interruppe lei, «ma hai detto che non riesci a leggerlo?»

«Sì, esatto.»

«Quanto spesso succede?» ha chiesto.

«Molto di rado. È successo in passato, ma le percentuali che possa accadere senza che questa persona sia stata aiutata sono piuttosto remote.»

«Va bene, dimmi il resto del piano, Barnabas.»

«Salterò sulla mia capsula tra circa trenta minuti e li seguirò. Sono partiti, ma ADAM sta seguendo l'aereo per me. Se si discostano dal piano di volo che hanno dato ai militari, lo saprò.»

«Fammi sapere se hai bisogno di qualcosa, e ti ringrazio per l'aggiornamento...»

Quella volta la interruppe Barnabas. «Mia regina, ho qualcos'altro da dire.» Fissò la telecamera e gli occhi di lei.

Bethany Anne sollevò un sopracciglio. «Oh, per essere così formale deve essere buono.»

«Maria Orsitsch ha chiesto il permesso per far emigrare il gruppo Thule qui nello Schwabenland nell'Impero Eterico.»

Bethany Anne scrollò le spalle. «Ottimo, era la decisione che ci aspettavamo tra tutte le loro opzioni. Perché c'è un ostacolo?»

«Vuole fornire un trasferimento di tecnologia ai tedeschi prima che vengano con noi.»

Bethany Anne ci pensò un attimo. «Quale tecnologia? Non abbiamo detto loro prima che non potevano condividere la tecnologia, quindi come mai lo chiede ora, e perché è così preoccupata da chiederlo a *te*?»

«Vuole consegnare il concetto di base della loro versione dei motori gravitici. Queste versioni sono estremamente affamate di energia e non possono inviare navi come le nostre, ma è un progresso che potrebbe causare problemi nel mondo.»

Bethany Anne batté il dito sulle labbra. «Sì. ADAM ha fatto delle analisi con Frank e Jeffrey su questo. Dirò a Frank di chiamare Maria e di spiegarle le potenziali conseguenze. Vediamo cosa deciderà di fare dopo.» Lui iniziò a chiudere, ma Bethany Anne alzò una mano. «Non sto dicendo che il permesso di emigrare è negato se decidono di consegnare la tecnologia. Sto dicendo che devono saperlo, e che l'assenza di un "sì" dovrebbe almeno indurla a pensarci a lungo.»

Lui fece un cenno di intesa.

«Bene, tienimi aggiornato sulla tua ricerca. Quegli stronzi sono stati una spina nel fianco un sacco di volte, e se possiamo scoprire di più su di loro ci sto.»

«E se scopriamo che si trovano in profondità negli Stati Uniti?»

«Barnabas, cosa fai al cancro se è nel tuo migliore amico?»

«Lo taglio via» rispose lui.

«Sì, lo taglieremo, con o senza permesso» gli disse.

Le sopracciglia di Barnabas si alzarono e Bethany Anne sorrise. «La risposta, prima che tu lo chieda, è che è più facile chiedere perdono. Forse... Dipende da cosa stanno facendo. Secondo Mason Jayden, la sua gente stava lavorando alle tecnologie in grado di gestire quei dischi volanti, ma non ha mai scoperto da dove provenisse la tecnologia. Secondo Maria, i progressi che abbiamo visto non provengono da lei e, secondo TOM, alcune delle capacità delle astronavi che abbiamo visto sono ben note a una mezza dozzina di razze aliene e quindi potrebbero provenire da una qualsiasi di esse. Non mi piace molto permettere che un cancro del genere esista mentre noi siamo fuori a combattere in un altro sistema solare.»

«Capito, Bethany Anne.»

Si salutarono e Bethany Anne tornò a guardare il suo tablet dopo che Barnabas era scomparso. Aveva ancora più di sessantadue documenti da discutere con ADAM e decidere quale direzione prendere.

«Fanculo» mormorò mentre richiamava il primo.

7

«*Questa* sì che è una villa» disse Tabitha ai suoi Tonti. «Non c'è da stupirsi che Michael non sia rimasto molto colpito dalla casa in Sud America.»

I sei uomini e la donna erano nell'ombra di Gramercy Park South, a fissare la casa che Michael aveva usato prima di cambiare Bethany Anne.

Bethany Anne aveva ricevuto un'offerta di sette milioni di dollari per la villa di quarantadue stanze attraverso un intermediario, quando i responsabili della pulizia e della manutenzione avevano comunicato che nessuno era entrato nell'edificio da anni.

Bethany Anne aveva licenziato in fretta l'impresa di pulizie per aver parlato e ora permetteva a piccoli gruppi di persone di visitarla di tanto in tanto, restando sempre nelle poche stanze anteriori, mentre tutto il resto era off-limits. Non si era mai recata di persona nella casa, preferendo non vedere nulla che le ricordasse la sua assenza.

Tabitha sussurrò: «Va bene, ragazzi, fate finta di essere dei ninja e andiamo a stare a casa del capo, che ne dite?»

Sei figure maschili scomparvero nella notte mentre Tabitha

aspettava nell'oscurità, poi infilò una chiave in una porta laterale, disattivò il sistema di allarme ed entrò in casa.

<u>Chicago, Illinois, USA</u>

La donna bionda e snella che indossava un lungo abito rosso e un rossetto rosso abbinato, con i capelli raccolti in uno chignon, scivolò sul sedile accanto a David Dennison. Lui si stava godendo il suo drink e l'inizio del lungo fine settimana di riposo.

David aveva deciso di restare con il presidente uscente, che aveva una protezione a vita.

«Barista?» chiamò lei, ma fu ignorata.

David chiamò più forte: «Ehi, Barry!»

Barry si girò di scatto e notò la mano di David in aria, che indicava la signora in abito rosso accanto a lui. Barry alzò un dito.

David si rivolse alla donna attraente. «Mi dispiace, ma Barry ha problemi di udito all'orecchio destro. Non lo rimproveri per questo.»

La donna annuì e rivolse a David un breve sorriso prima che scomparisse come uno spruzzo di pioggia in una strada calda. «Lo apprezzo molto.»

«Sta bene?» chiese David. «Non voglio intromettermi, sto solo prendendo un drink di fine settimana per rilassarmi e non mi dispiace parlare... o stare in silenzio.»

La donna sembrò discutere nella sua mente prima di voltarsi più verso David e mettere la sua pochette abbinata sul bancone. Tese la mano destra. «Salve, mi chiamo Paula e mi hanno appena dato buca.»

«Accidenti» rispose David, allungando la mano per stringerla. «Mi chiamo David e posso dirti che è uno stronzo... Ahi!» La mano di David scattò indietro e la scosse su e giù.

«Oh!» Paula si guardò la mano. «Le ho dato la scossa? Mi

dispiace tanto!» Mise la mano destra sul braccio sinistro di David.

«No. Forse» rispose David, guardandosi la mano alla ricerca di sangue, ma non c'era nulla di sbagliato. «Accidenti, sembrava uno spigolo vivo.» David guardò Paula. «Non sarà una spia segreta di un governo straniero e stai cercando di drogarmi... drogarmi... drogarmi?» chiese David, il suo volto si spense per un attimo, poi tornò all'erta. «Allora?»

«Allora, cosa?» chiese Paula, «non sono sicura di aver capito la tua domanda la prima volta.»

«Cosa prende, signora?» chiese Barry, interrompendo la conversazione.

Lei allungò una mano per prendere il drink di David e lo annusò. «È Glenlivet?» Barry annuì. Si rivolse al barista: «Ne prendo uno uguale, grazie.» Barry andò a prendere il drink alla signora e lei si voltò verso David. «Mi scusi, qual era la domanda?»

David chiuse la bocca e scrollò le spalle. «Non saprei...»

Barry tornò e porse il drink a Paula. Lei cercò nella sua pochette e tirò fuori tre banconote da venti. «Questo dovrebbe coprire tutto quello che serve a me e a David, vero?» Barry annuì e accettò le banconote, poi tornò verso la sua conversazione all'altro capo del bar.

«Ehi, grazie.» David sorrise, raccogliendo il suo bicchiere. «Mi dispiace che ti abbiano dato buca, ma non posso fare a meno di pensare che finora questa sia stata una serata meravigliosa per me.»

«Be', consideralo come se avessi pagato in anticipo» gli disse lei, bevendo un sorso dal suo drink.

«Per cosa?» chiese David, osando alzare le sopracciglia, flirtando per la prima volta dopo tanto tempo.

«Dovremmo dire "servizi da rendere"?» Paula rispose alzando un sopracciglio e alzando il bicchiere in segno di brindisi.

«Accidenti, per me va bene» concordò lui, e fece tintinnare il suo bicchiere.

La mattina dopo, quando David si svegliò, cercò di ricordare la notte precedente. Si guardò intorno nella sua stanza; di sicuro le lenzuola e il letto erano più in disordine del solito, ma non vide nulla di strano che una notte di bevute eccessive non avrebbe potuto causare.

La testa non gli batteva più, quindi grazie per i piccoli favori. Si alzò dal letto e passò davanti al comò. La sua pistola e tutto ciò che normalmente vi lasciava cadere sopra erano lì, non mancava nulla.

Proseguì verso il bagno e si fermò.

Il suo bagno era stato realizzato in bianco. Piano di lavoro in marmo bianco, rivestimento in legno bianco e piastrelle bianche incastonate ad angolo di quarantacinque gradi con stucco grigio.

Fece un paio di passi e si abbassò. Le mutandine rosse erano facilmente visibili contro il bianco. Raccolse il pezzo di carta piegato. A quanto pareva il sogno era stato reale.

Ciao David,

Grazie per la fantastica cena e per la serata ancora più bella. Spero che un'altra ragazza abbia la stessa fortuna che ho avuto io quando le danno buca.

Perché di certo con te non si va in bianco.

David sorrise e continuò a leggere.

Spero che il mio pagamento anticipato sia stato sufficiente, e attendo con ansia il tuo "rimborso".

Cari saluti,

Paula

. . .

Girò il biglietto un paio di volte. Lei non aveva lasciato un numero di telefono, quindi come avrebbero dovuto incontrarsi per il rimborso?

SBRDS *Meredith Reynolds*

Darryl e Scott si aggiravano tra la folla in piedi nella grande caverna. In futuro quella caverna forse sarebbe stata utilizzata per la costruzione, la ristrutturazione o lo smontaggio di navi, ma per il momento era un buon posto per ospitare migliaia di persone emigrate nell'Impero Eterico.

Si trattava di un gruppo più piccolo, forse tremila persone. Sebbene fosse passato più di un anno da quando l'ultimo jihadista aveva tentato di unirsi a Bethany Anne e di assassinarla, i due ragazzi si mescolarono al pubblico per vedere se riuscivano a intuire qualcosa di brutto prima che accadesse.

Su un lato della stanza c'era un palco alto tre metri. Era stato tenuto libero per quegli eventi, quando sarebbero arrivati Bethany Anne, John ed Eric.

Bethany Anne aveva tenuto trentadue di quei discorsi fino a quel momento e capiva che ognuno di essi poteva essere l'ultimo per le nuove persone che si univano a loro, quindi dava sempre il meglio di sé. Ogni mese sulla Terra venivano posti altri impedimenti all'emigrazione.

Alla fine, coloro che si stavano unendo a loro correvano il rischio di rinunciare alla propria vita e avevano bisogno del suo massimo impegno per aiutarli a decidere da che parte volevano stare: con lei o tornare sulla Terra.

Scott annuì e sorrise a una giovane famiglia. Il padre sembrava esitare a interromperlo, forse era un introverso. Scott si guardò intorno per verificare che non ci fosse nulla di strano e si avvicinò a loro.

«Come state?» chiese ai genitori mentre batteva il pugno con il giovane ragazzo dai capelli scuri che gli sorrideva.

«Emozionati!» La mamma sorrise e i suoi occhi verdi si illuminarono. «Ci siamo, vero?»

«Dipende» rispose Scott, giocando con i capelli del ragazzo. Scott guardò di nuovo i genitori. «Se intendete dire che questo è l'incontro in cui vi unite a noi, allora sì, ci siamo. Avete la possibilità di dire di no, e vi riporteremo sulla Terra molto presto. Oppure potete dire di sì, rinunciando a tutti i vostri legami con i paesi della Terra e unendovi all'Impero Eterico.»

«Perché dobbiamo rinunciare ai nostri legami?» chiese il padre.

Scott lo guardò e scrollò le spalle. «È una condizione più della Terra che nostra. Tuttavia, se sei australiano, non è così. Ci sono altri sette Paesi che se ne fregano. Noi dell'Impero Eterico tendiamo a pensare "prima l'umanità" quindi non ci importa se i nostri Paesi si arrabbiano. Il mondo è grande e i Paesi sono il vostro popolo, la vostra specie. È naturale che un umano si unisca e voglia... no, *abbia bisogno di* far parte di un gruppo. Ebbene» Scott mosse la mano verso la folla, «questa è quella famiglia ora. Siamo legati dal desiderio di andare avanti e di proteggere il mondo, che lo meriti o meno.» Abbassò la mano. «Inoltre, ci faremo strada da soli là fuori. Non siamo sicuri che rivedremo mai la Terra, quindi questa stazione base o un altro pianeta potrebbero essere la vostra casa, non lo sappiamo. Ma» disse Scott facendo un cenno al podio, «la regina sta per apparire, quindi se avete domande chiamatemi più tardi, d'accordo?»

L'uomo annuì, mentre la moglie era in preda all'entusiasmo e il bambino si stringeva alla camicia del padre per essere tenuto in braccio e poter vedere meglio. Il padre acconsentì e Scott afferrò il piccolo e lo sollevò facilmente per farlo sedere sulla spalla del padre. Continuò a camminare tra la folla.

La caverna era illuminata dalla stessa tecnologia Arti-Sole portatile usata nella caverna grande, più piccola e con un piccolo supporto gravitazionale, che consentiva a Meredith di spostarla a seconda delle necessità, dato che quella caverna non era sempre in uso. Le unità erano larghe circa due metri e lunghe tre, con pannelli traslucidi per diffondere la luminosità. Ferivano gli occhi se li si guardava direttamente: l'effetto non era diverso da quello di guardare il sole dalla Terra.

«Attenzione, prego» risuonano gli altoparlanti attaccati alle pareti. «Qui è l'IE Meredith. Siete pregati di rivolgere la vostra attenzione al palco e di ridurre le vostre chiacchiere.» Ci fu una pausa. «Incluso lei, signor Killsbury.»

Si sentì una risata dalla sinistra di Scott. Meredith trovava sempre una o due persone esuberanti nel gruppo e le chiamava per nome. Era un piccolo promemoria del fatto che poteva sentire e vedere praticamente tutto nella base. Essendo le operazioni di sua competenza, considerava l'evento di accettazione dell'emigrazione una priorità assoluta.

La luce in alto si affievolì un po' e quella sul palco aumentò. Ci furono cinque o sette secondi di attesa prima che John, Eric, Bethany Anne e Ashur apparissero e la folla si scatenò mentre Bethany Anne sorrideva e salutava.

Era sempre qualcosa di unico quando le persone apparivano dal nulla.

Ashur fece un sorriso e si mise a saltellare sul palco. «Zitto» gli disse Bethany Anne, salutando la folla da entrambi i lati del palco. «Ti piace questo e lo sai. Le luci fanno praticamente brillare la tua pelliccia bianca.»

Ashur abbaiò a un bambino del pubblico e scodinzolò prima di voltarsi verso i tre umani e di sbuffare di nuovo.

«Non è colpa mia» gli disse John. «Bellatrix non ama le luci della ribalta. È felice di stare con i cuccioli e di visitare i bambini dell'Accademia.»

Erano passati poco più di due anni da quando TOM e Bethany Anne avevano finalmente capito come Ashur le inviava i messaggi e come lei li recepiva. Una modifica di dieci minuti nella capsula medica permetteva ora alla maggior parte di coloro che circondavano Ashur di capirlo senza problemi. C'era una manciata di dispositivi che potevano essere distribuiti per aiutare Ashur a comunicare con coloro che non avevano le modifiche.

Finalmente, Bethany Anne smise di salutare e rivolse i palmi delle mani verso il basso, facendo dei gesti per calmare il gruppo.

Va bene, ADAM, collegami agli altoparlanti.

>> Capito.<<

«Benvenuti alla SBRDS *Meredith Reynolds*, la prima stazione base dell'umanità e la sede dell'Impero Eterico.» La voce di Bethany Anne si sentiva con facilità tra la folla mentre camminava avanti e indietro sul palco.

«Veniamo al dunque su uno dei termini più confusi, ovvero "Impero"» iniziò. «Come sapete, il mio titolo in questo momento è "Regina" Bethany Anne, non Imperatrice. Questo perché noi qui siamo un gruppo di persone che comprendono che il nostro senso di identità è uno scopo condiviso per proteggere coloro che sono sulla Terra. Non siamo etnicamente simili; abbiamo membri provenienti da tutto il mondo. Non condividiamo tutti la stessa lingua, anche se tutti sono stati dotati di strumenti di traduzione e di un impianto. Alla fine, mi dicono, parleremo tutti la stessa lingua. La nostra cultura, così com'è, crescerà con noi mentre ci impegniamo nello sforzo reciprocamente soddisfacente di assicurarci che le nostre famiglie, i nostri amici e i nostri cari sulla Terra possano fare tutto ciò che vogliono.»

Bethany Anne si fermò al centro del palco e guardò la folla. «Ricordate. Stiamo andando là fuori» il suo braccio sinistro indicava in alto e alla sua sinistra, «per dare a coloro che sono sulla Terra» il suo braccio destro indicava in basso e a destra, «delle opzioni. Non è e *non può essere* nostra responsabilità assicurarci che facciano la cosa giusta sulla Terra.»

La sua voce era un po' cupa. «Pensateci. Potremmo salvare la Terra dagli alieni solo per vedere che la Terra si distrugge da sola.» La sua voce si schiarì. «Oppure potrebbero risolvere i loro problemi e quando noi, i nostri figli o i figli dei nostri figli torneranno, la Terra potrebbe essere un'utopia.»

Bethany Anne allargò le braccia per avvolgere la folla. «L'unica ragione per cui hanno l'opportunità di diventare un'Utopia siete voi. La vostra volontà di rischiare. La vostra fede nel combattere, o nel sostenere coloro che combattono, e il coraggio di sfidare un futuro sconosciuto.»

Si girò e iniziò a camminare sul palco alla sua sinistra. «Ora, so che alcuni di voi – anzi, molti di voi – sono anche stufi di ciò che sta accadendo nel nostro mondo.» Si voltò e riprese a camminare verso la parte opposta. «E francamente, molti nel mondo sono sconvolti dal fatto che abbiate scelto di venire quassù, quindi non aspettatevi riconoscimenti dalla Terra mentre attraversiamo il portale.» Indicò vagamente dietro di sé. «È da quella parte, se siete curiosi.»

Alcune teste si voltarono a fissare la parete più lontana, forse per immaginare il portale di annessione sospeso nello spazio, prima di tornare a concentrarsi su di lei.

Bethany Anne si fermò all'estremità del palco. «No, non sono contenti perché, cito testualmente, "state portando con voi i migliori e i più brillanti!".» Bethany Anne scrollò le spalle. «È vero, e sapete perché?

Ho chiesto» ripeté, un po' più forte, «*SE SAPETE PERCHÉ?*»

«*NO, PERCHÉ?*» Quella volta, ricevette dalla folla il grido di risposta che cercava, oltre a un applauso mentre stava lì, in piedi, sorridente e orgogliosa, di fronte alla sua gente.

«Perché non si prende la propria *maledetta Squadra B* quando è in gioco il futuro della Terra, ecco perché!»

Quella volta si scatenò una bolgia nella caverna, quando le

grida di sostegno e il cameratismo unirono i presenti. La consapevolezza di avere un obiettivo comune e di essere tutti giocatori della Squadra A contribuì a farlo accadere.

«Ora, non potete seguire ciò che non conoscete e non vi lascerò in nessun caso senza sapere nulla, ma ecco il problema. Se sapete già di voler tornare sulla Terra, dovete recarvi in fondo alla caverna da una qualsiasi delle cinque persone vestite di verde. Verrete riportati sulla Terra entro i prossimi tre giorni.»

Batté le mani. «Avanti! Non abbiamo tutto il tempo del mondo qui, gente. Non c'è da vergognarsi nel capire che si vuole tornare con i propri cari. Assolutamente no.» Si portò una mano alla fronte per ripararsi gli occhi dal bagliore. «Vedo già una manciata di persone laggiù e» osservò la folla, «forse altre tre o quattro che si muovono in quella direzione.

Purtroppo» lasciò cadere la mano, «se resterete per la prossima parte di questa conversazione, non tornerete sulla Terra prima di poche ore dal nostro salto attraverso il portale. Alcune discussioni familiari devono avvenire in famiglia, d'accordo?»

Bethany Anne fu sorpresa: solo sette persone erano in fondo. Fece un cenno con la testa e quelle persone furono accompagnate fuori dalla camera più grande.

Una volta che se ne furono andati, continuò il discorso. «Vi verrà offerta un'altra opportunità di lasciare questo posto e tornare sulla Terra dopo il mio prossimo discorso, ma per sfortuna il vostro ritorno avverrà proprio prima di attraversare il portale, poiché ciò che sto per condividere è privato, solo per noi. È chiaro?»

Vide molte teste annuire. «Bene. La prima cosa è che noi» indicò quelli sul palco con lei, «e altri della mia squadra siamo umani modificati. Cioè» alzò le braccia per tranquillizzare la gente, «abbiamo una tecnologia avanzata che ci permette di fare cose incredibili. Una di queste cose» si girò alla sua sinistra e fece un passo, apparendo improvvisamente dall'altra parte del palco nel silenzio della folla, «è camminare in un'altra dimensione.» Indicò il punto in cui era stata e poi quello in cui si trovava. «È una cosa piuttosto unica, come lo sono altre cose che possiamo fare.» Allungò la mano e si concentrò per creare una palla di energia eterica. Era simile a quella che lei e TOM avevano elaborato quando aveva sciolto per la prima volta quelle maledette spille che i ragazzi indossavano anni prima.

Due o tre bambini tra la folla iniziarono ad applaudire e Bethany Anne sorrise. Era bello creare qualcosa che portasse gioia alla sua gente, non sempre la morte.

Accendeteli, ragazzi, ordinò.

Sia John sia Eric sorrisero e allungarono le mani, creando anch'essi dei globi viola. Al momento non era molto più di una fonte di luce, ma quelle sfere potevano essere abbastanza distruttive. Le squadre stavano ancora sperimentando per vedere se potevano essere perfezionate.

«Quelli che vedete qui sono esempi di energia eterica, da cui il nome "Impero Eterico".» Bethany Anne spinse in alto il suo globo e allungò la mano destra come per comandare alle palline di John ed Eric, non più grandi di una piccola palla di neve, di unirsi alle sue. Esse fluttuarono a circa sei metri sopra la folla, prima di scomparire definitivamente.

Iniziò a camminare verso il centro del palco. «Usiamo l'eterico come fonte di energia e come condotto, e per altre cose interessanti.

Quelli che voi considerate i vampiri del folklore erano in realtà esseri umani modificati che avevano nanociti alterati. Avevano bisogno del sangue come condotto per acquisire l'energia eterica di cui i loro nanociti hanno bisogno per vivere. Per fortuna, abbiamo risolto questo problema.»

Bethany Anne si mise in piedi al centro del palco e guardò la folla, e ognuno di loro sentiva di parlare personalmente con lei. «Dovete conoscere la misura della donna che seguirete nello spazio, in altri sistemi solari, per fare la pace o la guerra con me, mentre seguiamo gli alieni che hanno già cercato di usare i terrestri nei loro piani. E torneranno.»

La sua voce si fece più profonda.

«Ascoltatemi, tutti voi che siete in questa caverna! Mi chiamo Bethany Anne Nacht e sono la Regina dell'Impero Eterico. Ma prima ancora ero la Regina del Mondo Sconosciuto, e sono la *Regina delle Stronze!*»

Quando finì di parlare, gli occhi di Bethany Anne erano rossi e i suoi capelli fluttuavano per l'energia che stava elaborando ma non utilizzando. Gli altoparlanti erano stati spenti perché la sua voce non aveva bisogno di supporto.

Parlò piano e con chiarezza, in modo che nessuno potesse fraintendere. «Non c'è altra regola che la mia. Non ci sono altre opzioni se non la mia. Vinceremo la battaglia o moriremo provandoci, *Ad Aeternitatem!*» gridò. «Per sempre! Combattete con me, accanto a me, davanti a me, e sostenetemi, o scegliete di tornare sulla Terra. Non mi piegherò, non mi inchinerò, non mi arrenderò e non mi arrenderò... *MAI!*»

Alcune persone tra la folla si inginocchiarono.

«Andremo avanti e *supereremo quella linea.*» Indicò la direzione del portale. «Vinceremo le nostre battaglie e saremo pacifici nei confronti di quegli alieni che lo saranno con noi... oppure faremo ciò che è necessario a coloro che desiderano la guerra.»

Sempre più persone si inginocchiarono. L'azione non era mai stata richiesta o obbligata, ma si era verificata alla prima manifestazione di fedeltà e a tutte quelle successive.

Bethany Anne moderò la voce. «Cercherò di essere equa, di essere giusta, di essere una buona regina. Noi, come popolo, cercheremo di essere buoni alleati di coloro che vorranno allearsi con noi.»

Quella volta le sue emozioni trapelarono un po'. La sua pura determinazione incoraggiò quelli che si trovavano davanti a lei, mentre terminava il suo discorso.

«Ma saremo *sempre* un popolo forte, un popolo disposto a parlare di pace ma a sostenerla con la forza. Noi siamo l'Impero Eterico e non scapperemo mai, *MAI*.»

Ora ogni persona nella caverna era in ginocchio.

«Che ne dite? Siete con me?»

Tutti i ragazzi regolarono le loro protesi auricolari per ridurre il boato della folla, mentre Bethany Anne si alzava e accettava la loro fedeltà.

Quel giorno l'Impero Eterico crebbe di altre tremila anime.

8

Mentre i Tonti controllavano la casa, Tabitha passeggiava per la grande villa e si chiedeva come doveva essere quando ci viveva Michael.

Sapeva che aveva delle stanze sotterranee. Bethany Anne aveva scelto di non visitarle e, francamente, nessuno era certo che fosse possibile accedervi o che fosse sicuro.

Per coprire l'accesso era stata installata una grande porta di metallo. Bethany Anne aveva detto di volerla solida ma non ermetica, in modo che, se Michael avesse avuto bisogno di superare la porta, ci fosse stato un modo per entrare.

Tabitha scese le scale che portavano alla suite di stanze o qualsiasi cosa Michael avesse costruito per sé sotto la casa e si sedette sugli ultimi due gradini. Restò a fissare la porta di metallo per un'ora, chiedendosi cosa ci teneva suo padre. Si chiese com'era prima di conoscere Bethany Anne, prima che cominciasse ad ammorbidirsi per il fatto di avere tante donne nella sua vita, e sorrise.

Michael era stato messo alla prova sia da lei che da Bethany Anne. Lei aveva capito il suo temperamento e si era opposta così tanto che lui aveva chiesto in segreto di sostituirla, ma Bethany Anne l'aveva impedito. Tabitha si era quasi bagnata le mutande dal ridere quando aveva scoperto che Bethany Anne aveva detto a Michael che l'unico sostituto disponibile era un uomo gay. Il risultato finale era che Michael l'aveva tenuta, e solo per quello Tabitha le sarebbe stata grata per sempre.

Michael le aveva dato un uomo in cui credere. Un uomo che, lo sapeva dal profondo del cuore, l'avrebbe sostenuta per il resto di quella che sarebbe diventata una vita molto lunga. Le aveva insegnato a credere in se stessa, perché solo così avrebbe potuto fare ciò che lui le chiedeva.

E quando lei produceva miracoli, lui la faceva sentire bene per quello che aveva fatto. Le aveva detto più volte che la bonifica del Sud America non avrebbe avuto lo stesso successo senza di lei.

Lei sorrise. Michael non aveva mai soffiato sul fuoco. Se diceva che avevi fatto bene, allora avevi fatto assolutamente bene. Non solo secondo il metro di misura di allora, ma secondo il metro di misura delle persone che avevano lavorato con lui per secoli.

Era un'ottima squadra di cui far parte e lei se ne sentiva orgogliosa. Forse era il membro più recente della squadra tecnica di Michael, ma di certo non l'ultimo.

Bethany Anne aveva promesso che l'avrebbe recuperato.

«Sai» disse Hirotoshi a bassa voce dalla cima delle scale dietro Tabitha, «c'è sempre un buco di bullone. Forse c'è un'altra via d'accesso.»

Tabitha scrollò le spalle. Quella volta l'aveva sentito dall'alto. «Forse? Non ho idea se qualcuno, a parte Michael, sarebbe in grado di usarlo, però, e mi sembra un po' da guardona guardare dentro la sua camera da letto.»

Tabitha si voltò a guardare le scale e alzò le dita a un centimetro di distanza. «Anche se una parte di me desidera disperatamente avere qualcosa di suo, sai?»

Hirotoshi scese le scale e si fermò, abbassandosi per sedersi un paio di gradini sopra di lei. «Sì, capisco, Tabitha.»

«Li troveremo, Honcho Tonto?» chiese.

«Loro chi?» rispose.

«I bastardi che mi hanno già bloccato tante volte.»

«Sì, siamo vicini. Chissà, forse seguirli fino a New York era giusto e in questo momento sono a pochi chilometri da noi.»

Tabitha rise. «Accidenti, sai come eccitarmi, HT.» Fece dei movimenti di stringere un collo con le mani. «Lasciami solo qualche minuto con ognuno dei loro colli, capito?»

«Mettiti in fila dietro la regina.»

«Sì.» Le sue spalle si abbassarono. «Come se ne avanzerà molto dopo che avrà finito.»

«Non spetta a te sostituirti alla sua Giustizia, qualora decidesse di attuarla.»

«Lo so, ma lei fa questa stronzata del "Mandali nell'eterico a calci" e spariscono. Voglio che siano puniti.»

«Come mai?»

Tabitha ci pensò qualche istante. «Dammi un minuto... o dieci. Mi verrà in mente qualcosa di adatto, ne sono certa.»

«Be'» Hirotoshi si alzò, «potresti aspettare di scoprire chi sono prima di scegliere una punizione.» Si avviò di nuovo verso le scale, con i piedi che emettevano appena un rumore. «Vado a controllare il gruppo, Kemosabe.»

Tabitha si alzò e lo seguì, lavorando sul posizionamento dei piedi per minimizzare il suono. «Sono con te e sto imparando, Numero Uno.»

«Era nascosto» disse Katsu al gruppo, mentre lui, Tabitha e Hirotoshi guardavano il portatile appoggiato sulla grande scrivania di legno. «In uno dei cassetti.» Indicò quello in basso a sinistra.

«Bene, sposta il tuo sedere e lascia che la mamma faccia una prova.» Katsu si alzò e Tabitha si infilò sulla sedia. Era un vecchio IBM Touchpad. Katsu aveva già collegato l'alimentatore, quindi premette il pulsante di accensione. Il vecchio lettore di floppy disk fece il suo rumore mentre cercava un disco di avvio, poi la ventola iniziò a girare.

«Accidenti, questi vecchi IBM durano un'eternità» mormorò lei mentre aspettavano il conteggio della memoria. Apparve la prima schermata.

«Windows *COSA?*» Tabitha si strozzò. «Accidenti, chi cazzo era così vecchio da usare questo antico sistema operativo?»

«Michael» suggerì Hirotoshi.

Tabitha abbassò lo sguardo sulla sedia, poi si guardò intorno nel piccolo ufficio dall'aspetto di biblioteca in cui si trovavano e considerò il punto in cui lui sarebbe salito dalle sue stanze, ed espirò. «Porca miseria.» Strofinò le mani sui braccioli di pelle e alzò lo sguardo verso Hirotoshi. «Sono seduta dove si sarebbe seduto Michael?»

Hirotoshi annuì. «Molto probabilmente.»

Indicò il portatile. «Questo viene con me.»

La schermata finale di avvio e la richiesta di password si presentarono, e lei tese la mano. «Katsu?» Lui vi appoggiò un dispositivo USB e lei guardò su entrambi i lati del portatile per trovare l'ingresso USB. Tirò fuori il suo tablet, lo posò sul tavolo e passò attraverso il suo sistema di sicurezza per farlo apparire. «Achronyx?»

«Sono qui e ti ascolto, Tabitha» rispose il tablet.

Tabitha alzò lo sguardo su entrambi gli uomini, con una domanda sul volto, mentre parlava così piano che persino i vampiri riuscivano a malapena a sentirla. «Chi ha cambiato la sua programmazione per essere gentile?» chiese, ed entrambi scrollarono le spalle.

«Vuoi qualcosa o mi stai solo facendo perdere tempo?» chiese il tablet.

«Oh, lasciate perdere.» Tabitha rise a voce alta.

«Sono felice di riavere il normale Achronyx» disse all'IE nel tablet. «Ho un piccolo compito per te. È un vecchio portatile IBM con software Windows, e ho bisogno che tu entri nel sistema oltre la password. Fai attenzione. Il sistema operativo è vecchio, ma il tizio che gestiva la sicurezza all'epoca era di prim'ordine.»

«Sono sempre attento» rispose Achronyx.

«Col cavolo» replicò lei. «Ricordi Budapest?»

«Si è trattato di un errore di calcolo sulla capacità del proprietario originale del server» rispose l'IE.

«Qualunque cosa faccia galleggiare la tua barca digitale. Sei stato avvisato» disse Tabitha.

Si appoggiò alla grande poltrona di pelle e girò la testa da una parte e dall'altra, rendendosi conto che poteva ancora sentire un accenno dell'odore di Michael sulla pelle. «Questa sedia deve tornare con noi.» Alzò lo sguardo verso Hirotoshi. «Sarà un regalo.»

Lui fece un cenno di intesa.

«La sicurezza è stata aggirata» la interruppe Achronyx mentre il sistema operativo continuava a superare la schermata di login per terminare l'avvio.

«Signore dell'interfaccia grafica fantasticamente schifosa» mormorò guardando le vecchie e grandi icone. «Non c'è da stupirsi che quei vecchietti non riescano a vedere un cazzo.» Poi fischiò e indicò lo schermo. «Qui c'è una cartella "Bethany Anne".»

«Credo che la regina debba essere messa al corrente di questo» suggerì Hirotoshi.

«Io... solo... ma...» Tabitha abbassò le spalle. «Va bene.»

Si appoggiò alla poltrona e cercò il legame che aveva con Bethany Anne.

Bethany Anne?

Sì?

Occupata?

Un secondo... No, ora va bene. Tabitha, che succede?

Sono a casa di Michael.

Bene.

Abbiamo trovato qualcosa.

Va beeeene.

Sono abbastanza sicuro che abbiamo il vecchio portatile di Michael e che ci sia una cartella su di te.

Cosa dice?

Non l'ho aperta, rispose lei. *Per chi mi hai preso?*

Un hacker che non sa quando smettere di cercare. Hirotoshi o Ryu sono dietro di te?

Sì, ammise Tabitha. *Hirotoshi.*

Questo spiega il fallimento di Tabitha nell'essere Tabitha. Quindi lui ha suggerito di farmi sapere che c'è qualcosa su di me, giusto?

Giusto al primo tentativo.

Hai bisogno di entrare in quel file, se non per il prurito alle dita che tutti gli hacker hanno per scoprire cose che non dovrebbero sapere? chiese Bethany Anne, colorando di divertimento la sua domanda.

Maledizione, la fai sembrare una malattia! rispose Tabitha.

È una malattia mentale, certo, ma tutti abbiamo condizioni mentali e la tua funziona per te. È per questo che sei un buon Ranger.

Tabitha non sapeva come rispondere a quell'affermazione. Non aveva considerato la sua insaziabile curiosità una risorsa per il suo ruolo di Ranger.

No, non è vero.

Allora resta sull'obiettivo. Da quello che ricordo, Carl e forse Michael avevano delle backdoor infernali in tutto il...

Sì! Tabitha praticamente urlò nel collegamento mentale.

Ahi, Tabitha! disse Bethany Anne. **Ma che diavolo?**

Tabitha si chinò in avanti, la sua mano muoveva la piccola sfera rossa della tastiera per manovrare il cursore sullo schermo.

Scommetto che quegli stronzi non conoscono tutte le backdoor che aveva Carl!

Pensi che Frank o ADAM non siano in grado di trovare qualcosa?

Quei ragazzi sono dei fottuti geni, ma Michael e i suoi hacker hanno avuto decenni per organizzare tutto. Potrebbero esserci database che non raggiungono il web stesso.

Non che tu abbiate aspettato, ma hai il permesso di controllare. Fai solo attenzione a non cancellare tutto prima di clonare il disco rigido, Va bene?

Oh... cazzo. Sì, ottima osservazione, rispose Tabitha, un po' più contrita quando si rese conto del suo errore.

Sì, buona fortuna!

Grazie e arrivederci, capo.

Barnabas è il tuo capo.

Sì, ma non mi piace chiamarlo "Capo" quando si presentano così tanti altri soprannomi.

Come vuoi, Tabitha. È una cosa tra voi due. Ciao.

Ciao.

«Achronyx, ordinami le seguenti parti di computer e falle consegnare il prima possibile. Paga tutto ciò che è necessario. Li voglio come prima cosa domattina.»

Katsu sussurrò: «Siamo a New York. Ci sarà pure un negozio di computer aperto a quest'ora della notte, no?»

«È probabile» concordò Hirotoshi. «Prendi una lista da Tabitha e trova l'hardware.»

Tabitha alzò lo sguardo verso Hirotoshi. «Perché non io?»

«Perché, Kemosabe» rispose, «non puoi andare a prendere un gelato senza imbatterti in qualcuno che trovi necessario picchiare e gettare in un cassonetto. Non voglio che il Dipartimento di Polizia di New York si presenti alla nostra porta... di nuovo.»

«Be'» si acciglò, poi incrociò le braccia e si appoggiò allo schienale, «merda. Qualcuno si sbrighi a portarmi la roba per fare una copia» brontolò.

Quartiere Molenbeek, Bruxelles, Belgio

A Molenbeek Paula teneva la testa coperta. Anche se poteva essere difficile ucciderla, un colpo in faccia era pur sempre un colpo in faccia. Il suo abbigliamento speciale proteggeva solo fino a un certo punto.

Entrò in un locale fatiscente e procedette indisturbata verso il retro. Di rado qualcuno si recava nel retro senza sapere cosa vi avrebbe trovato.

C'era un uomo alto, probabilmente tornato da poco dai combattimenti in Siria o in Iraq. Lei gli disse la parola d'ordine e lui bussò tre volte alla porta. Una parola mormorata e la guardia rispose. I chiavistelli fecero rumore sul metallo e la porta si aprì abbastanza da permetterle di scivolare nella stanza.

Una volta dentro, si tolse il copricapo e lasciò che i capelli biondi le scendessero sulle spalle. Odiava legarli.

Fece un cenno ai tre uomini presenti. Non fece alcun nome, nel caso in cui fossero stati attivati dispositivi di ascolto nelle loro vicinanze.

Con lentezza, infilò una mano nei suoi molteplici strati di indumenti e tirò fuori dei fogli arrotolati, porgendoli all'uomo al centro. Indossava una maglietta del Manchester United.

L'uomo tolse gli elastici dai documenti e li aprì per esaminarli. Prese i fogli e li arrotolò dall'altra parte e poi li rilasciò, cercando di appiattirli. Mise i cinque fogli sul tavolo.

Il primo foglio conteneva le informazioni sul lavoro, compresa la data, l'ora e l'offerta di aiutare a portare venti dei suoi uomini in posizione per attaccare la RDS, se a loro volta avessero promesso di colpire la località successiva in Europa con ottanta dei loro uomini. La sua gente avrebbe fornito il denaro per le armi e li avrebbe aiutati ad arrivare in città da qualsiasi parte del mondo avessero bisogno di essere prelevati.

L'uomo indicò l'offerta di portare venti dei loro caccia nello spazio. «Potete farlo?»

Lei fece un cenno di assenso.

«E i soldi?»

Di nuovo, un altro cenno.

Guardò entrambi gli uomini che avevano osservato i documenti dalle sue spalle. «Siete entrambi d'accordo di farlo?»

Quello a destra scrollò le spalle. «Se le informazioni sono corrette, con quello che dicono qui lei sarà presente all'evento, quindi la maggior parte della nostra gente sarà lì.» Guardò Paula. «Ti aspetti che questi venti siano una finta?»

Lei annuì.

«Credi che sopravviveranno?»

Paula scosse la testa, con la bocca serrata in una linea.

«Nemmeno io» concordò l'uomo al comando. «Andranno da Allah sapendo di averci aiutato a ripagare il diavolo in persona e ad abbattere la sua gente.»

L'uomo esaminò un'ultima volta i documenti prima di unirli. «Allah lo ha decretato.»

Paula annuì con la testa e prese l'hijab, tirandosi su i capelli per rimboccarli. Un paio di minuti dopo uscì a sinistra dall'edificio fatiscente e venti minuti dopo, fuori dal quartiere di Molenbeek, tirò fuori il suo telefono speciale. Dopo aver digitato i comandi, lo accostò all'orecchio. «Patrick? Paula. Hanno accettato. Sei ancora in grado di portare i venti alla stazione base? No, non si aspettano che sopravvivano. Già, non mi aspettavo nemmeno che uno dei tuoi piloti rimanesse nei paraggi.»

Paula girò a destra all'incrocio successivo, poi prese il suo copricapo e se lo tolse, infilandolo nel cestino più vicino.

«Avevamo concordato solo un viaggio di sola andata.» Lei grugnì la sua risposta a una domanda di Patrick, riattaccò, poi infilò di nuovo il telefono nei vestiti.

Da quando aveva seguito la protezione di Bethany Anne, Paula non si era mai sentita così follemente felice.

C'erano voluti anni, ma la sua preda era a portata di mano.

9

<u>Kaifeng, provincia di Henan</u>

Il capitano Zi Shun entrò nel ristorante che lui e i suoi tre amici avevano usato negli anni prima dell'avvento del clan.

Il Tempo della Decimazione.

Lui e i suoi uomini erano stati rinforzati più e più volte con nuove reclute che erano appena diventate carne fresca nella guerra in corso con i cambianti.

I gatti.

Jian e Zhu lo stavano aspettando. In base alle bottiglie vuote davanti a loro, erano lì già da un po'.

Entrambi erano stati promossi e comandavano le proprie squadre. Essendo i tre "intoccabili" Shun, Zhu e Jian avevano una reputazione mitica tra gli uomini dell'esercito. I tre erano stati personalmente responsabili di dodici uccisioni di cambianti nel corso degli anni, offrendo sempre i morti in sacrificio per il loro amico Bai, che era caduto durante quel fatidico viaggio nelle foreste.

A tutti e tre gli uomini erano stati offerti trasferimenti in città, ma tutti e tre avevano rispettosamente rifiutato.

Come avrebbero fatto a vendicarsi dall'interno della città?

In quel momento erano di nuovo a Kaifeng, perché tutte le truppe erano state richiamate. Nessuno riusciva a trovare i Re del Clan e i combattimenti, almeno con le loro tre squadre, erano diventati uno stallo. Il capitano Shun aveva introdotto una tecnologia per registrare i movimenti e per i gatti era diventato troppo costoso attaccare. Perdevano sempre almeno uno, a volte fino a tre dei loro membri.

Negli ultimi tre mesi, prima che venissero richiamati, non c'era stato alcun progresso e alla fine i capi si resero conto che era una causa senza speranza. Nessuno aveva trovato la tecnologia portata via in fretta e furia dal tempio di montagna.

Avevano trovato l'imperatrice o sacerdotessa morta, con le braccia e la testa tagliate. Si diceva che la RDS fosse responsabile della morte. Cinque meteore luminose erano entrate nello spazio aereo cinese da sud-est, senza alcun impatto segnalato.

Non aveva importanza. Nel corso degli anni Shun aveva maturato l'opinione che forse la RDS aveva avuto l'idea giusta. I governi, anche il suo, non erano le persone giuste per avere la tecnologia.

Shun salutò la cameriera, che annuì e andò a prendere una birra per lui. Gettò il cappello sul sedile e lo spinse oltre mentre si infilava nella cabina a semicerchio. «Siete ancora capaci di pensare?» Sorrise mentre Zhu nascondeva un gesto scortese dietro la bottiglia di birra.

Shun tirò fuori il portafoglio e alzò un sopracciglio. Jian scosse la testa, così Shun contò le sei bottiglie e mise sul tavolo un conto da cinquanta yuan. Avrebbe dovuto pagare quello che avevano più quello che intendeva bere, oltre alla mancia. Avrebbe aggiunto altro in seguito, se necessario.

«Voci o realtà?» chiese Jian. Sia Shun sia Zhu si voltarono verso il loro amico. Zhu si rivolse a Shun. «Reale?»

Shun annuì con la testa.

«Non è giusto» dichiarò Jian. I due uomini ascoltarono il loro amico silenzioso e contemplativo. «Vogliono usare i cinesi che lavorano per la RDS come risorse per attirare la RDS in una lotta?» Jian espirò forte. «Questo è sbagliato.»

Shun scrollò le spalle. «Va bene.»

Le sopracciglia di Zhu si sono alzate. «Così facile?»

Shun bevve un sorso di birra. «Tanto tempo nella foresta dà il tempo di contemplare ciò che è giusto per il proprio Paese e ciò che è bene per i propri capi. Spesso le due cose non sono in sintonia.»

Jian prese la sua bottiglia e toccò quella di Shun prima di bere un sorso e rimetterla giù.

«Abbiamo un obiettivo?» chiese Zhu.

«Sì, una piccola azienda manifatturiera a circa un'ora a sud di Zhengzhou» lo informò Shun. «Ho ricevuto le istruzioni prima di partire.» Girò il polso e guardò l'orologio. «Gli uomini di Woo partiranno tra circa un'ora e andranno laggiù con un camion per catturare i dipendenti che fanno il turno di notte.»

«Un'ora?» chiese Jian e Shun annuì.

«Non esiste.» Jian si frugò nella tasca posteriore e tirò fuori il portafoglio. «Guido io, ragazzi.» Lasciò cadere altri cinquanta yuan sul tavolo e si alzò, senza alcun vacillamento nei suoi passi. Shun e Zhu guardarono per un attimo il loro amico mentre si dirigeva verso la porta.

«Significa prigione» disse Zhu a Shun.

«O l'esecuzione» rispose Shun.

«Per Bai» dichiarò Zhu piano. Scivolò fuori dalla cabina oltre il punto in cui si era seduto Jian e seguì il loro amico.

Shun afferrò il cappello e scivolò indietro dal sedile. Poi indossò il copricapo e confermò: «Ancora una volta, per Bai.» Seguì i suoi amici.

Qualunque cosa volessero gli antenati di Shun, forse lui non era in grado di dargliela. Tuttavia, avrebbe protetto il suo connazionale dal nemico.

Il problema era che quella volta il nemico era il governo.

· · ·

<u>New York City, New York, USA</u>

«Mi stai dicendo» disse Tabitha nel suo tablet mentre guardava lo schermo del portatile, «che finalmente abbiamo preso quei viscidi bastardi?»

«Sì» le risposero all'unisono Achronyx e ADAM.

Odiava quando Achronyx ignorava ADAM. Per essere una IE, Achronyx poteva essere uno stronzo a volte. Era sorpresa che ADAM non avesse dato uno schiaffo digitale ad Achronyx.

Lei, Hirotoshi, Ryu e Katsu erano nell'ufficio di Michael. L'abbondanza di backdoor a cui accedeva il portatile di Michael permetteva loro di seguire finalmente le tracce di denaro che il lavoro della sua squadra aveva scoperto.

Tutto aveva un senso.

Gli stronzi erano a Boston. Non a New York come aveva pensato, ma abbastanza vicini.

Aveva fatto comprare a Katsu un nuovo portatile quando era uscito a fare shopping, e aveva virtualizzato il sistema operativo del portatile di Michael. Nel caso in cui qualcosa fosse andato storto, non avrebbero perso la grande quantità di accessi che forniva. Con il nuovo portatile, poteva lavorare a velocità che avrebbero causato il blocco del dispositivo di Michael.

Scivolò indietro sulla sedia. «ADAM, sei sicuro?» Si mordicchiò l'interno del labbro.

«Sì, Tabitha. I registri finanziari mostrano la traccia del denaro attraverso i quattro luoghi che avete perquisito in precedenza.»

«Figlio di puttana» sussurrò. «L'ubicazione di questi ragazzi?»

«Achronyx ha l'indirizzo di Boston e posso confermare, utilizzando le immagini satellitari in loco, che il sito è sorvegliato.»

«Questo mi fa sentire meglio, non peggio» gli disse Tabitha.

«Da quando quelli che dormono bene la notte hanno bisogno di guardie? ADAM, per favore avvisa Barnabas che ho bisogno di parlargli.»

«Fatto.»

«Bene, lasciamo stare per ora, ADAM. Ci sentiamo più tardi.»

«Capito» confermò ADAM e chiuse la chiamata.

Pochi secondi dopo chiamò Barnabas. Quando Tabitha accettò la chiamata, si mise al lavoro. «Mi sembra di capire che hai avuto una svolta?»

«Sì. Abbiamo preso i bastardi, Barnabas, ma ci sono guardie e altri problemi. Sto pensando di fare le cose in modo un po' diverso dal solito.»

«Cosa, nessuna caduta di tre piani?» le chiese.

«Sto andando meglio con quelle. Solo la settimana scorsa sono caduto con successo per quattro piani.»

«Numero due, sarebbe divertente se non fossi seduto qui a chiedermi se questa storia è vera o no.»

«Ti lascio il dubbio» rispose Tabitha.

«Sì, fallo mentre io ascolto il tuo piano» acconsentì.

«D'accordo, allora ecco...» iniziò, e procedette a esporre la sua idea.

A sud di Zhengzhou, provincia di Henan, Cina

Jian accostò l'auto al retro della fabbrica. I tre uomini si erano tolti le uniformi e speravano che le persone all'interno li ascoltassero. In caso contrario, avevano le armi in macchina e forse avrebbero potuto spaventarli e farli uscire dallo stabilimento.

Shun aveva messo il suo cappello da capitano in una borsa, che prese mentre Jian spegneva l'auto e scendevano. Erano da poco passate le due del mattino e indossavano maglioni per affrontare il freddo.

Shun si avvicinò alla porta sul retro e bussò. Quando nessuno rispose, bussò più forte.

Una voce ovattata arrivò dall'interno, ma era incomprensibile.

«Aprite» gridò Shun. «Voi dovete sparire!» Si rivolse alla persona dietro la porta, cercando di abbassare la voce, ma abbastanza forte da poter essere sentito.

La porta si aprì di poco e qualcuno all'interno gli chiese di ripetere ciò che aveva detto.

«Il governo ha dato ordine di prendervi in ostaggio contro la RDS per qualche motivo. Dovete sgomberare tutti da qui!»

«Chi?»

«Il governo!» Shun si stava esasperando. Di solito, se si nominava lo Stato, qualcuno mostrava subito la faccia e le spalle, scappando subito dopo. Guardò Zhu, che alzò le spalle. Si voltò di nuovo verso la porta. «Possiamo entrare? Dobbiamo sparire dalla vista.»

La porta si aprì e Shun restò a bocca aperta.

Alla porta non c'era un connazionale, ma un europeo che sorrideva.

E i suoi occhi sembravano brillare di rosso.

Le mani si allungarono e afferrarono rapidamente tutti e tre gli uomini, tirandoli dentro l'edificio. La porta si chiuse e la luce all'esterno tremolò, poi si spense, lasciando la porta sul retro nell'oscurità.

Shun, Zhu e Jian stavano guardando quelli davanti a loro.

«Io sono Stephen della RDS. Apprezziamo il vostro avvertimento, ma come potete vedere» disse con la mano verso l'ampio piano di produzione, «stasera non c'è nessuno che lavora.»

Jian parlò per primo. «Lo sapevate.»

Stephen annuì. «Sì, lo sapevamo. Sono anni che siamo in

contrasto con i governi. Hanno tenuto in ostaggio delle persone per cercare di forzare la mano alla regina, anche se questa è la prima volta che non abbiamo interessi in una società e il governo si muove contro di noi.»

«Perché, allora?» chiese Zhu. «Ci avevano detto che questo edificio era di proprietà della RDS.»

«Oh, è *una* RDS, solo che non siamo noi» sorrise Stephen. «O si tratta di un intoppo burocratico, o forse qualcuno sperava che il governo facesse chiudere la concorrenza.»

«Allora perché sei qui?» chiese Shun.

«Perché la mia regina non vuole che vengano feriti degli innocenti, ed è particolarmente turbata dal governo cinese» gli disse Stephen. «Quelli che lavorano qui ci hanno messo forse tre o quattro minuti a sgomberare.»

Shun guardò l'orologio. «Avete forse un quarto d'ora prima che arrivino, forse più di trenta o quarantacinque. Potete andarvene.»

«Che divertimento ci sarebbe?» chiese un giovane americano dietro Stephen.

Stephen si voltò verso il giovane. «Peter, non a tutti piace lottare come a te.»

«Mi sto arrugginendo. È passato un po' di tempo dal nostro ultimo combattimento» rispose Peter.

«Sono passate quanto, quattro settimane?» gli chiese Stephen.

«Cinque settimane, tre giorni e» si guardò il polso, «tre ore.»

Stephen si voltò verso Shun. «Come vedi, abbiamo alcuni combattenti ansiosi che vogliono assicurarsi che i vertici si rendano conto che scherzare con la RDS, che sia la RDS giusta o quella sbagliata, è una pessima idea.»

«Ma alcuni di voi verranno uccisi» ha ammonito Shun.

«No» lo interruppe Jian guardando gli uomini, «non succederà.»

Shun e Zhu si voltarono verso il loro amico. «Perché no?»

«Sono simili a quelli che abbiamo inseguito nella foresta» rispose piano Jian.

Stephen sorrise. «Ah, mi chiedevo perché avessi un odore familiare. Tu sei *Baô*, non è vero?»

Gli occhi di Jian si diressero verso i suoi amici e cercò di incrociare lo sguardo di Stephen per scuotere la testa, ma era troppo tardi.

Shun chiese: «È vero, Jian? Fai parte del Sacro Clan?»

Jian scosse la testa, abbassando le spalle. «No.» Si raddrizzò e guardò i suoi due amici negli occhi. «La mia famiglia e i miei genitori hanno lasciato il Clan nella notte, con la paura che il Sacro Clan li rintracciasse e prendesse ciò che avevano di più prezioso.» Jian indicò con un pollice se stesso: «Me.»

Zhu chiese: «Perché?»

Jian scrollò le spalle: «Non ne sono sicuro. I miei genitori non hanno detto nulla di ciò che sapevano. Penso che avrei dovuto essere una figlia femmina per i piani del Clan, e i capi avevano pianificato di uccidermi in modo che i miei genitori potessero avere un altro figlio senza turbare il governo. Mia madre scoprì presto il mio sesso e mi portarono via di notte.»

«Volevano uccidere i maschi?» chiese Shun. «Questo è...»

«Arretrato, sì» concordò Jian. «Aveva a che fare con una profezia. Ho messo insieme la storia nel corso degli anni.»

«Hai ancora l'odore, Jian» li interruppe Stephen. «Puoi mutare?» Jian scosse la testa. «Immagino che tu possa riuscirci, ma non ti è mai stato insegnato e il cambiamento non è abbastanza forte da funzionare da solo, a meno che tu non sia molto emotivo.»

Zhu sbuffò. «Be', questo chiude la discussione, allora. Jian non si emoziona mai.»

Jian scrollò le spalle quando tutti lo guardarono per avere una risposta.

«Lasciate che faccia un'altra domanda a voi tre» iniziò

Stephen. Quando ebbe la loro attenzione, continuò: «Volete rimanere in Cina o avete finito?»

Jian alzò le spalle: «I miei genitori.»

«Possono essere presi senza problemi, se mi dici il loro indirizzo e vai con una squadra a prenderli in fretta.» Jian fece un cenno di assenso. Stephen si rivolse a Shun: «Tu?»

Shun esitò solo un attimo prima di annuire. «Ho chiuso con un governo che prende in ostaggio la propria gente.»

«Niente famiglia?» chiese Stephen. Shun scosse la testa.

Stephen si rivolse a Zhu: «Tu?»

«Io verrò, ma i miei genitori resteranno. Sono in campagna e non mi vedono da tre anni. Non ho mai dato al governo il mio vero indirizzo o il mio nome. Ho mandato ai miei genitori abbastanza soldi nel corso degli anni, così i miei fratelli e le mie sorelle possono occuparsi di loro adesso. Ma se potessi inviare un'ultima lettera...»

Stephen annuì. «Molto bene allora. Peter?»

Peter chiamò sopra le sue spalle: «Karen, Timmons!»

Quelli davanti sentirono una donna imprecare mentre due persone si facevano avanti. «Signore?» chiese la donna con rispetto. A quanto pareva, aveva superato la frustrazione per non essere stata presente al combattimento prima di arrivare da Peter.

«Aiutate Jian con i suoi genitori. Prendete il mezzo di trasporto 3. Quando arriverete, resterà con voi. La *ArchAngel* ha appena liberato un altro trasporto per noi quaggiù. Quando avrete finito, portate Jian e la sua famiglia alla *Angel*.»

«Sì, signore.»

Stephen parlò di nuovo: «Dovreste andarvene tutti e tre. Non è necessario che siate qui quando arriva l'Esercito Popolare di Liberazione, il PLA.»

«Quanto sarà grave?» chiese Shun.

«Per il PLA?» chiese Stephen, e Shun annuì. «Non male. Be', a parte i loro veicoli.» Shun fece un cenno di intesa, poi seguì

Jian e Zhu fuori dalla porta, dietro a Karen e Thomas. Entrambi i membri del personale della RDS camminavano con una grazia da cacciatori.

«Gente» chiamò Peter, scrocchiando le nocche, «preparatevi, e *Thomas?*» urlò.

«Signore?»

«Occupati delle luci» concluse Peter e sorrise, pensando al divertimento a venire.

10

<u>Pistola Fumante, Moli Esterni, SBRDS Meredith Reynolds</u>

Il bar era ingannevolmente grande.

Bobcat, William e Marcus avevano iniziato con un piano: aprire il primo bar nello spazio. Poi avevano deciso che volevano il *miglior* bar dello spazio.

Alla fine avevano deciso di volere un luogo in cui gli adulti potessero mescolarsi con gli adulti, ma in cui potessero entrare anche i figli dei loro amici.

Ciò richiese alcune modifiche interessanti all'architettura. Il problema era più che altro "la forma segue la funzione". I ragazzi avevano pensato a lungo a ciò che serviva in un bar e a chi lo avrebbe frequentato.

In primo luogo, c'erano i bevitori solitari che cercavano un posto dove bere un drink in mezzo alla gente, ma non necessariamente in mezzo alla folla.

In secondo luogo, c'erano gruppi di bevitori di dimensioni diverse. Inoltre, c'era chi voleva ballare o sfogarsi, magari giocare a freccette o rimorchiare.

Tutto ciò richiedeva spazio.

Occorreva poi un luogo in cui i bambini potessero partecipare, il che significava un'area separata. Non per i bambini, sosteneva William, ma per gli adulti che volevano bere senza preoccuparsi che un bambino li vedesse e si unisse alla prossima generazione di alcolisti. Bobcat pensò che fosse strano, ma Marcus era d'accordo con lui.

«Senti» disse William a Bobcat. «Cominceresti a bere al mattino se potessi farla franca.»

«Cosa vuoi dire?» ribatté Bobcat. «Faccio gargarismi con vodka e cannella ogni mattina.»

«Scusa» si intromise Marcus, «tu usi cosa?»

Bobcat si voltò verso i suoi amici, sorpreso che i suoi due compagni non conoscessero quel trucco. «Vodka. La ricetta è una tazza di vodka e nove cucchiai di cannella. Mescolateli insieme in un contenitore ermetico e conservatelo per due settimane per lasciare che i sapori si combinino, poi fate dei gargarismi.» Guardò i suoi due amici. «Cosa? Cura l'alitosi.»

Gli occhi di Marcus si spalancarono e si rivolse a William. «Sono scioccato.»

William scrollò le spalle. «Io no. Il fatto che Bobcat sappia come mescolare i suoi liquori per poter bere al mattino è forse un po' sorprendente, ma non sale al livello di "scioccato".»

«No» Marcus scosse la testa e indicò Bobcat, la cui testa faceva da spola tra loro, «non è il fatto che beva al mattino, ma che conosca la parola "alitosi".»

Il volto di William si aprì in un enorme sorriso e si avvicinò per dare un pugno allo scienziato, che strizzò l'occhio a Bobcat.

Bobcat guardò William e alzò il dito medio sinistro. «Sei l'amico numero uno.» Alzò l'altra mano con il dito medio teso verso Marcus e lo guardò. «E anche tu.» Bobcat girò la mano sinistra e mise entrambe le mani con il dito medio alzato verso Marcus: «In realtà, *tu* sei l'amico numero undici.»

«Sì!» Marcus iniziò a cantare, con le mani alzate in aria. «Sono promosso con undici!» Si voltò verso William, abbassando le braccia. «È questo lo scherzo, no? Essere promossi con più di dieci?»

«Sì, è vero» concordò William tra le risate di tutti. «Ma questo conferma il mio punto, Bobcat. Tu stai bene con l'alcol ventiquattro ore al giorno. Non tutti pensano che sia accettabile.»

«Soprattutto in presenza di bambini» aggiunse Marcus.

«Do la colpa alla tua incapacità di avere i postumi di una sbornia» commentò William. «Ti rende meno sensibile ai mali del bere.»

«Solo perché non soffro io stesso, non significa che non soffra in silenziosa solidarietà con voi poveri idioti» rispose Bobcat. «Dovreste conoscere i vostri limiti. Si dà il caso che i miei limiti siano superiori a quelli della maggior parte degli uomini.»

«Intendi dire di ogni uomo» ribatté Marcus. «Ho visto Wechselbalg che hanno difficoltà a tenere il tuo passo.»

«Perché pensi che faccia i gargarismi ogni mattina?» Bobcat sorrise. «L'allenamento è la parte più importante di ogni cosa.»

Il volto di William diventò vuoto, poi guardò perplesso prima di rivolgersi a Marcus. «È possibile che sia così?»

Marcus ricambiò lo sguardo. «Cos'è, stai chiedendo allo scienziato missilistico se fare i gargarismi con l'alcol aiuta a non avere i postumi della sbornia?»

«Ehm, sì?» William rispose.

Marcus scrollò le spalle. «Non ne ho idea. Dovrei impostare una ricerca per capirlo.»

Bobcat alzò la mano. «Mi offro volontario!»

Entrambi gli uomini si voltarono verso Bobcat e sbottarono: «No!»

Il Pistola Fumante aveva la cucina al centro, separando il bar e la griglia per famiglie dal bar e dall'area ricreativa per adulti. Entrambi i lati della cucina avevano un bar con sgabelli, ma un lato aveva tavoli e cabine per mangiare e l'altro aveva tavoli alti, una pista da ballo, cabine più scure per conversazioni private e un'area per freccette e altri giochi.

C'erano una decina di sale private su due livelli che potevano essere affittate per riunioni di lavoro o feste.

O entrambe le cose.

La grande area portuale della *Meredith Reynolds* era in crescita. Furono costruiti depositi, magazzini, alloggi e attività commerciali per gestire tutti i ruoli e le attività rivolte all'esterno. C'erano due tram magnetici ad alta velocità che trasportavano le persone avanti e indietro tra le banchine e l'interno.

Una delle caratteristiche principali del Pistola Fumante era l'ampio ponte panoramico con una finestra alta sei metri e lunga diciotto che permetteva a tutti di vedere lo spazio. Il ponte, raggiungibile tramite scale da entrambi i lati, era l'attrazione principale del bar, e il team BMW aveva impiegato settimane per arrivare a un progetto che superasse il processo di approvazione dei team di ingegneria e difesa.

Di solito era più tranquillo. La vista dello spazio induceva i più a stare in piedi o seduti per ammirare lo splendore dell'universo.

Tranne quella sera.

Quella sera, il Pistola Fumante ospitava un incontro di vecchi amici per celebrare l'anniversario della battaglia nelle Everglades.

Era solo una delle tante volte in cui ogni anno le squadre si riunivano per raccontare le storie degli inizi.

L'inizio che aveva avviato cinque persone uniche sulla strada della salvezza della Terra.

．．．．

A sud di Zhengzhou, provincia di Henan, Cina

Stephen rimase nell'ombra sul tetto dell'edificio a due piani, godendosi l'aria frizzante. Accanto a lui, Peter teneva le mani in tasca. Entrambi guardarono due camion da trasporto del PLA che svoltarono sulla strada e si diressero nella loro direzione.

Uno dei camion non riuscì a cambiare marcia. Lo stridio fu udibile con chiarezza prima che l'autista riuscisse a inserire la marcia e a proseguire verso il parcheggio sottostante.

Todd e i suoi Marine Guardiani erano al piano di sotto, dietro i Wechselbalg che si nascondevano nell'ombra delle macchine.

«Sai» disse Peter a Stephen, «mi sto stancando di umiliare queste persone.»

Stephen guardò il giovane. «Desideri altro sangue, giovane Wechselbalg?»

Gli occhi di Peter si spostarono su Stephen. «Non è quello che intendevo, almeno non in quel senso. Voglio dire che sono stanco di tenere i guanti, Stephen. Ogni volta che lo facciamo, riduciamo la carneficina al minimo. Non li sta rallentando.»

«Questo non riguarda loro. Riguarda noi» disse Stephen a Peter, indicando i due camion che stavano entrando nel parcheggio sottostante.

«Oh?» chiese Peter con curiosità. «In che senso? Capisco che stiamo cercando di assicurarci che gli altri non vengano feriti dagli attacchi a noi, ma in che modo questo riguarda noi piuttosto che loro? Se facessimo più male forse non ci proverebbero così spesso.»

«Pensa al futuro, Peter. Pensa a venti o trent'anni da oggi. *Quanto* sangue alieno avrai sulle mani? Ti scombussolerà la mente. Non credo che dobbiamo andare là fuori con anni di sangue umano sulle mani.»

I camion scaricarono i soldati. I due uomini sentirono i comandi urlati e poi la porta, che avevano chiuso a chiave, fu forzata e gli stivali si riversarono nella stanza sottostante.

«ADAM, abbassa lo scudo per le comunicazioni» ordinò Stephen.

«E se fanno qualcosa che fa male a Bethany Anne? E poi?» chiese Peter mentre si spogliava, poi i due si incamminarono verso il bordo dell'edificio.

«Be', allora non ci saranno guanti» rispose Stephen scendendo dal bordo e lasciandosi cadere dietro le truppe sottostanti.

Il ruggito dei Pricolici immobilizzò gli uomini mentre due mostri cadevano dal cielo in mezzo a loro.

Il soldato semplice Chung fu il terzo a varcare la porta del magazzino buio, si voltò verso sinistra e puntò il suo QBZ-95. L'uomo non vedeva nulla, ma l'istinto gli diceva di scappare. Perlustrò di nuovo l'area.

Due degli uomini avevano abbassato le armi e Chung sibilò loro contro. Era stato nella foresta di recente e si fidava ancora del suo istinto.

«Perché sibili?» chiese il primo, sgranando gli occhi. «Non c'è nessuno da combattere. Questa non è la regione selvaggia, e devi smetterla di dare la colpa al tempo trascorso lì a combattere contro i gatti quando salti addosso alle ombre!»

Aveva a malapena terminato l'osservazione quando un ruggito primordiale proveniente dall'esterno fece trasalire tutti. Gli uomini si voltarono, puntando verso la porta, mentre la paura arrivava da quella direzione, costringendoli a combattere l'impulso di correre più lontano nel magazzino.

Chung non smise di guardarsi intorno nell'edificio. Vide il lupo, con gli occhi gialli che lampeggiavano, spuntare da dietro il vicino tornio CNC e balzare. Le fauci dell'animale stavano arrivando dritte alla sua gola e lui premette il grilletto per lo spavento. Due proiettili colpirono il lupo, deviandone la traiettoria in modo tale che si scontrò con lui ma gli morse il braccio, non il collo.

I suoi spari furono sufficienti a mettere in guardia coloro che si erano voltati per guardarsi alle spalle, ma pochi proiettili furono sparati mentre le persone vestite di nero si scagliavano contro di loro. Strapparono loro le pistole dalle loro mani e i ringhi si unirono ai ruggiti provenienti dall'esterno.

Chung urlò quando la mascella del lupo gli spezzò il braccio e le sue dita lasciarono cadere la pistola accanto a lui mentre atterrava sul pavimento. Cercò di ignorare il dolore e afferrò il coltello.

Un piede stivalato gli calpestò il polso sinistro, bloccandolo sul pavimento. Chung alzò lo sguardo verso un volto americano che diceva qualcosa in inglese. Anche se non capiva la lingua, la canna della pistola sul viso di Chung non aveva bisogno di traduzione.

Allontanò con lentezza la mano dal coltello.

«È un'ottima scelta, amico» gli disse Todd. «Sono sicuro che Tommy laggiù guarirà, ma se lo pugnali con quel coltello d'argento che hai lì, sono abbastanza sicuro che a Stephen non fregherà un cazzo se Tommy ti strapperà la gola per davvero la prossima volta.»

«Hai capito bene.» Una voce maschile, metà umana e metà grugno, fece girare la testa a Chung.

Dove un secondo prima c'era un lupo ferito, un maschio umano nudo si stava rialzando in piedi. Gli occhi di Chung si allargarono per lo spavento quando l'uomo gettò due proiettili sul petto di Chung. «Credo che questi appartengano a te.»

***

Stephen piegò le ginocchia e atterrò con grazia. Aveva lavorato sulle sue capacità eteriche da quando TOM e Bethany Anne avevano iniziato a giocare con le forze eteriche e l'antigravità.

Non aveva ancora capito come Michael diventasse nebbia, ma era riuscito ad alleggerire il proprio peso.

John pensò che il suo trucco fosse fantastico e gli fece guardare la sequenza di apertura di Underworld in cui Selene cadeva da un'altezza considerevole proprio sulla pietra, poi si alzava e si allontanava.

Con un aspetto sexy per tutto il tempo.

Si accorsero del suo arrivo quando centinaia di chili di Pricolici ringhiosi atterrarono e iniziarono a lanciare i corpi come un bambino getta un regalo dopo averlo aperto la mattina di Natale e cerca il prossimo.

Stephen sorrise ed *emanò* la paura. Alla sua sinistra c'era un soldato che stava tirando su il suo QBZ e Stephen fu lì in un batter d'occhio, strappandogli il fucile dalle mani prima di dargli una gomitata sull'elmetto. L'uomo volò di lato abbastanza forte da far fuori un altro che stava cercando di superare la dose di paura di Stephen e il fatto di avere un lupo mannaro alto due metri che ululava e imprecava in modo gutturale così vicino a lui.

Peter, lamentandosi quando un uomo estrasse la pistola e gli sparò, gettò il soldato che teneva in mano. Stephen guardò Peter che afferrava la pistola e la piegava abbastanza da renderla inutilizzabile, poi mise la sua grande mano deforme sotto l'ascella del soldato scioccato e lo lanciò. Il soldato fece un volo di tre metri, per poi fermarsi quando rimbalzò sul muro di cemento del magazzino e atterrò immobile tra i pochi e miseri arbusti all'esterno.

Non c'era molta luce nel parcheggio. Due soldati spararono e altri quattro caddero sotto il fuoco amico.

Stephen, aumentando la velocità, infilò una mano nella giacca, tirò fuori una pistola con proiettili tranquillanti modificati e iniziò veloce a sparare a coloro che sembravano più propensi a creare problemi.

Poi sparò agli altri mentre Peter ululava di frustrazione.

«Oh, stai zitto e guarda chi ci è rimasto nei camion, Peter» comandò Stephen.

«Sssspariiito il divertiiimento» mormorò l'enorme Pricolici mentre si avvicinava ai camion. Le portiere degli autisti erano aperte, ma non c'era traccia dei conducenti.

«Puliiito» gridò Peter.

«ADAM, falli scendere» disse Stephen, e in pochi secondi delle piastre antigravità di venticinque centimetri scesero e fluttuarono accanto ai camion. «No, Peter!» urlò Stephen al Pricolici, che stava guardando i soldati che stavano scappando. Stephen ordinò: «Torna normale, o faremo un'altra chiacchierata.»

Peter scosse la testa in senso negativo e pochi istanti dopo si trovò di fronte al vampiro. «Devi...» iniziò a chiedere prima di girare il viso per sputare qualcosa accanto al camion. «Devi sempre minacciare di picchiarmi di nuovo?»

«Sì» rispose Stephen. Afferrò una delle piastre fluttuanti, poi si mise in ginocchio per trovare il punto giusto sotto il pianale del camion da trasporto e la bloccò in posizione.

Peter si spostò sull'altro lato del veicolo, mettendo le piastre mentre Todd e i suoi collaboratori iniziavano la procedura con l'altro camion.

Stephen prese la piastra successiva. «Devi controllare il Pricolici, non permettere che sia lui a controllare te. Se non lo fai, arriverà un giorno in cui dovrai prendere una decisione molto difficile, amico mio. Non ti renderò le cose facili ora, per poi ritrovarmi a dover fare qualcosa di cui mi pentirò per sempre in futuro.»

«Sì, be'» rispose Peter, bloccando la terza piastra al suo posto, «l'ultima volta che hai preso a calci il mio culo Pricolici, ha recepito il messaggio piuttosto bene. Mi si rizzano i peli sulla nuca, e poi il mio cervello di mostro si ricorda che mi hai rotto le gambe e il braccio sinistro e mi hai preso a schiaffi.»

Stephen bloccò la sua quinta piastra in posizione. «Questo

tipo di potere ha bisogno di controllo o il suo beneficio viene meno. È ciò che ha ucciso i berserker. Affrontati uno contro uno erano indistruttibili, ma con una buona squadra che si esercitava, si potevano abbattere facilmente.»

Peter si chinò a guardare sotto il camion delle truppe del PLA. «Conoscevi i berserker?»

«Eh?» chiese Stephen e poi, riconoscendo che la voce di Peter proveniva da sotto il camion, si chinò a fissare il giovane. «Conoscevo i berserker?»

«Sì» si entusiasmò Peter. «Li ho sempre ammirati. Spesso aiutavano a rompere i muri di scudi prima che potessero essere posizionati. Una cosa utile nei combattimenti, leggevo.»

«Sì, ne conoscevo due.»

«Allora, parlami di loro» chiese Peter.

«Cosa vuoi sapere?» chiese Stephen. «Avevano un buon sapore.» Fece l'occhiolino a Peter e si alzò, passando alla piastra successiva.

«Ehi!» esclamò Peter mentre afferrava la piastra successiva. «Non puoi dire che il sapore era buono e poi lasciar perdere la storia.» I due uomini bloccarono l'ultima piastra sul retro del camion e si diressero verso la parte anteriore, dove due dei Marine Guardiani di Todd stavano apponendo le ultime due piastre.

Stephen gli diede una pacca sulla spalla. «Che ne dici di vestirti? Parlare con un uomo nudo non è un grosso problema per me, ma tu stai causando un putiferio.» Stephen indicò alcune donne Wechselbalg che stavano lasciando legati i soldati del PLA fuori dall'edificio.

Peter guardò verso il tetto. «Be', merda.«

«Oh, non fare il fifone» dichiarò Stephen afferrando Peter sotto le braccia.

«Che diavolo stai... CAAAA...» urlò Peter mentre Stephen faceva tre passi veloci verso l'edificio e lo scagliava in alto. Il suono dell'atterraggio di Peter fece sorridere Stephen. Il licantropo finì di urlare: «...ZZOOO!»

«Sbrigati» gli gridò Stephen, mentre si voltava per trovare Todd con il sorriso sulle labbra. «I pacchi sono pronti a partire, Todd?» chiese al capo dei Marines Guardiani.

«Sì, sire, è così» confermò Todd e poi sorrise ancora di più quando la bocca di Stephen si strinse.

«Un giorno la farò pagare alla mia regina per avermi dato un titolo» si lamentò, e poi sorrise quando sentì il forte «Figlio di puttana!» di Peter quando atterrò dopo essere saltato dal tetto.

«ADAM, due regali da riportare alla base.»

«Capito, Stephen» rispose la voce di ADAM attraverso il ricevitore che aveva nell'orecchio. Faceva vibrare le ossa e produceva un suono, in modo che nessun altro potesse sentirlo.

Pochi istanti dopo, i due enormi camion da trasporto del PLA si sollevarono in aria, aumentando la velocità man mano che salivano, prima che la notte li inghiottisse entrambi.

«Lo sai che le rocce fanno un male cane, Stephen?» Si lamentò Peter, avvicinandosi a lui. «Su quel tetto ce n'erano un casino.»

«Allora la prossima volta, giovane e inesperto» Stephen guardò Peter, «ti suggerisco di pensare in anticipo alle tue esigenze di abbigliamento.»

Base militare, Kaifeng, provincia di Henan

«No, signore» disse il soldato di prima classe Mi al suo comandante. «Abbiamo perso le comunicazioni con loro subito dopo il loro ingresso nel parcheggio, signore. Da allora non siamo più riusciti a contattarli.»

«Quale potrebbe essere il problema?» si chiese il capitano Zhia. «Questa doveva essere una missione segreta.»

«Signore?» lo chiamò l'operatore radar Bolin. «Abbiamo due strani velivoli che si dirigono in questa direzione.»

Il capitano Zhia si avvicinò all'operatore radar e premette un pulsante sulla console. «Sono troppo grandi per essere aerei. Quando è stata l'ultima volta che questa attrezzatura è stata controllata?»

«Signore, l'ultimo trimestre come da regolamento» rispose l'operatore radar. «Guardi, stanno venendo da questa parte.»

«Devo dare l'allarme, signore?» chiese un altro operatore radar, vedendo i due oggetti non identificati avvicinarsi.

«Da dove vengono?» chiese il capitano.

«Li abbiamo intercettati mentre venivano da Zhengzhou, signore, a dieci chilometri da questa parte della città.»

Il capitano aggrottò le sopracciglia. «Fammi vedere.»

L'operatore radar indicò la posizione sulla mappa.

«No, no, no, no, no, no» mormorò, e prese il telefono. «Passami il comandante della base.»

Cinque minuti dopo, duecento uomini, tutti con le armi pronte ma vestiti solo di biancheria intima, erano in piedi ai bordi della pista. Osservarono in confuso silenzio due grandi camion vuoti per il trasporto di truppe del PLA che si schiantavano dalla notte nel mezzo della pista principale della base.

Il comandante digrignò i denti mentre aspettava che i quattro uomini incaricati di controllare i trasporti, pochi secondi dopo confermarono che non c'era nessuno nei camion. Il comandante della base si girò e ringhiò.

«Qualcuno trovi i miei maledetti uomini» disse al suo sottocomandante mentre si dirigeva verso il suo ufficio per chiamare Pechino.

Pistola Fumante, Moli Esterni, SBRDS *Meredith Reynolds*

«Così eravamo noi quattro» disse Eric ai quattro uomini e alle due donne presenti al suo tavolo. Ne erano stati scelti trenta per partecipare ai festeggiamenti della serata. Lo sfondo era lo spazio, mentre i ragazzi raccontavano storie a diversi tavoli sul ponte panoramico. Ogni volta che organizzavano quella festa, invitavano una squadra di neofiti, che si trattasse di Wechselbalg, Marines, Operazioni, Marina, Ingegneria o Difesa.

Condividevano bevande, cibo e storie. Facevano gruppo, trasmettendo le emozioni, il dolore e lo sforzo di lottare contro la paura per fare ciò che era giusto.

Per gli altri e per il mondo.

Eric fece l'imitazione del suo fucile, guardando a destra e a sinistra. «Noi quattro pensavamo di dover affrontare un solo Nosferatu. Ricordate, eravamo completamente umani. All'epoca non c'erano miglioramenti. I Nosferatu erano veloci, più forti della testa di cemento laggiù...»

«L'ho sentito, Escobar!» chiamò John da sopra la spalla e riprese il suo racconto.

Eric strizzò l'occhio al suo tavolo. «Più forte di John, intendo. Eravamo nelle Everglades della Florida, e se non conoscete quella parte degli Stati Uniti, è calda, afosa e piena di acqua mescolata a piccole chiazze di terra e alligatori. Si stava facendo sera, avevamo un cazzo di Nosferatu da abbattere ed eravamo in quattro. Avevamo combattuto quei figli di puttana per mesi in tutti gli Stati Uniti. Avevamo perso molti uomini validi e avevamo solo un vampiro ad aiutarci. Quella piccola ragazza con i capelli neri...»

«L'ho sentito, Escobar!» cantò Bethany Anne prima di tornare a discutere.

«Intendo quella donna corposa con i capelli corvini...»

Bethany Anne gridò a Eric: «Sei un sacco di merda!»

Eric alzò gli occhi al cielo e guardò Bethany Anne. «Perché non posso raccontare la mia storia qui?»

Lei gli fece un cenno del capo. «Va bene, tengo la bocca chiusa... forse.» Si voltò di nuovo verso il suo tavolo.

«Così Bethany Anne e noi quattro abbiamo sentito che c'era stato un attacco, e John ha detto a BA di andare ad aiutarli, altrimenti sarebbero morti tutti perché eravamo in una trappola, una montatura. I Rinnegati che avevano organizzato tutto quello avevano fatto un buon lavoro, e noi eravamo fottuti. Il nostro asso nella manica era la vampira appena cambiata, ma noi non la conoscevamo e lei non conosceva noi.»

«Non avevate mai lavorato insieme?» chiese uno degli ingegneri.

«No. Io e John siamo andati a prenderla all'aeroporto quando è arrivata con un jet da combattimento dall'Europa. Non sapevamo come comportarci con lei, perché i vampiri sono notoriamente permalosi. Per loro non c'è differenza tra strapparti la faccia e aiutarti.»

Bobcat si avvicinò al tavolo e iniziò a prendere le bottiglie vuote e a sostituirle. Bobcat e William avevano dovuto iniziare a occuparsi di quegli eventi perché i loro soliti aiutanti ascoltavano le storie e dimenticavano di fare il loro lavoro.

«Lei accettò e John la vide sparire. Il che, lasciatemelo dire, è ancora oggi spaventoso come l'inferno, ma ci ha fatto impazzire all'epoca. Quindi noi avevamo un Nosferatu e Bethany Anne ne aveva circa dodici. Io dissi qualcosa del tipo "mi sembra giusto che noi ne abbiamo uno e lei ne ha dodici" e Scott disse...» Eric sorrise. «Non vi prendo in giro, ha detto: "Non vorremmo mai che pensasse che le abbiamo dato il compito più facile perché è una ragazza, giusto?".»

Eric diede una botta sul tavolo e rise mentre Scott gridava «Escobar, baciami il culo!» dall'altra parte della stanza.

La squadra di Eric si stava godendo le buffonate tra i quattro Stronzi della Regina, mentre Eric mostrava a Scott il dito medio sopra la spalla. «Darryl ha detto: "Non mi farei sentire da lei" e Scott ha detto: "*Cazzo*, no!".»

Eric si asciugò le lacrime degli occhi. «A questo punto ci sentivamo un po' presuntuosi e sciolti e poi, Dio ci aiuti, scoprimmo di avere due Nosferatu, non uno come pensavamo. Lasciatemelo dire, tutti noi pensavamo che avremmo tirato le cuoia e saremmo morti quella notte, così John prese il comando e disse a Scott, quando contava fino a tre, di illuminare uno dei Nosferatu e di tenerlo occupato in modo che noi tre potessimo forse avere la meglio e uccidere quello davanti a noi.»

Eric bevve un sorso della birra che Bobcat gli aveva lasciato e la rimise giù.

«Quindi, le nostre possibilità di vivere sarebbero aumentate di un milione di punti percentuali se solo fossimo riusciti a uccidere uno di quegli stronzi. Abbiamo iniziato a imprecare, ma dovevamo farlo in modo creativo perché, altrimenti, pensavamo che il fantasma del vampiro recentemente scomparso che aiutava la gente di Dan sarebbe saltato fuori dai cespugli e ci avrebbe fatto fare cento flessioni o qualche altra stronzata. La situazione si stava facendo piuttosto spinosa e tutti sapevamo di essere in un lago di merda senza una pagaia. In uno dei miei momenti meno lucidi urlai: "Vieni a prendermi, enorme mangiamerda! Ehi, coglione sculaccione e il tuo amico schiaffaculi laggiù" per attirare la loro attenzione.»

«Ha funzionato?» domandò una donna delle operazioni. «Insultarli?»

«Be', con i Nosferatu basta respirare per attirare la loro attenzione. Non erano tanto le parole quanto l'attività che c'era dietro. Vedete, eravamo morti, ma a causa di Bethany Anne e delle sue buffonate decidemmo che saremmo scesi in campo combattendo, mostrando a quegli stronzi il nostro dito medio. I due bastardi si sono avvicinati a zig-zag e uno ha raggiunto John. Gli ha rotto il braccio, lo ha colpito con un manrovescio facendogli perdere i sensi e ha afferrato il suo coltello. I Nosferatu sono forti. Questo ha preso il coltello di John e glielo ha conficcato nel giubbotto di kevlar. Il pugno con la lama è stato così forte che John ha fatto un volo di una decina di metri...»

«*Tre metri*, Escobar. Cazzo, raccontala giusta» ribatté John.

«Ehi, tu la racconti a modo tuo, io la racconto a modo mio» ribatté Eric prima di tornare al suo tavolo. «Rimaneva un solo Nosferatu davanti a noi, e ci siamo scaricati tutti sul suo culo.

Darryl e Scott hanno inseguito l'ultimo Nosferatu e io mi sono precipitato da John, con il suo stesso coltello conficcato nel petto. Il sangue gli usciva dalla bocca e lui era impegnato a confessare di avermi sempre amato e...»

«Devo venire lì a picchiarti, Eric?» chiese John.

«Va bene, non l'ha fatto, ma mi ha dato del coglione, così gli ho chiesto cosa avesse detto Bethany Anne riguardo alle parolacce di livello schifoso e lui, guardandomi alle spalle, mi ha detto: "Non lo so, perché non lo chiediamo alla piccola dittatrice del buco del culo?".» Quella volta il tavolo di Eric scoppiò in una risata e Bethany Anne si limitò a scuotere la testa.

Era la terza festa di quel tipo nell'anniversario effettivo dell'evento e la squadra aveva sempre cercato di ascoltare per capire dove Eric stesse cambiando la storia per rimetterla in carreggiata.

Valeva a dire, da qualche parte vicino alla realtà.

Eric mise giù la birra. «Questa è la parte migliore, ve lo prometto.» Il suo tavolo si acquietò. «Quindi c'era John, in fin di vita, con un coltello nel petto, e Bethany Anne voleva aiutarlo a salvarlo. Ha bevuto un po' di sangue dalle sacche e poi ha tirato fuori il coltello mentre io gli toglievo il giubbotto, la camicia e tutto il resto. Si è tagliata il polso e gli ha fatto bere il suo sangue, poi gliene ha messo un po' sulla ferita al petto. Ora sapete che siamo collegati a un alieno, ma allora non ne avevamo idea. John stava guarendo grazie ai nanociti del sangue e Bethany Anne si è accasciata accanto a lui, esausta.»

Eric si guardò intorno e si sporse in avanti verso il tavolo, abbassando la voce mentre gli altri si chinavano per ascoltarlo. «Così John si è svegliato ed era un po' spaventato all'idea di trasformarsi in un vampiro. Gli avevamo promesso che non sarebbe successo, o almeno era quello che ci aveva detto Bethany Anne, così John ha fatto girare il braccio sinistro e la sua mano è finita sul petto di Bethany Anne, finendo per palpare il capo.» Gli occhi intorno al tavolo si spalancarono, non credendo a Eric, che alzò tre dita. «Parola di scout, non sto scherzando. Poi Bethany Anne ha detto: "Ho appena speso molti sforzi per guarirla, signor Grimes. Se non toglie la mano dalla mia tetta, sprecherò tutta quella fatica quando la ucciderò di persona".»

La gente iniziò a ridere ed Eric, con un grande sorriso, alzò la mano per calmarli. «John ha detto: "Be', per cosa spendo i punti per le parolacce creative se non per comprare una palpatina veloce?" e Bethany Anne ha detto, e non sto scherzando, "John, ho mal di testa".»

Quella volta non ci fu modo di far tacere il tavolo di Eric quando videro Bethany Anne mettere la testa tra le mani come se cercasse di nascondersi.

11

<u>Schwabenland, Antartide</u>

«È la scelta giusta, Maria?» le chiese Horst.

Maria stava ascoltando coloro che avrebbero deciso dove andare. Sebbene la scelta di Maria fosse accettata come desiderio principale, la decisione su dove tutti loro dovessero andare era qualcosa su cui dovevano concordare i vertici. Non si trattava solo di un luogo. Riguardava anche ciò che sarebbe accaduto alla loro eredità.

Lo Schwabenland non sarebbe più esistito.

Maria guardò intorno al tavolo le altre otto persone presenti. Sorrise a tutti e fece una piccolissima alzata di spalle. «Non posso esserne certa, ma posso dirvi che la decisione mi permette di dormire la notte.»

«Abbiamo lasciato una guerra per entrare in un'altra» commentò Horst. «Ironico.»

«Siamo mai stati *non* in guerra, Horst?» chiese. Maria capì che coloro che erano preoccupati avevano votato Horst come portavoce. «Abbiamo fatto un patto con il diavolo per essere qui. Sono sicura che pensava che una volta che si fosse occupato del mondo, avrebbe avuto il tempo di occuparsi di noi.»

«Poi sono arrivati gli americani» le ricordò Horst.

«Sì, lo hanno fatto, e voi e le Guardie della Libertà avete combattuto per la nostra versione di indipendenza, scegliendo di non accettare mai più un leader mondiale su di noi.»

«E cosa ti fa cambiare idea adesso?» chiese Horst.

Maria si guardò intorno al tavolo. «Relazioni e tempo.» Si voltò verso Horst. «Volete combattere – e continuare a farlo – contro chi è qui sulla Terra? Siamo già stati attaccati e l'Impero Eterico se ne sta andando.» Indicò il cielo, verso lo spazio. «Se ne stanno andando per portare la lotta per la libertà della Terra lontano da qui. Questo ha senso. Abbiamo una scelta. Non avremo mai più la libertà a causa della nostra assenza. Ora abbiamo l'opportunità di essere accolti in qualsiasi Paese. Non per i nostri corpi» si legge in qualche sorriso intorno al tavolo, «ma per le nostre menti e, soprattutto, per la nostra tecnologia. Ma una volta che l'avranno ottenuta? Be', saremmo di nuovo irrilevanti.»

«E l'Impero Eterico, che cosa vuole da noi?» chiese Horst. Non in modo irrispettoso, ma comunque una domanda decisa.

«In realtà, niente» rispose Maria. «Le nostre tecnologie non sono potenti come quelle che hanno già. Il loro popolo, alcuni dei loro popoli, sono talmente avanzati grazie alla manipolazione genetica e dei nanociti che vivranno centinaia di anni.»

«Credevo che Barnabas fosse già vecchio di secoli» disse Horst.

«Lo è, Horst. Ha vissuto più di dieci secoli. Se vuoi conoscere la misura del male, ti dirà che l'ha vissuta. Un tempo sentiva di essere l'incarnazione vivente del male.»

«E noi seguiremmo una cosa del genere?» chiese Cheryl, una donna che indossava un abito verde sbiadito, dalla sua sinistra. I capelli, lunghi e grigi, le cadevano oltre le spalle. «Il male può redimersi?»

«Questa è la domanda esistenziale, non è così Cheryl?» rispose Maria. «Non sono le azioni che devono cambiare, perché quelle sono impresse nella storia e si possono solo espiare. No, la domanda è: la propria anima può cambiare?»

«Allora qual è la risposta?» chiese Horst.

Maria espirò. «Ho capito che per rispondere alla domanda, dobbiamo porla a noi stessi.»

«Cosa? Come mai?» chiese Horst, sorpreso.

«Perché sono stata in contatto con l'alieno TOM. Sembra che coloro che hanno fornito aiuto a me e alle mie sorelle non siano generalmente considerati così saggi, premurosi e meravigliosi come forse pensavamo.» Scrollò le spalle. «Da questo punto di vista, se è vero, abbiamo attuato il male. È stato solo a causa di qualcosa che è accaduto da parte degli Aldebarani – non so cosa – che non abbiamo portato a termine i piani necessari per farli venire qui.»

«Come potevamo saperlo?» la interruppe Cheryl.

«Il fattore decisivo è il risultato o l'intenzione?» chiese Maria. «Perché capisco che il nostro intento era corretto, ma il risultato avrebbe potuto essere la sottomissione della Terra se avessimo avuto successo.»

«Perché credi a questo alieno, TOM?» domandò Horst.

«Perché ho un debole per gli alieni?» rispose lei con un sorriso. «No, gli ho chiesto di permettermi di parlare anche con lo yollin, il capitano Kael-ven. Tra i due, mi hanno convinto che era più probabile il risultato che temevo, la sottomissione della Terra.»

«Che cosa c'entra questo con Barnabas?» chiese Cheryl.

«Quando era "nella sua mente malvagia" altri avevano ucciso sua moglie. Non ricorda quel momento. Dopo questo evento visse come un monaco, cercando la pace e la saggezza il più possibile lontano dall'umanità e ponendosi incessantemente delle domande.»

«Questo non è cambiato» mormorò Horst.

«No» rispose Maria tra il divertimento degli altri. «Fa ancora molte domande, è vero, ma è stato abbastanza saggio da scoprire se Bethany Anne può contenere la bestia che teme sia ancora dentro di sé nel caso si scatenasse.»

«Che cosa è successo?» chiese Cheryl.

«Mi risulta che l'abbia steso molte volte prima che lui capisse che doveva smettere di fare domande che la facevano arrabbiare» rispose secca Maria.

Horst fissò Maria. «Accidenti, magari fosse possibile per me.»

«Bullo» rispose lei.

«Oh, certo, la carta della "donna debole".» Horst sorrise. «Questo secolo sembra essere molto più incentrato sull'uguaglianza di genere, Maria.»

«Bene, informerò Bethany Anne o una delle altre donne che desideri allenarti con loro, che ne dici?»

«Non affrettiamoci. Sono giovani donne e non vorrei che imparassero una lezione spiacevole.»

«Discriminazione in base all'età?» ribatté Maria.

«Sono allergico ai segni neri e blu» rispose Horst. «Non guariscono più molto in fretta.»

«Hmm.» Cheryl incrociò le braccia. «Quindi credi che un umano possa fare del male, ma senza l'intenzione non è la stessa cosa?»

Maria annuì. «In questo caso, sì, ma voglio avvertirvi che mi preoccupo per coloro che sono qui sulla Terra e cercherei di aiutare la nostra nazione, in qualche modo, con la nostra tecnologia.»

«Che cosa dice la RDS al riguardo?» chiese Horst.

«Ritengono che potrebbe portare a una destabilizzazione tra le potenze mondiali. Tuttavia, mentre loro sta cercando di trovare coloro che ci hanno attaccato, a questo punto non lo hanno ancora fatto. Io fornirei il trasferimento di tecnologia con alcune qualifiche che dovrebbero ridurre l'avanzamento; in ogni caso, fino a un certo punto. Se le persone che sono venute dopo di noi non vengono trovate, il nostro Paese può mettersi al passo con la tecnologia, spero. Se una razza aliena di cui non siamo a conoscenza in questo momento dovesse cercare di imporre la propria volontà sulla Terra, presumo che i tedeschi condivideranno la tecnologia in modo che il mondo possa rispondere rapidamente.»

Maria scrollò le spalle. «Quelli che desiderano restare possono farlo. Quelli che desiderano andare con me in un altro sistema stellare possono farlo. Chi verrà?»

Maria si guardò intorno al tavolo e annuì con sollievo.

Ogni mano era alzata.

Un campo scuro fuori Bruxelles, Belgio

«Se pensi che andrò tra gli alberi con te, Abd, sei stato morso troppe volte da un cammello» disse Paula all'uomo che cercava di costringerla a fare una passeggiata.

Solo una piccola.

«Abd, stai indietro» ordinò Abdullah raggiungendoli. Abd si giustificò, poi si avvicinò al gruppo di venti uomini che aspettavano e fumavano a una decina di passi di distanza.

«Se avessi indossato un abbigliamento adeguato questo non sarebbe successo» le disse Abdullah.

«Sappiamo entrambi che è una pessima scusa. Dovrei essere in grado di camminare nuda come sono stata messa al mondo passando di qui indisturbata.»

«Forse è così che dovrebbe essere, ma non è così» spiegò Abdullah. «Quando si è più forti, le tentazioni possono essere molto difficili da dominare.»

«Allora forse è un bene che io abbia una pistola per aiutarmi nelle trattative, no?» chiese Paula.

Abdullah abbassò lo sguardo e vide che stava rivelando un'arma nascosta. «Sì, il gatto ha gli artigli, vedo.»

«No, il gatto ha nove colpi» lo informò acida Paula, «e più caricatori, se necessario, per continuare la discussione.»

Abdullah guardò il cielo notturno. «Quando arriverà questo tappeto magico?»

«È già lassù» gli disse Paula. «Sta solo aspettando che gli dica di atterrare.»

Abdullah la guardò. «Perché non gli hai già detto di atterrare?»

Paula fece un paio di passi in avanti e rispose da sopra la spalla: «Perché da lassù sarebbe stato più facile per lui sparare a tutti qui se qualcuno avesse fatto lo stupido con me.»

Paula disse agli uomini di allontanarsi se non volevano essere schiacciati, e pochi istanti dopo una delle navi Majestic 12 più grandi atterrò silenziosa a pochi metri da loro. Si reggeva su quattro gambe e una rampa si abbassò da sotto la nave. Due uomini armati uscirono.

Tyler andò a parlare con Abdullah e Antony si avvicinò a Paula. «Problemi?»

Scrollò le spalle. «Niente che non potessi gestire. Non è il mio primo rodeo, e sarebbe stato più difficile trovare in fretta altri venti partecipanti volenterosi.»

«Capito.» Si avvicinò un po' di più. «Per essere chiari, sanno che tutti scendono e sparano nello spazio, giusto? Non atterreremo da nessuna parte all'interno.»

Paula si girò verso i venti uomini e annuì, sussurrando: «Tutti sanno che questo li farà entrare nei libri di storia come i primi attentatori suicidi nello spazio per la gloria di Allah.»

Antony si raddrizzò. «Be', saranno molto più vicini al cielo quando esploderanno. Non hanno bombe su di loro adesso, vero?»

Paula sorrise in modo truce. «No. Ho spiegato che la loro roba non avrebbe funzionato bene nello spazio.»

Si voltò verso Antony e continuò: «Inoltre, ho detto loro che le nostre bombe sono molto migliori.»

. . .

New Mexico, USA

Barnabas impiegò una settimana per rintracciare Abesemmins a Washington e gli altri per seguirlo fino a una località del New Mexico, prima di perderlo quando volò nel deserto e scomparve sottoterra.

In realtà aveva senso. Barnabas e gli altri avevano deciso che il luogo più probabile per le persone che stavano cercando era il sottosuolo. Detto ciò, il luogo doveva anche trovarsi in un'area relativamente poco popolata. Tuttavia, quando si avevano decine, se non centinaia, di vie di fuga da oltre tremila chilometri quadrati? Cercare di individuare il luogo in cui erano davvero nascosti era un'impresa ardua.

Il Team BMW quindi aveva ideato una soluzione che partiva da un mix di tecnologia di droni esistente in Giappone e aggiunse tecnologie ulteriori, tra cui sequenze di autodistruzione che entravano in funzione se il sistema restava fuori contatto con il sistema primario per più di trenta secondi.

Era ora.

La capsula da sbarco, invisibile sopra le nuvole, lasciò cadere nella notte tre piccole sfere madre grigio scuro.

Caddero per cinque chilometri prima di rallentare la loro folle corsa e infine librarsi a pochi centimetri dal suolo. Sola nella notte, nessun essere umano vide la prima sfera aprirsi e rilasciare dodici insetti volanti.

Di metallo.

Dopo aver ricevuto le istruzioni, gli insetti volarono via verso un sito che consentiva loro di entrare nel sistema di caverne sotterranee sottostante.

La seconda e la terza sfera si mossero silenziosamente nella notte. La seconda si fermò a sette chilometri a sud della posizione della prima e rilasciò dodici dei suoi droni.

La terza si trovava a cinque chilometri a ovest e faceva la stessa cosa.

Ogni drone insetto volò nelle grotte e ne mappò l'interno

con la tecnologia laser 3D, trasmettendo le informazioni direttamente alla propria sfera madre.

Poi il drone di controllo inviò le informazioni alla capsula, che tramite l'eterico le trasmise ad ArchAngel.

In breve tempo, trentasei piccoli droni stavano mappando le caverne della regione del Lago Dulce. Di tanto in tanto uno doveva fermarsi e tornare indietro, e per cinque volte i piccoli droni dovettero lasciare la caverna che stavano perlustrando e cercare un altro ingresso in superficie per rientrare nelle caverne e continuare il loro compito.

Il sistema di caverne, calcolò ArchAngel, era enorme.

Ogni quindici ore i piccoli droni tornavano alla capsula principale per ricaricarsi, quindi tornavano nel sistema. Di tanto in tanto ricevevano ordini diversi, a seconda di ciò che ArchAngel stava mettendo insieme.

ADAM osservava i risultati con interesse. Se si poteva dire che un'intelligenza artificiale avesse mai provato emozioni, lo stava facendo in quel momento.

ADAM provava piacere.

Boston, Massachusetts, USA

Charles fece un cenno all'addetto alla sicurezza, poi superò il cancello della grande tenuta di campagna. Non aveva riconosciuto la persona addetta alla sicurezza, ma d'altra parte non prestava molta attenzione alle guardie di sicurezza.

L'unico motivo per cui se ne accorse quella volta fu perché la guardia sembrava giapponese. Un fatto strano, certo, ma non escluso.

Charles si fermò nel punto contrassegnato da una grande "C" in cirillico, mentre i due punti successivi erano contrassegnati rispettivamente dalle lettere "F" e "D".

Charles scese dalla Range Rover e prese la sua valigetta. La risoluzione del Senato per l'approvazione di una legge sull'energia elettrica stava andando bene e avrebbe dovuto favorire i loro interessi petroliferi. Anche le Nazioni Unite stavano facendo progressi. Dopo aver chiuso la portiera, si diresse verso l'ingresso della villa e premette la mano contro il pannello di sicurezza. La serratura scattò e lui entrò, chiudendosi la porta alle spalle.

I loro addetti alla sicurezza erano responsabili dell'esterno. L'intero scopo della villa era quello di mantenere i segreti... segreti di cui lui, David e Fred parlavano apertamente tra le mura di quell'edificio. Facevano entrare gli addetti alle pulizie e poi la sicurezza setacciava la casa alla ricerca di tutto ciò che gli addetti alle pulizie potevano aver lasciato.

Dato che i tre non vivevano lì, ciò avveniva una volta al mese.

Attraversò l'atrio fino al bar, posò la valigetta e si preparò veloce un rum e coca. Dopo aver appeso il cappotto alla rastrelliera, prese il drink e la valigetta e proseguì lungo il corridoio tappezzato fino alla biblioteca.

Si fermò davanti alla scacchiera e sollevò un sopracciglio. Fred aveva mosso, ma era una mossa strana. Charles aggrottò le sopracciglia e studiò la scacchiera con maggiore attenzione, cercando di capire il motivo della mossa. Se non lo avesse conosciuto bene, avrebbe giurato che Fred avesse pagato qualcuno per giocare al posto suo.

Posò la valigetta e bevve un sorso del suo drink, pensando a tutte le diverse mosse e contromosse. Restò lì quasi cinque minuti prima di riconoscere la trappola.

Poteva essere nei guai.

Charles si acciglio. Era una mossa troppo sottile per Fred. O aveva pagato qualcuno per aiutarlo con quella mossa, oppure era stato fortunato e non aveva idea che dodici mosse più avanti Charles sarebbe stato nei guai. Bevve un altro sorso e spostò la sua regina prima di chinarsi a raccogliere la valigetta e proseguire nella stanza. Era quasi arrivato alla sua sedia quando si fermò.

Con il bicchiere a metà strada verso la bocca, fissò la bellezza dalla pelle scura seduta sulla sedia di David. Si dava il caso che fosse rivolta verso la scacchiera, e lo schienale era troppo alto perché potesse accorgersi subito che qualcuno la stava occupando.

Qualcuno che non doveva essere lì.

«Chi sei?» le chiese.

«Tabitha. Perché non ti siedi, Charles? Fred e David sono appena arrivati e si uniranno a noi tra poco.»

Charles non si mosse. Indicò Tabitha con la mano che portava il drink, con la rabbia che gli colorava la voce. «Non dovresti essere qui. Questa è proprietà privata.» Si guardò intorno nella stanza per vedere se qualcun altro si fosse nascosto.

«Da quando le regole hanno un significato per te, Charles?» chiese Tabitha. Si alzò in piedi con grazia e la sua mano percorse lo schienale della sedia di pelle mentre vi girava intorno. Era vestita con un tailleur pantalone nero con le maniche tagliate per tutta la lunghezza del tessuto, con le braccia abbronzate che facevano capolino.

Charles sentiva i suoi due compagni parlare tra loro, quando David cambiò bruscamente tono e parlò più forte. «Guardia, non dovresti essere in questa casa! Chiamerò e informerò la vostra compagnia che saranno messi in mora per non essere riusciti a... Buon Dio, smettila di puntarmi addosso quella pistola!»

«Che senso ha tutto questo?» scattò Fred, e Charles si voltò per vedere i suoi partner praticamente spinti nella stanza da una guardia di sicurezza asiatica che stava puntando una pistola contro di loro.

«Davvero, Jun?» gli chiese Tabitha.

«Faceva parte della dotazione, Kemosabe, ed era più facile che ascoltare le loro lamentele.»

Tabitha parlò ai tre uomini più anziani, indicando le loro sedie. «Sedetevi, signori. Resterete qui per un po'.»

«Perché?» sbottò David. «Sarai arrestata e accusata di...»

Lei lo interruppe: «Io non sono una delle tre persone sotto processo, coglione!»

Fred, con la mente stupefatta che cercava di analizzare il linguaggio volgare usato dalla donna di fronte a lui, si rivolse a Charles.

«Be', Fred, visto che non abbiamo la pistola, perché non assecondiamo la donna?» intervenne Charles, facendo i due passi necessari per raggiungere la sua sedia. Si sedette.

Gli altri due uomini, con meno gentilezza, andarono alle loro sedie e si sedettero. Tabitha allungò la mano. «Valigette, per favore.» Gli uomini si guardarono con aria interrogativa. Quando Jun si schiarì la voce, i tre sembrarono disgustati, ma consegnarono le valigette a Tabitha.

Lei tornò al tavolo e le posò, poi si avvicinò alla sua destra e prese un piccolo diario. «Perché non cominciamo con quello che avete scritto in questo libro, che ne dite?»

«È una cosa personale!» scoppiò Fred. «Non riconosci un diario quando ne vedi uno?»

«Con una serratura, per giunta» aggiunse David.

Tabitha si limitò a leggere un paio di note. «Diecimila per una scommessa da C a D: incarcerare l'amministratrice delegata della RDS.»

«Si dà il caso che ci piaccia scommettere tra di noi. Non è certo un crimine, signorina» ribatté Charles.

Tabitha annuì. «È vero, non lo è. O almeno, non è una cosa che interessa particolarmente a *me*.» Tabitha passò a un'altra pagina del libro. «Qui c'è una scommessa che trovo rilevante, e c'è scritto che hai vinto tu, David. "C & F hanno scommesso con D 10k dollari che l'amministratrice delegata della RDS non combatte".» Tabitha toccò la pagina un paio di volte. «Qui dice che hai vinto, David, per mancanza di prove, più di due anni fa.» Lo guardò. «Purtroppo hai vinto per un cavillo, come voi tre state per scoprire.»

«Di cosa stai parlando?» chiese Charles, rendendosi improvvisamente conto per chi lavorasse la donna.

«Lo sai già, Charles» disse Tabitha. «O almeno ne hai una buona idea.»

«Davvero, Charles?» gli chiese David.

«Potrei indovinare» ammise Charles.

«Sputa il rospo» chiese Fred.

Charles fece un cenno a Tabitha. «Lavora per la RDS.»

Gli altri guardarono Tabitha e gli occhi di Charles si allargarono. «Tu sei *lei*!»

Tabitha si scostò una ciocca di capelli dalla spalla. «Lei chi?»

Charles indicò. «Sei quello che si vedeva nei filmati di sicurezza.»

«Non è possibile. Quella donna era mascolina» protestò Fred.

Jun sbuffò e Tabitha gli lanciò un'occhiata sprezzante che prometteva vendetta in seguito. «Probabilmente sì, ma dovete avere delle macchine fotografiche orribili per farmi sembrare mascolina.»

«Che cosa vuoi?» la interruppe David. «Possiamo raddoppiare, triplicare... Diamine, possiamo metterti in piedi un piccolo paese tutto tuo. Basta che tu dica il tuo prezzo.»

Tabitha guardò David con simpatia. «Oh, cielo. David, ho già prosciugato i vostri conti bancari. A quest'ora il denaro sta finendo a una cinquantina di diverse società di comodo, banche all'estero, ed è stato spostato in metalli preziosi e altri investimenti non liquidi.»

«Come cosa?» chiese Fred.

«Come il cibo» rispose Tabitha. «È molto gentile da parte vostra comprare cibo per coloro che sono stati appena colpiti dallo tsunami. Be', per loro e per quelli che stanno lasciando la Terra per combattere per la nostra preziosa palla blu.»

«Non faremo niente del genere!» si indignò Fred.

«L'abbiamo già fatto, non è vero?» chiese Charles, abbassando le spalle.

Tabitha indicò Charles. «Bingo! Sei il ragazzo migliore di questa classe, Charles.»

«Quanto?» chiese Fred.

«Quanto cosa? Quanti dei tuoi soldi ho trovato?» chiese Tabitha. «Signori, vi sto cercando da anni. Ho acquisito così tante informazioni da essere stata» alzò le dita, «così vicina ad inchiodarvi prima. Ora, con gli ultimi tasselli al loro posto, ho probabilmente rintracciato oltre il 92% del vostro patrimonio totale. Senza contare il denaro e gli altri strumenti contenuti nelle vostre due casseforti.»

«Tre» la corresse Jun, «Ryu ne ha appena trovata un'altra.»

Il volto di Fred diventò speranzoso, prima di tornare a essere neutrale.

«Digli di continuare a cercare» disse Tabitha a Jun, distogliendo lo sguardo da Fred.

12

<u>Boston, Massachusetts, USA</u>

«Puoi dire loro di guardare dietro l'armadietto dei medicinali al terzo piano» disse Barnabas a Tabitha entrando nella stanza. «Troveranno una piccola serratura nell'angolo in basso a sinistra che dovranno forzare prima che la parte posteriore si separi.»

«Chi diavolo sei?» chiese Fred, guardandosi alle spalle mentre Barnabas si fermava accanto alla scacchiera. «Sono Barnabas» rispose lui, e poi mosse un pezzo. «Alfiere in d3; matto in cinque.»

Barnabas indossava un abito gessato scuro. «Io sono» disse ai tre uomini fissi, «la persona che deciderà se noi» indicò Tabitha e poi se stesso, «ci occupiamo di questa faccenda qui e ora, o se coinvolgiamo la regina.»

«Quale regina?» chiese David. David chiese: «Non vorrai dire quell'esaltato pezzo di...»

«Posso chiamarla adesso?» lo interruppe Tabitha, guardando verso Barnabas, con occhi imploranti.

«No» rispose Barnabas.

«David, stai zitto» sbottò Charles.

«No, David» gli disse Tabitha, con voce seccata. «Dovresti proprio continuare, visto che Barnabas ha bisogno di essere ancora un po' convinto che Bethany Anne debba venire qui.»

«Perché noi? Parliamo di lei. Perché si accaparra i progressi della medicina? Mettiamola sotto processo» argomentò Fred. «Stiamo diventando sempre più fragili, mentre bastardi egocentrici e totalmente inutili, provenienti da scuole della Ivy-League, violentano e saccheggiano le nostre società. Lo fanno per il loro tornaconto, mentre noi potremmo essere ancora in giro, con un piccolo aiuto da parte sua» sputò praticamente le parole, «per decenni ancora, per assicurarci che ciò non accada.»

Barnabas strinse le labbra. «La tua difesa per tutte le tue azioni è la salute?»

«Come se tu ne sapessi qualcosa sull'invecchiamento» rispose Fred, lasciandosi andare sulla sua poltrona di pelle. «Hai quanto... tra i venti e i trent'anni o giù di lì?»

Tabitha sbuffò e distolse lo sguardo da Barnabas, cercando di non sorridere.

«No...» Gli occhi di Charles si restrinsero leggermente quando Barnabas si voltò verso di lui. «*Sembri* solo più giovane. C'è saggezza nei tuoi occhi, qualcosa che un giovane non avrebbe.»

Quella volta Tabitha alzò gli occhi al cielo dove Barnabas non poteva vederla.

«La mia età è irrilevante per questa discussione» affermò Barnabas. «Siamo qui per scoprire perché avete fatto la moltitudine di cose che avete fatto. Al momento, sembra che il desiderio comune sia quello di avere più potere, più denaro e più... Solo più.»

«Per la sfida, per dimostrare che si è migliori degli altri, che nella vita c'è di più che avere più cose» rispose Charles. «Di sicuro una persona con la tua esperienza capisce il desiderio di mettersi alla prova, no?»

Tabitha si voltò e guardò di nuovo verso Barnabas. «E adesso?» chiese.

Charles lanciò un'occhiataccia in direzione di Tabitha. «Noi» indicò gli altri due uomini, «siamo responsabili di oltre centomila posti di lavoro solo negli Stati Uniti nordorientali. Se siamo davvero così indigenti come dice questa donna, chi si prenderà cura di quelle famiglie?»

Barnabas si rivolse a Tabitha. «Li hai prosciugati?»

Ha sollevato una spalla. «Risposta da manuale agli stronzi: colpirli nel portafoglio. ADAM si sta occupando dei risultati.» Barnabas annuì.

«E le *nostre* maledette famiglie?» chiese David. «Non fanno parte della vostra equazione? Non la passerai liscia nemmeno tu. Non so come pensiate di poterla fare franca. I nostri cancelli di sicurezza e questi terreni sono monitorati di continuo.»

«Sì, e sono tutti collegati a Internet per i download. Viceversa, ciò significa che sono online anche per gli upload» li informò Tabitha. «Achronyx si è occupato del tuo sistema di sicurezza *chiquitito*, Señor.»

«Vi farò causa fino all'oblio» giurò Fred, indicando Barnabas, poi Tabitha e di nuovo Tabitha. «Non avrete abbastanza per comprare la carta igienica per pulirvi il culo quando cagherete sotto un ponte.»

Tabitha guardò Barnabas. «E adesso?»

Barnabas scosse la testa e fece spallucce. «Ci ho provato.» Guardò attraverso la grande finestra verso gli alberi al di là. «Puoi chiamarla.»

Tabitha chiuse gli occhi mentre sentiva David chiedere. «Chiamare chi?»

«Bethany Anne» rispose Charles. «Fred, sei un imbecille di prima categoria.»

«Perché? Cosa potrà fare lei?» replicò Fred.

«Non stai aiutando, idiota» avvertì Charles.

La sedia di Fred cigolò. «Bah, questi due stanno solo

giocando al poliziotto buono e al poliziotto cattivo. Sappiamo che Bethany Anne è da qualche parte fuori dalla Terra. Quando riuscirà ad arrivare qui, la polizia sarà già sciamando su questo posto.»

Bethany Anne?

Un momento, rispose lei.

Tabitha teneva gli occhi chiusi. Non le importava più di vedere quei tre stronzi.

Eccomi, ho finito di prendere a calci in culo Eric. Che c'è?

Barnabas mi ha dato il permesso di chiederti cosa vuoi fare con i tre stronzi che erano dietro l'attacco agli Jayden.

La piccola Anne e la sua famiglia? La voce di Bethany Anne tornò a farsi gelida attraverso il loro collegamento mentale.

Esatto.

Dove sei? chiese. Tabitha poteva quasi sentire il fuoco nei suoi occhi mentre usciva dal luogo in cui si trovava per dirigersi verso la sua stanza.

Boston, Massachusetts, in una casa privata in una proprietà boscosa fuori città.

Dove si trova la G'laxix Sphaea?

Proprio sopra le nostre teste. Be', qualche chilometro sopra di noi.

Lasciate che prenda Ashur. Sarò lì tra circa... Aspetta, sto pensando... diciamo dieci minuti.

Capito, concluse Tabitha.

Aprì gli occhi e vide tutti e quattro gli uomini che la guardavano. «Sarà qui tra dieci minuti.»

«Hmph, impossibile!» tuonò David.

«Non se abbiamo informazioni sbagliate» gli disse Charles a bassa voce, appoggiandosi indietro sulla sedia.

«Se credi» disse Barnabas, «che sia con la grande stazione, hai ragione.»

«Non che sia curiosa, ma lo sono. Come fai a saperlo?» chiese Tabitha a Charles.

«In base al tempo in cui non l'hanno vista» rispose Barnabas quando nessuno degli uomini disse una parola.

I tre lo guardarono bruscamente.

Tabitha si avvicinò al tavolo. «Be', quel segreto è ancora un segreto, a quanto pare.» Prese la prima valigetta. «Caspita, che roba vecchia.» Si rivolse a Barnabas: «Devo scassinarla?»

«No, troverai lo stato dei loro progetti attuali, alcuni file segreti che non dovrebbero possedere, un panino al prosciutto nella valigetta di David e altre cose varie che ci si aspetterebbe.»

«Come diavolo fai a saperlo?» chiese David.

«Ci legge nel pensiero.» Charles si accasciò sulla sedia e si voltò a guardare fuori dalla finestra verso gli alberi al di là. «Scacco matto.»

«Perché ti arrendi?» Il volto di Fred era rosso di rabbia. «Questi due non sono assassini, e nemmeno la donna che sta arrivando.»

Charles guardò Fred. «Devi aprire un po' di più gli occhi, Fred.» Indicò Tabitha. «Lei è quella che si è buttata dalla finestra del terzo piano in Germania. Ricordi quel video?»

Fred guardò la donna con l'attraente tailleur e poi di nuovo Charles. «E allora?»

«È un'umana modificata, Fred.» Indicò Barnabas. «Lui è Dio solo sa cosa, ma o legge le nostre dannate menti,» Charles indicò la propria testa, «o può vedere attraverso le nostre valigette, a meno che non abbiano qualche trucco magico che non riesco a capire.» Indicò Jun dietro gli uomini. «Hanno sostituito tutti i nostri sistemi di sicurezza, possono viaggiare più veloci della luce in qualche modo per arrivare qui dallo spazio e» si voltò verso Barnabas, «quanti anni hai, davvero?»

Ci fu una pausa prima che Barnabas rispondesse: «Mille anni e poi pochi.»

«Be', merda.» Charles borbottò. «Non mi aspettavo questa risposta.»

«Come avresti potuto?» chiese Barnabas. «È un segreto abbastanza ben custodito.»

«I segreti sono il nostro mestiere» rispose Charles. «O almeno, pensavamo che lo fossero.»

Tutti gli uomini si persero nei loro pensieri per qualche minuto.

Il silenzio avvolse la stanza e poi un senso di disagio pervase gli uomini. I fratelli si sistemarono sulle loro e Charles iniziò a guardarsi intorno.

«È qui» annunciò Tabitha. «La vendetta è arrivata.»

Gli uomini, turbati dal commento di Tabitha, si guardarono l'un l'altro prima di voltarsi verso la porta. Sentirono dei passi, più coppie di passi. Il primo che varcò la porta non era umano.

Era il più grande pastore tedesco bianco che avessero mai visto.

Trotterellò verso Tabitha e la guardò finché non si interruppe. «Bene, bene, come stai Ashur, a parte implorare un massaggio alla testa?» chiese lei grattandogli le orecchie. Lui le fece un cenno di saluto e lei ridacchiò. «Sì, alla fine il cane da caccia ha messo in fuga le volpi, ragazzone.»

Il secondo a varcare la porta fu una montagna d'uomo. Bianco, vestito con un abito nero e occhiali da sole neri, doveva essere alto quasi un metro e novanta.

Si fermò sull'uscio, poi proseguì nella stanza quando si sentì a suo agio con la situazione.

Poi arrivò *lei*. Non era affatto come se l'aspettavano. Aveva un portamento regale, ma teneva in mano una spada. Sembrava vecchia di generazioni, ma la portava come se fosse una parte normale della sua vita.

Le sue mani l'avevano usata.

La paura che gli uomini provavano aumentò quando lei si avvicinò a loro. Si fermò accanto a Barnabas e guardò i tre uomini. «Bene, miei Ranger, sembra che il caso aperto più lungo che avete avuto stia per essere chiuso. Ben fatto. Ecco i mandanti che hanno pagato per far legare una bambina a una bomba a Las Vegas.»

Fred iniziò a parlare, ma lei lo guardò e fece schioccare le dita verso di lui. Una paura incontenibile gli attraversò il corpo e lui non riuscì a respirare. «Giudicato!» proclamò lei, con gli occhi rossi.

«Cosa stai facendo a mio fratello!» urlò David, con la paura nella voce, mentre guardava le mani serrate del fratello che battevano sulla sedia per il dolore.

Bethany Anne si voltò e guardò David dall'alto in basso. «Ecco, ti faccio vedere.» Sorse una mano verso di lui e il suo corpo gli urlò di correre, di andarsene, ma lui non riuscì a muoversi. Il suo cuore correva sempre più veloce e non riusciva a prendere aria. «Giudicato» ripeté lei con lo stesso tono prima di voltarsi verso Charles.

Charles cercò di alzarsi, di scappare, ma una mano gli afferrò la spalla e lo spinse indietro sulla sedia. Charles alzò lo sguardo per vedere la grande guardia dietro di lui, con gli occhiali da sole scuri che mostravano a Charles solo il suo riflesso.

I fratelli si dimenavano sulla sedia, con i volti che diventavano blu. «Che diavolo stai facendo?» chiese Charles, con la voce che si spezzava mentre guardava i suoi compagni.

«Permetto loro di morire insieme» rispose Bethany Anne. «Ho parlato con Barnabas e tutti e tre siete colpevoli di aver ucciso altri esseri umani. Avete usato volontariamente il vostro potere senza riguardo per gli altri, senza curarvi di ciò che facevano coloro che erano alle vostre dipendenze per realizzare i vostri capricci. Vi siete tutti guadagnati questa sentenza per i molti peccati commessi in passato.» Charles impallidì mentre guardava le contrazioni dei suoi amici diventare più deboli, i fratelli che soffocavano piano e con dolore. Si voltò verso di lei solo quando si rese conto che lo stava guardando.

E i suoi occhi brillavano di rosso.

Lei parlò, con una voce più profonda di un attimo prima, e lui la sentì sia nelle orecchie che nella mente. «Charles, hai pagato coloro che hanno messo in pericolo una bambina a Las Vegas. È stata questa la decisione che ti ha portato a questa fine. Te lo sei meritato anni fa.»

La paura che provava si trasformò nel desiderio di andarsene, di fuggire, ma non ci riuscì. Il suo corpo era bloccato nell'indecisione, mentre la mente urlava di paura e le sostanze chimiche si liberavano nel suo corpo a un livello che non avrebbe mai dovuto verificarsi.

Charles si dimenò, senza accorgersi che Fred e David avevano smesso di muoversi.

Due minuti dopo Charles era immobile e Bethany Anne smise di *spingere* paura nel corpo dell'uomo.

«Bastardi» sputò Bethany Anne quando ebbe finito. «Voi fottuti coglioni succhia cammelli dovevate cercare di avere tutto. Questa è stata una fottuta fine pacifica, considerando il modo in cui avreste dovuto andare a fondo.» Si avviò verso l'uscita. «Ranger, siete stati bravissimi. Ripulite tutto quello che serve. Mi aspetto un rapporto finale tra due giorni, Barnabas. Questa settimana devo andare alla riunione del Presidente.»

Barnabas iniziò a uscire dalla porta mentre parlava sopra la spalla: «Tabitha?»

«Sì?» rispose lei.

«Aspetto il rapporto per domani mattina» le disse e poi uscì dalla stanza dietro Bethany Anne.

Lei lo guardò uscire, a bocca aperta. «Be', *maledizione!*» si lamentò mentre metteva le valigette accanto ai tre uomini. «Jun, di' agli altri Tonti di pulire e rimetti gli addetti alla sicurezza dove li abbiamo trovati. I comandi mentali di Barnabas svaniranno entro» guardò l'orologio, «venti minuti.»

Jun la seguì all'uscita. «Sì, Kemosabe. Cos'altro dobbiamo fare?»

«Prendete solo quello che ci serve, e poi trovate un posto

dove rintanarci per la notte a New York. Ho dei cazzo di rapporti da scrivere» sbuffò.

New Mexico, USA

Il sistema individuò con facilità il piccolo insetto volante. Gli permise di superare il primo punto di controllo, ma cinque minuti dopo, quando il piccolo insetto non deviò dalla rotta, il sistema di sicurezza secondario lo abbatté.

Cadde come un sasso, atterrando in una fenditura accanto a un masso.

Il sistema di sicurezza confermò l'assenza di movimenti nell'aria e tornò in modalità passiva.

Il piccolo drone non si mosse, ma inviò un messaggio alla sfera madre che fu subito ritrasmesso trasmesso al cielo e poi allo spazio.

Drone 012 attaccato da un laser che emette una lunghezza d'onda diversa da quella abituale. Istruzioni?

ArchAngel passò le informazioni al più alto generale dell'Impero Eterico perché le esaminasse.

Il generale Lance Reynolds ricevette il messaggio e sorrise.

Avevano trovato i bastardi.

13

<u>Residenza privata fuori Chicago, Illinois, USA</u>

Erano le dieci e mezza del mattino, un'ora di fuso dietro la persona che stava aspettando di chiamare. Qualche anno prima sarebbe stato seduto dietro la scrivania dello Studio Ovale a fare quella telefonata.

Guardando fuori dalla finestra posteriore, apprezzò i colori autunnali e le foglie per terra. Quell'anno l'inverno tardava ad arrivare. Si poteva quasi uscire in maniche corte.

Quindici gradi scarsi: chi l'avrebbe mai detto?

Il telefono squillò, così girò la sedia e si chinò in avanti per rispondere. «Pronto.»

«Salve. Scusa per l'ora, ma ho questa maledetta riunione con i leader del Senato tra venti minuti. I loro piagnistei mi stanno facendo impazzire.»

«Ora capisci perché i miei capelli sono diventati grigi così in fretta.»

«Be', per me non è un problema. I miei capelli erano già grigi.»

«Un piccolo vantaggio nel grande schema delle cose, ne sono certo» rispose.

«Sì» concordò il Presidente. «Volevo solo aggiornarti sulla riunione con la RDS in Belgio: è tutto pronto per presenza di lei?»

«Sai, "lei" ha un nome» rispose lui, con il fastidio che si insinuava nella sua voce.

«Forse per altri, ma questo è il nome più bello che ho per lei al momento. Invece di procedere con le riforme fiscali e di costruire questo Paese, metà del mio tempo lo passo a occuparmi di immigrazione dallo spazio e di paura degli alieni. Se potessi, sbatterei quella stronza in galera.»

L'ex presidente staccò il telefono dall'orecchio e lo guardò, mentre l'odio al vetriolo trasudava praticamente dall'altoparlante.

«Se non fosse per il fatto che potrebbero metterci fuori gioco» continuò il presidente in carica, «li avrei già sbattuti in galera e avrei usato la legge per confiscare la loro tecnologia. Non ho idea del perché credano di poter fare un lavoro migliore nel proteggere il mondo rispetto a chi lo sta già facendo.»

Lui si morse la lingua e lasciò che il presidente continuasse a parlare, finché non gli fu posta una domanda a cui poteva rispondere. «Allora, anche tu sei pronto ad andare in Belgio?»

Riportò il telefono all'orecchio e rispose: «Sì. Porto David, naturalmente.»

«Bene. Farò prelevare uno degli aerei commerciali da Andrews per te e per chiunque altro abbia bisogno di andare, visto che te lo sto chiedendo. Andrai da solo?»

«Sì, mia moglie sta qui» rispose.

«Eccellente. Non si sa mai cosa può andare storto con quella donna. Ha causato così tanti problemi negli ultimi tre anni, che non saprei dire.»

Non c'è da stupirsi che Bethany Anne pensi che questo presidente sia una spina nel fianco, pensò mentre le lagne continuavano.

Alla fine la telefonata si concluse.

«Sì» rispose stanco l'ex presidente, «capisco. Saremo

puntuali. Saluta Greg da parte mia. Bene, d'accordo, lo dirò anche a lei. Arrivederci.»

Quando riattaccò il telefono si rese conto che non gli mancava davvero l'ufficio, come molti pensavano. Lo ripose sulla scrivania e si voltò di nuovo verso la finestra. Il suo senso di pace era stato distrutto, ma sperava che qualche minuto di visione del quadro paesaggistico del suo cortile sarebbe bastato a calmarlo.

Si acciglìo. C'era stato un punto rilevante in tutta quella discussione. I problemi *avevano* trovato Bethany Anne. Forse avrebbe dovuto prepararsi con un po' più di cura del solito.

Tornò indietro e afferrò il telefono un'altra volta. Almeno sapeva chi chiamare per quel favore.

SBRDS *Meredith Reynolds*

Bethany Anne guardò la mappa del New Mexico e una scura sovrapposizione di caverne. «Ci sono un sacco di buchi nel terreno, papà.»

Lance strinse le labbra. «Si potrebbe dire così. Si potrebbe anche dire che assomiglia molto al formaggio svizzero. Stiamo facendo scendere alcuni dei Guardiani più tranquilli per iniziare a controllare le grotte che sembrano plausibili per l'utilizzo delle loro navi.»

«Perché?» chiese.

«Perché cosa, controllare le grotte?» Lei annuì. «Perché abbiamo bisogno di spazi abbastanza grandi per far entrare la nostra cavalleria. Dopo che il nostro primo drone è stato abbattuto, siamo stati un po' più attenti. Non sappiamo tutto quello che hanno a disposizione, quindi stiamo inserendo un'unità corazzata.»

«Il primo battaglione dell'unità corazzata Wechselbalg di Sua Maestà?» Bethany Anne ridacchiò.

«Beeeee'» disse Lance, allungando la parola. «Abbiamo solo

sei unità Wechselbalg funzionanti al momento» si gratta il mento, «così ho parlato con un altro equipaggio.»

«*Quale* altro equipaggio?» chiese lei, guardando il padre. «L'unico equipaggio che ha... *Oh mio Dio!*» esclamò. «Hai chiesto agli *yollin?*»

«Sono annoiati, un po' come una certa sovrana che conosco. Se sei disposta a rinunciare a un anno di servizio in anticipo, Kiel e la sua squadra sarebbero lieti di mettersi in gioco.»

«Non lo so, papà. Che cosa ha detto Kael-ven?»

«Ha pensato che fosse una splendida idea. La possibilità per il personale militare di fare qualcosa oltre a sparare con i nostri per tenersi in forma, e in più avere la possibilità di entrare in campo e mischiarsi? Sì, non vedono l'ora.»

Lance tacque, lasciando che Bethany Anne riflettesse sulle opzioni.

Alla fine gli chiese: «Qual è la fregatura?»

«Oltre a tagliare un anno dai loro contratti di lavoro?» chiese Lance, guadagnandosi un'occhiataccia da parte della figlia. Ridacchiò. «Anche Kael-ven vuole scendere.»

«Davvero?» domandò Bethany Anne. «Pensavo che il capitano della nave rimanesse sempre... be', con la nave.»

«Per questo gli yollin stanno creando un Gruppo Mercenario Yollin. Kael-Ven è il loro capo, quindi ritiene di dover almeno essere laggiù» rispose facendo un cenno verso la mappa.

«Il primo Gruppo Mercenario Yollin legato all'Impero Eterico?» Bethany Anne assaporò le parole. Un sorriso malvagio le attraversò il viso. «*Lo adoro*, cazzo!» Indicò la mappa. «Immagina le facce di quei coglioni quando scopriranno che li attaccano le forze meccanizzate. Già, e alcuni di loro ovviamente non sono umani.

Non dare il via alla festa in anticipo. Tra poche ore avrò finito le mie riunioni in Belgio, ne sono certa, se non mi sputano addosso. Se lo fanno, me ne andrò ancora prima.»

«Non credo che ti sputeranno addosso» le disse Lance.

«Eh» indicò la testa, «io forse ne sentirò il desiderio.»

Lance si spostò accanto a lei. «Stai bene?» chiese. Anche se erano soli nel suo ufficio, il momento sembrava ancora troppo personale per poterlo dire apertamente.

Lei annuì, poi sospirò. «Sarebbe più facile se chi ha il potere sulla Terra non fosse un gruppo di... di...» Agitò la mano. «Gli insulti mi sfuggono.»

Lance guardò la figlia. «*Non* ti senti bene. Non ti viene in mente un insulto adatto?»

Bethany Anne rivolse al padre *quello* sguardo che da generazioni le figlie rivolgono ai padri quando chiedono qualcosa di particolarmente perspicace. «Sì, potrei. Solo che non voglio spendere le energie mentali per chiamarli con parole importanti.»

Fece un cenno alla mappa del New Mexico sospesa nell'aria tra loro. «Questo sembra buono. Cerchiamo di non far arrabbiare gli Stati Uniti quando lo facciamo.»

«Giusto, il loro presidente vuole già impiccarci.»

«Ho detto loro, l'ultima volta che che hanno molestato la mia gente, che avrei iniziato a molestare la loro.»

Lance sorrise. «Non credo che abbiano apprezzato che tu abbia preso i loro costosi satelliti e li abbia spostati su orbite inutili.»

«Hanno rivendicato un dominio imminente sulla nostra proprietà laggiù, io ho preso la loro roba quassù. Quando l'hanno restituita, hanno riavuto i loro satelliti.» Scrollò le spalle. «Ha funzionato.»

«Ha frustrato il presidente.»

«Che può baciarmi il culo» sputò Bethany Anne, con gli occhi fiammeggianti. «Quel pezzo di merda incestuoso pallemosce che non riesce a tirarlo su può...» Notò che suo padre cercava di trattenere le risate. «Cretino!» il rumore della mano di lei che gli schiaffeggiava il braccio si riverberò sulle pareti dell'ufficio.

Lance sorrise mentre si strofinava il braccio. «I sacrifici che faccio per tirarti su di morale!»

Bethany Anne gli si avvicinò e lo abbracciò. «Grazie, papà.» Si appoggiò allo schienale. «Il tuo braccio sta bene?»

«Diavolo, no» dichiarò. «Colpisci piuttosto forte. Il mio vecchio e fragile corpo...»

«Cretino!» Sorrise. «TOM mi ha fatto un riassunto degli aggiornamenti della tua capsula medica. Dice che forse ormai non senti più nulla.»

«Be'» ammise Lance, lasciando cadere la mano, «potrebbe essere psicosomatico.»

«I problemi psicosomatici di solito sono dovuti allo stress» replicò Bethany Anne, «non al mio schiaffo.»

«Che fai, leggi quel maledetto dizionario medico?» le chiese lui. «Devi uscire più spesso.»

Bethany Anne si voltò verso la porta: «Lo sto facendo. Vado a incontrare i leader mondiali.»

Aprì la porta e stava per attraversarla quando Lance la chiamò: «Non uccidere nessuno di loro.»

«Nessuna promessa!» rispose lei e chiuse la porta.

Akio bussò alla porta dell'alloggio temporaneo di Yuko. «Sei pronta ad andare?»

Yuko si lamentò da dentro la sua stanza: «Akio, è una festa di addio. Come faccio ad essere pronta per questo?»

«Immagino che, tanto per cominciare, sia necessario assicurarsi che tu sia vestita» suggerì. «Ne abbiamo parlato una dozzina di volte. Non sei obbligata a prendere questa decisione. È la tua vita, Yuko.»

«Uscirò presto, lo prometto» gli disse.

Yuko era vestita, ma era sdraiata sul letto con gli occhi chiusi.

ADAM, tutto questo fa schifo!

La separazione è la cosa più difficile tra amici, a quanto ho capito.

Yuko sospirò. *Ma tu mi sei stato vicino fin dall'inizio. Ti ricordi quando ci hai permesso di unirci alla tua rivoluzione?*

Sì, ha significato molto per me.

Perché?

Non sapevi chi o cosa fossi. Ti sei unita a me perché credevi di fare ciò che era giusto, e hai dato tutta te stessa per aiutare Bethany Anne.

Lei è la mia... Maledizione, ADAM, mi mancherete tantissimo. Si impose di non piangere. Si era già truccata gli occhi.

Yuko, unisciti alla festa. Bethany Anne deve partire in fretta e sta aspettando di salutarti.

Yuko si alzò di scatto dal letto, prese la giacca e saltò verso la porta di casa, spalancandola e finendo quasi addosso ad Akio. «Andiamo!» gli disse, afferrandogli la mano. «La regina mi sta aspettando!»

* * *

Yuko, Akio e la sua squadra si trovavano negli alloggi temporanei situati al porto. Pur essendo vicini al tram per andare all'interno, erano lì solo per poco tempo e di rado avevano bisogno di entrare nella base.

Yuko si mise a correre. Fuori dal loro alloggio c'erano alcune porte che conducevano a stanze più grandi, dove i militari – e Yuko fu sorpresa di rendersi conto di esserlo – si riunivano al di fuori delle stanze più piccole. C'erano gli uffici operativi e le risorse umane. Infine c'erano le caffetterie, gli appartamenti normali e poi la linea di demarcazione principale verso i moli da cui l'area prendeva il nome.

Girò l'angolo verso l'orgoglio del porto.

Il Pistola Fumante.

Rallentò così in fretta che Akio dovette reagire più rapidamente del solito per non urtarla.

Stava per chiederle cosa c'era che non andava quando, guardando avanti, diventò evidente. Davanti al Pistola Fumante c'era una lunga fila.

«Quella fila durerà un'eternità!» si lamentò lei. «Come faremo ad arrivare alla festa in tempo per farmi vedere Bethany Anne?»

Akio sorrise e le mise un braccio intorno alle spalle. «Così, giovane.» Accompagnandola in avanti, Yuko si concesse di fidarsi di Akio e di sentirsi al sicuro, continuando a fissare la grande folla che dovevano attraversare.

William era all'ingresso, a gestire la folla che aveva saputo che Bethany Anne era nel locale. Ogni volta che si presentava, era un bene per gli affari.

Ma era uno schifo per il controllo della folla.

William individuò il suo fratello di un'altra madre e si alzò in piedi, mettendo le mani in alto. «Gente!» Attirò la loro attenzione. Poiché indossava un'esclusiva maglietta del Pistola Fumante con la scritta "Proprietario" sulla schiena, la maggior parte riconosceva lui, Bobcat e Marcus ogni volta che si trovavano nel locale.

«Gente» esclamò, «per favore spostatevi e lasciate passare mio fratello.» Alcune persone cercarono di adattarsi, ma non era una bella situazione e il volto di William aveva un'espressione disgustata. «Va bene, ho cercato di essere gentile.» William indicò le persone. «Ricordatelo nelle vostre storie: ho cercato di essere gentile. Avete una sola possibilità, gente.» William prese una scatola, ci salì sopra e incrociò lo sguardo di Akio. «STRONZO STA PASSANDO, FIGLI DI PUTTANA. FATE LARGO!» Poi, con voce più calma: «Akio, alza il riscaldamento.»

Fu allora che si scatenò la paura. La gente capì cos'era e altri chiamarono: «Stronzo della regina!» Ci furono un paio di «*Oh, merda*» e diversi «*Cazzo, muoviti.*» La paura diminuì quando Akio, tenendo il braccio di Yuko, attraversò il centro della sala e si avvicinò a William.

I due batterono un pugno e Akio accompagnò Yuko nel locale, salendo le scale fino alla terrazza panoramica e facendo un cenno alle due guardie.

William guardò le persone che stavano in piedi, imbambolati dalla realtà di ciò che avevano sentito e sperimentato.

La paura che uno Stronzo della regina poteva suscitare andava oltre qualsiasi spiegazione.

William disse al suo buttafuori: «Nick, occupati dell'ingresso.» Nick annuì e William si voltò verso i clienti in fila. «La prossima volta vi consiglio di fare spazio quando ve lo dico, capito?»

William rientrò nel locale con un coro di «Diavolo, sì» alle spalle.

«È stata una sensazione terribile» disse Yuko ad Akio. Sorrise. «Sono felice che tu sia mio amico.»

«Ho centinaia di anni, Yuko. Capisci quando ti dico che sono molto contento che tu mi chiami amico.»

Yuko appoggiò la testa contro di lui. «Non vi merito, lo sai?»

Akio le mise un braccio intorno alle spalle mentre salivano la scala circolare. «Ed è proprio per questo che invece ci meriti.»

Quella volta Akio fu pronto per l'arresto Yuko quando vide quanto era affollata la terrazza panoramica.

Tutti aspettavano che lei e Akio si unissero a loro e Yuko non riuscì a trattenere le lacrime. Si portò la mano al viso per raccogliere le lacrime, ma d'un tratto Gabrielle fu accanto a lei, asciugandole con un fazzoletto.

«Bethany Anne mi ha detto di essere pronta, ma cavolo,

ragazza! Dovevi fare almeno cinque passi nel club per farmi vincere.»

Yuko soffocò una risata mentre prendeva il fazzoletto e si tamponava gli occhi. «Chi ha vinto?»

«ADAM, quel figlio di puttana in silicone dell'IA» sbottò Gabrielle. «Ho anche perso due once d'oro. Avido bastardo.»

ADAM? inviò Yuko.

>>**SÌ?**<<

Hai scommesso su di me?

>>*Certo.*<<

Ma... Yuko non aveva nulla da dire.

>>**Dovevo avere dei soldi, altrimenti non avrei potuto darti il mio regalo**<< spiegò ADAM.

Mi hai fatto un regalo?

>>**Sì. Bethany Anne mi ha detto che se fosse stato da parte mia avrei dovuto guadagnare io i soldi, e così ho fatto.**<<

A cosa ti servono i soldi? chiese Yuko. *Non mi devi niente.*

>>**Non ti devo niente, ma volevo darti qualcosa**<< le disse. >>**Ora goditi la festa**<<.

Yuko fece un passo sul ponte panoramico e salutò i suoi amici.

Akio stava parlando con Darryl e Scott quando sentì la sua presenza. Voltandosi, si inchinò alla sua regina. «Hai un minuto?» chiese lei.

«Sì, mia regina» rispose lui, e lei gli mise una mano sulla spalla. «Torniamo subito» disse ai ragazzi, e scomparvero.

«Ecco, questo» osservò Scott a Darryl, «mi piacerebbe capire come fare.»

«So che ci vuole una certa quantità di qualcosa che non hai» disse Darryl all'amico.

«Davvero?» Scott si girò verso di lui. «Cosa?»

Darryl gli diede una pacca sulla spalla. «Intelligenza.»

Bethany Anne e Akio arrivarono in una delle stanze private del bar. Era chiusa a chiave da entrambi i lati, in modo che nessuno potesse avventurarsi per sbaglio all'interno, mentre Bethany Anne faceva avanti e indietro. Anche se si era sforzata di guardare prima di arrivare, era sempre meglio essere il più sicuri possibile.

«Sì, mia regina?» le chiese Akio.

«Come sta Yuko?»

«Ha preso la sua decisione, ma è comunque doloroso quando gli amici se ne vanno.»

Bethany Anne annuì. «Capisco. Ti va bene rimanere?»

Akio annuì. «Mi va bene così, mia regina. Non è che non possa parlare con te» si batté la testa, «se proprio devo.»

«È vero, ma ricorda... A causa della distanza, è molto drenante.» Gli mise una mano sulla spalla. «Tornerà, Akio. Non so quando, ma forse non presto. Per favore, prenditi cura della mia gente sulla Terra, mentre fanno quello che diavolo fanno. Continua a occuparti delle responsabilità della Regina delle Stronze in mia assenza. Siamo d'accordo?»

«*Hai*, siamo d'accordo, mia regina» rispose lui. Poi, guardandola negli occhi, sorrise. «Hai riportato l'onore, quando mi sembrava che non ce ne fosse più. Io e i miei uomini faremo ciò che ci chiedi fino all'ultimo respiro o al suo ritorno.»

«Tornerò, che siano cento anni o mille» giurò lei. «Se non sono morta, tornerò quando tutto questo sarà finito.» Bethany Anne gli tolse la mano dalla spalla e si avvicinò a una piccola cassettiera a lato della stanza. Aprì il primo cassetto, estrasse una spada in un fodero e, dopo aver chiuso il cassetto, si voltò.

«Sei un mio Elite, il mio Stronzo sulla Terra. Prendi questa spada come prova della mia fiducia in te, e brandiscila in mia assenza. Sei il mio rappresentante. Le tue azioni mi portano onore, il tuo rispetto mi porta onore. Prendila ora e sappi che hai la mia completa fiducia, Akio.»

Akio strinse le labbra e si inchinò. «Capisco che non posso rifiutare» tese le mani, «quindi accetto, mia regina.»

Bethany Anne sorrise e gli mise la spada in mano. «Bene, perché non voglio proprio dover lottare con te per fartela prendere.»

Akio sorrise. «Non sarebbe rispettoso, mia regina.» Poi fece un ghigno. «Non sarebbe nemmeno bello.»

Bethany Anne rise. «Sai, credo che stare vicino a William ti abbia aiutato a scioglierti un po', Akio.» Ci pensò un attimo. «Non molto, ma un po'.»

«Sì» disse lui sorridendo, mentre si dirigevano verso la porta, «William è un'esperienza interessante, mia Regina.»

«Ho rimandato il più possibile.» Sospirò. «Ora arriva la parte peggiore della serata: devo dire addio a Yuko.»

14

«E così mi hanno sparato, il sangue sgorgava a fiotti» Yuko ascoltava per l'ennesima volta William che raccontava di come gli avevano sparato in Giappone, «quando Akio arriva e uccide i ragazzi che mi hanno fatto questo. Sono annebbiato, mi sfugge la coscienza e vedo Akio, con gli occhi rossi che brillano mentre si inginocchia e io mordo coraggiosamente un pezzo di pelle mentre lui infila gli artigli per estrarre i proiettili...»

«È svenuto» interviene Akio da dietro William.

William si girò e guardò Akio, che aveva alle spalle Bethany Anne. «Ehi, stai assolutamente rovinando una bella storia con i fatti. Non ti abbiamo insegnato meglio di così io e Bobcat?»

«Giusto» disse Akio. «Be', mi scambierò il posto con Yuko.» Allungò la mano e tirò delicatamente Yuko verso di sé, poi fece una specie di trucco per cui un attimo prima era dietro di lei e un attimo dopo lei era dietro di lui. «Mia regina.» Fece un inchino a Bethany Anne, che gli fece l'occhiolino, e poi le signore se ne andarono.

Akio si girò di nuovo verso coloro che stavano ascoltando William. «Ho capito che avevo questo aspetto?» Akio chiese, e volle che i suoi occhi diventassero rossi. Quando parlò, la sua voce fu un po' più dura. «Continua, fratello!»

Coloro che ascoltavano William fecero un passo indietro involontario, ma si sporsero di nuovo in avanti per ascoltare la storia, ansiosi di vedere cosa sarebbe successo dopo, mentre Akio aiutava William a raccontare la storia.

Se non proprio la verità.

Bethany Anne e Yuko apparvero nella sua suite e Yuko si guardò intorno. «Oh!»

Ashur si alzò dal letto e Yuko gli si avvicinò. «Anche tu mi mancherai, peluche!» Lo afferrò per il collo. «Proteggi la nostra regina, va bene?» Ashur piagnucolò e Yuko rise, lasciandolo andare. «Sì, so che è un compito impossibile, ma tu sei il cane giusto per questa missione, vero?»

Ashur sbuffò di nuovo e Yuko gli massaggiò la testa. «Lo immaginavo.»

Yuko si girò e vide Bethany Anne che si tamponava l'occhio con un fazzoletto. «No, Bethany Anne! Mi farai rovinare il trucco...»

Bethany Anne aprì le braccia e Yuko si fece avanti per abbracciarla. «Sai che mancherai a tutti noi, vero?» Yuko annuì, le sue parole furono soffocate dal petto di Bethany Anne. «Soprattutto ADAM.»

Yuko alzò lo sguardo. «Ehi, ADAM! Che cosa volevi darmi?»

«Ah.» Bethany Anne fece un passo indietro. «Mi chiedevo se avevi intenzione di mantenere il segreto, ADAM.»

La voce di ADAM proveniva dal bagno di Bethany Anne. «Dovevo usarlo per aiutare Yuko a raggiungere l'equilibrio e, be', Gabrielle ha fatto la spia.»

Yuko si chinò alla sua sinistra per guardare Bethany Anne, che le impediva di vedere il bagno. «ADAM?»

Yuko sentì un movimento e poi apparve lui. Yuko si spostò da dietro Bethany Anne, che si fece da parte.

«ADAM?» chiese Yuko, confusa. «Non è possibile, vero?»

«No» concordò l'androide. «Mi stai sentendo parlare da questo androide. Ho lavorato a questo dono per un anno.»

Yuko alzò lo sguardo verso Bethany Anne, che sorrise. «Ha dovuto generare i fondi» le disse Bethany Anne, poi aggiunse: «Legalmente.»

«Sì» concordò il piccolo androide. «È stato questo requisito a richiedermi un po' più di tempo.»

«Lui è...» Yuko allungò la mano e tastò il corpo. Era di metallo e l'unità non cercava di comportarsi come un essere umano. «Bellissimo.»

Il piccolo androide alzò la mano per toccare con delicatezza quella di Yuko. «Grazie.«

La voce di ADAM uscì dagli altoparlanti della stanza. «Adam Nacht, saluta Yuko.»

L'androide si trovò di fronte a Yuko e la sua bocca, in qualche modo animata, parlò. «Ciao, Yuko. Sono Adam Nacht, l'Intelligenza Entità che lavorerà con te.»

Yuko guardò Bethany Anne. «Si chiama Adam?»

Bethany Anne fece un sorriso gentile. «Il suo nome è qualsiasi tu scelga. Una volta cambiato, l'IE avrà per sempre quel nome.»

Yuko si voltò verso l'androide. «Puoi girarti?» L'IE si girò facilmente e Yuko cercò le giunture che dovevano esserci nel suo corpo. «Di cosa è fatto?»

«Be'» chiarì ADAM. «È una sintesi di metalli umani e leghe yollin che siamo riusciti a forgiare qui nell'asteroide.»

«Come?» chiese Yuko, tastando ancora il corpo senza cuciture.

«Con molto aiuto» rispose ADAM. «Molti amici alla festa mi hanno aiutato.»

«Dovrò dire grazie a tutti» riuscì a dire tra le lacrime che le imbrattavano il trucco.

«Come vuoi che mi chiami?» chiese l'IE. «Posso essere maschio, femmina o di genere neutro.»

Yuko ci pensò su. «Be', per me ADAM è ADAM, e mi sembra strano avere un ragazzo come amico, quindi...»

Yuko tese la mano. «Ciao, Eve. Mi chiamo Yuko e non hai idea di quanto sia felice di conoscerti.»

Bethany Anne passò a Yuko dei fazzoletti puliti dopo aver finito di stringere la mano all'androide più basso.

«Ci sono istruzioni speciali per la cura che vengono fornite con lei?» chiese Yuko mentre cercava di pulirsi il mascara.

«No, ho un alimentatore pluricentenario» rispose Eve.

«Ah, ho capito: ADAM ed Eva» intervenne ADAM.

«Interessante» mormorò Bethany Anne. «Eva è stata generata da ADAM, e questo è vero anche qui.» Bethany Anne si tamponò gli occhi un'ultima volta. «Yuko, devo dirti due parole prima di andare. Devo andare a incontrare un gruppo di bacchettoni per delle cose che vogliono e che io non concederò.»

Yuko si voltò verso di lei.

«Primo, non puoi controllare il mondo. Non provarci nemmeno. Qualsiasi cosa facciano, lasciali fare! La tua responsabilità è verso il Mondo Sconosciuto. Akio è responsabile di prendersi cura di ogni Rinnegato, e tu sei responsabile di prenderti cura di coloro che onorano la famiglia di Michael o me.»

Yuko annuì con un cenno di intesa.

«Quindi, sii strategica e intelligente. So che hai già capito come affidarti ad Akio e alla squadra, ma anche tu stai diventando più vecchia e saggia. Hai un buon intuito, quindi ricordati di usarlo. Continua con la forza e l'allenamento nelle arti marziali. Ti tornerà utile. Anche a lei» ha fatto un cenno a Eve, «tornerà utile. Abbiamo due contenitori IE che gestiscono la sua intelligenza. È la cosa più vicina a un'intelligenza artificiale che abbiamo.»

«Forse un giorno sarà una vera IA» aggiunse ADAM. «Ho calcolato la potenza di calcolo, ed è una cosa possibile.»

«Davvero?» chiese Yuko. Guardò Eve, che ricambiò lo sguardo. «Che cosa ci vorrebbe?»

«È una cosa che dovrai scoprire» le disse Bethany Anne. «ADAM ha inserito nell'IE un'enorme quantità di informazioni da esaminare su questo argomento. Potrebbero essere necessarie più vite per esaminarle e padroneggiarle tutte.»

Yuko aprì un braccio, Eve si avvicinò e si appoggiò a lei, abbracciandola con delicatezza. «Oh mio...» Yuko strinse l'android e sorrise. «Almeno non posso farti del male.»

«È vero» concordò Eve. «Non molto può farlo.»

«Ricorda, Yuko» le disse Bethany Anne, osservandole. «Sii strategica nelle tue mosse, sii intelligente e nasconditi piuttosto che mostrarti. Sii il vento che sussurra tra le foglie, un nome, un fantasma. Esistete per portare ordine e protezione, ma cercate di rimanere nascosti alle masse. Il tuo obiettivo primario è essere presente per Michael quando arriverà. Quando ciò accadrà, Eve ci contatterà. Sii presente per la mia gente nel Mondo Sconosciuto. Usa la tecnologia che ti abbiamo lasciato per sorvegliare il più possibile, ma non puoi proteggere tutti. Dio sa che ci ho provato e ho fallito.»

Yuko annuì, comprendendo i suoi ordini.

«Devo tornare alla *ArchAngel*, cambiarmi e scendere sulla Terra. Sei sicura di voler invecchiare?»

«Per ora ne ho bisogno. I miei genitori non capirebbero se non invecchiassi come loro. Non vorrei che si meravigliassero.»

«Capisco. Ti abbiamo potenziato il più possibile fino a quando non saranno più con noi. Abbiamo lasciato la maggior quantità di nanociti potenziati che possiamo fornire. Usali con parsimonia, d'accordo?»

Yuko annuì.

«Va bene, un ultimo abbraccio e poi posso riportarti alla festa, ma temo che Eve dovrà prendere il tram.»

«Non c'è problema, mi piace il tram» rispose Eve. «Ci vediamo al Pistola Fumante se per te va bene, Yuko.» La piccola androide si fermò e attese il permesso.

«Sì, va bene.» rispose Yuko. «Aspetta, come comunichiamo?»

Comunichiamo nello stesso modo in cui tu comunichi con ADAM. La voce di Eve, ora tendente al femminile, risuonò nelle orecchie di Yuko.

Yuko fissò Eve. «È così bello, ADAM! Non potrò mai ringraziarti abbastanza!»

«È quello che fanno gli amici. Ci prendiamo cura l'uno dell'altro.»

Allora, ADAM, hai intenzione di dire a Yuko che Eve è un androide di protezione?

>>Penso che ci sia un solo modo per rispondere, Bethany Anne.<<

Oh? E quale sarebbe?

>>Che diamine, no!<<

Bethany Anne si guardò intorno, temendo di sghignazzare e di rivelare la sua comunicazione con ADAM.

«Va bene, mia principessa giapponese, è ora che tu torni alla festa e che io mi metta in viaggio per un'altra noiosa riunione con vecchi rimbambiti.»

Yuko andò da Bethany Anne e l'abbracciò. «Bethany Anne, mi hai dato due cose che altrimenti non avrei mai avuto: un vero amico in ADAM e l'opportunità di aiutare il mio Paese. Potremmo anche rimanere al di sotto dei radar, ma coloro che devono sapere che esistiamo... Be', li troveremo, mia regina.»

Bethany Anne la abbracciò a sua volta. «È ora.»
Scomparvero.

. . .

<u>Belgio</u>

«Abdullah» esordì Paula sedendosi nella piccola caffetteria. Lui si sedette, mettendo da parte il caffè. «Credi che siamo pronti?»

«Sì, è tutto a posto. Se non ce lo avessi detto, non avremmo saputo che si stava verificando un evento» rispose l'uomo, bevendo un sorso del suo caffè.

Paula si guardò intorno nella caffetteria. «Stanno cercando di tenere segreto l'incontro. È l'ultimo sforzo per convincere la RDS ad ascoltarli e a condividere la loro tecnologia.»

«Odio la loro leader come chiunque altro al mondo» ammise Abdullah, «ma nella sua posizione non condividerei nemmeno io. Non ci vuole molta intelligenza per capire che non c'è un governo di cui fidarsi.»

«Tranne il tuo?» chiese Paula.

Abdullah scrollò le spalle. «Sono un leader che ama la lotta. La lotta è qui, sì?» Bevve un altro sorso prima di posare il caffè. «Forse quando ero un po' più giovane, pieno di quello che voi chiamate piscio e aceto, sì?» Paula annuì. «Be', a quei tempi credevo più alle profezie di quanto forse non faccia ora.»

«Cosa c'è di diverso adesso?» chiese Paula. Per una volta la sua voce era curiosa.

«Ora si tratta di assicurarsi che la mia gente abbia spazio e opportunità. Non è solo l'America ad avere persone religiose che cercano di usare le loro credenze per gestire le vite degli altri. Il mio popolo ci ha avuto a che fare per secoli. Basta guardare quanto eravamo avanzati tanto tempo fa e guardarci adesso.»

Abdullah mosse di scatto la mano e il disgusto sul suo volto passò come un uccello che vola in un cortile.

«Ora, la maggior parte dei nostri paesi è governata da coloro che sarebbero il prossimo Maometto o il prossimo Califfo. Se non è così, sono governati da dittatori militari che non dormono tranquilli la notte per aver tenuto il mio popolo sotto la minaccia di morte, o da re che fanno la stessa cosa ma sono più legittimi agli occhi del mondo.»

Paula odiava ammetterlo, ma iniziava a rispettare quest'uomo.

«Cosa speri di ottenere?» gli chiese. «Avete quanto, duecento combattenti?»

Abdullah sorrise torvo. «Forse non siamo stati sinceri con te come avremmo potuto. Abbiamo più di cinquecento uomini per questa operazione. Ci hai fornito l'occasione perfetta per tendere un'imboscata a molte persone influenti. Non solo la leader della RDS, che vogliamo colpire, ma anche l'ex presidente degli Stati Uniti sarà presente, giusto?» Paula annuì. «Più forse altri tre rappresentanti di paesi importanti e più di quaranta uomini d'affari e altri dignitari. Sarà un bene abbattere l'ex presidente. Forse per noi sarà più vantaggioso che muoia. La maggior parte delle persone nei villaggi non sa o non si preoccupa di Bethany Anne.»

«Certo» interruppe Paula.

«Non preoccuparti, signora Paula-senza-cognome» le disse Abdullah. «La leader del RDS è ricercata da molte organizzazioni di combattenti per la libertà per i raid che la sua gente ha compiuto. Lei sarà uccisa, certo, ma per il resto di coloro che sentono che gli americani li hanno imbrogliati uccidere il presidente è la vittoria più grande.»

Paula annuì. L'uccisione di Bethany Anne era l'unica cosa che le importava.

Se fosse stato necessario sacrificare un ex presidente americano? Be', non avrebbe fatto altro che aumentare il sostegno per un esercito più forte negli Stati Uniti. Così la sua squadra avrebbe avuto delle opportunità quando si trattava di vendere armi avanzate.

Era sicura che quando la tecnologia creata dalla Majestic 12 nel corso dei decenni fosse stata condivisa, qualsiasi metodo discutibile per procurarsela sarebbe stato spazzato via.

«E il supporto aereo?» chiese Abdullah.

«Abbiamo portato tutti i SAM che ci avete dato» gli disse Paula. «Il modo in cui li disperderete dipende da voi.»

«C'è qualche tecnologia aggiuntiva che potete offrire?» chiese Abdullah.

Sì, pensò, *ma non ci riuscirai mai, cazzo. Ci hanno già fatto il culo facendo così.*

Scosse la testa. «No, non possiamo darvi nulla senza rischiare l'intera operazione. Il fabbisogno di energia è piuttosto consistente, quindi non ci vorrebbe molto per trovarli. I nostri sforzi sono rivolti alle astronavi, non alle piccole navi che girano per la città.»

«Peccato. Sai che la RDS avrà dei rinforzi, vero?»

«Ecco perché i SAM sono qui. Ne abbiamo equipaggiati alcuni con un sistema di ricerca e distruzione potenziato. Altrimenti, la possibilità che quelle cose colpiscano le navi RDS sarebbe stata pari a zero.»

Abdullah voltò la mano, due volte. «A quel punto è nelle mani del Profeta. Non ci resta che stare lì e prendere la mira, poi cliccare sui pulsanti mentre i proiettili cercano le nostre vite. Se lo sceglierà lui, i missili colpiranno le navi del nemico.»

Si portò il caffè alle labbra. «Certo, se i missili hanno soluzioni migliori per l'inseguimento prima di sparare? Be', questa è solo una preparazione anticipata da parte del Profeta, credo.»

Una piccola curva inarcò le labbra di Abdullah mentre beve un sorso.

15

<u>Ginevra, Svizzera</u>

Anna Elizabeth infilò i piedi nei tacchi alti che aveva acquistato appositamente per questa sera. Lavorava per l'azienda di Bethany Anne da oltre tre anni ed era stata promossa due volte.

Una delle promozioni l'aveva portata nel gruppo di negoziazione.

Per Anna era stata una sorpresa scoprire che Bethany Anne non era più proprietaria della società madre. Quando l'aveva scoperto si era preoccupata ed era andata a parlare con Amanda delle Risorse Umane per sapere cosa sarebbe successo.

Per un attimo Amanda l'aveva guardata con un'espressione vuota.

«Lista nera» le aveva rammentato Anna, indicando se stessa. «Ricordi?»

«Oh!» aveva risposto Amanda. «Sei stata tolta quando ti abbiamo assunta, non lo sapevi?» Anna non lo sapeva. «Oh, sì» le aveva confermato Amanda, ma aveva visualizzato la schermata necessaria per guardare di nuovo. «Perché potessimo assumerti e perché non fosse un problema, il tuo nome doveva essere tolto dalla lista. Così, quando il capo dei capi...»

«Bethany Anne» aveva detto Anna.

«Sì» Amanda aveva alzato gli occhiali per guardare il computer. «Quando mi ha detto di assumerti, sono sicura che ha parlato con chi aveva messo il tuo nome nella lista e l'ha convinto a toglierlo.»

Anna era trasalita dentro di sé. Chiunque l'avesse esclusa sarebbe stato fregato se non avesse rimosso il suo nome. Bethany Anne, come lei sapeva, si prendeva cura dei suoi collaboratori.

Quella sera, tuttavia, Anna Elizabeth aveva la possibilità di ripagare Bethany Anne e di chiederle se l'opzione di emigrare era ancora aperta.

Infilò la seconda scarpa e si alzò per guardarsi allo specchio, poi si girò e si guardò alle spalle.

Sì, l'abito era molto bello.

Si avvicinò all'armadio e prese un cappotto. Mentre di giorno la temperatura era di circa dieci gradi, di notte si avvicinava al gelo e c'era la possibilità che piovesse.

Aveva appena preso la borsa dal bar quando suonò il campanello. Si avvicinò e guardò dallo spioncino.

Porca miseria! Vide a malapena il suo mento, ma sapeva chi c'era dall'altra parte della porta. La aprì e sorrise a un uomo che ammirava.

«Buonasera, mi chiamo...» iniziò a dire, ma lei lo interruppe.

«John Grimes!» Le parole di Anna Elisabeth uscirono di getto. Guardandolo negli occhi, sbottò: «Mio Dio, sei molto più grande di persona!» Si mise una mano sulla bocca, con gli occhi spalancati, e la voce le uscì ovattata: «Mi dispiace tanto, sono stata così scortese.»

John sorrise e scrollò le spalle. «Sono americano. Siamo bravi con i complimenti.» John si scostò mentre Anna usciva dal suo appartamento e si voltò per chiudere la porta. «Inoltre» aggiunse, «Jean non è qui per offendersi a nome mio.»

Un attimo dopo Anna confessò: «È colpa del calendario»

mentre camminavano lungo il corridoio per incontrare Bethany Anne. La risata sommessa di John restò nell'aria mentre giravano l'angolo.

Il piede di Bethany Anne batté sul ponte. Si trovavano in una delle nuove eleganti cabine Executive e, con dieci posti a sedere, non mancava di comodità.

Quello che *mancava* era la capacità di far passare l'intera serata. Quegli stupidi incontri non andavano da nessuna parte. I leccapiedi volevano cose da cui lei non voleva separarsi. A volte era troppo gentile con gli amici.

>>**John sta segnalando e stiamo tornando giù.**<<

Bene.

Aveva cercato di parlare con i due guardiani all'ingresso, ma a quanto pareva Peter stava raccontando delle storie e lei non era riuscita a convincerli a tirar fuori i bastoni dal culo abbastanza a lungo da rilassarsi un po' e parlare con lei.

Doveva trovare quel piccolo rospo e vedere quali bugie aveva architettato di recente.

Pochi secondi dopo la porta si spalancò e Anna Elizabeth rimase immobile, con gli occhi accesi dalla meraviglia per la capsula che scendeva dal cielo, Bethany Anne ne era certa.

«Be', entra pure! Non fa molto caldo là fuori» le disse Bethany Anne.

«Oh!» Anna accettò l'aiuto di John per salire. La capsula restò a un metro da terra. «Scusate, è così strano vedere una grande nave uscire dal cielo senza alcun suono. Era difficile da vedere, anche se John l'ha indicata al vostro arrivo.»

John entrò e chiuse la porta.

«È progettata così» spiegò Bethany Anne, «ma non parliamo di queste cose. Parliamo di te!»

«Di me?» chiese Anna. «Sono un po' noiosa.»

«Disse la giovane donna carina in lei... Oh mio *Dio*, sono bellissime!» esclamò Bethany Anne guardando le scarpe di Anna. «Manolo Blahnik?»

Anna girò il piede di lato. «*Sì!*» praticamente strillò. «Ho preso queste lo scorso fine settimana. Ti piacciono?»

«Se non mi piacessi così tanto, te li ruberei.» Bethany Anne alzò lo sguardo su Anna. «Che numero di scarpe hai?»

Anna si voltò. «Trentasei e mezzo, perché?»

«Bethany Anne» disse John ridacchiando, «sta pensando di acquisirle.»

«Le vuoi?» chiese Anna, confusa.

«John, non fare l'idiota» gli disse e poi si rivolse ad Anna. «Sono come tutte le donne. Vedo un paio di scarpe bellissime...»

Anna rise. «Non sapevo che avessi un'ossessione per le scarpe.»

«Oh, potrebbe essere un segreto ben custodito» la voce di John era cospiratoria, «ma Bethany Anne e Imelda Marcos hanno alcune cose in comune.»

«Va bene.» Bethany Anne si girò verso John e lo colpì al petto con un dito. «Nomina me e Imelda Marcos insieme un'altra volta, signor Grimes, e te la farò pagare la prossima volta che ci alleneremo insieme.»

«Capo, sii ragionevole» disse John. «Hai interi container di scarpe che non hai ancora aperto. Gli ultimi tre anni di intere linee di oltre... quanto, settanta stilisti?»

«Hai dei container di scarpe?» chiese Anna.

«Non è così» iniziò Bethany Anne, poi si fermò. «Sai cosa, è esattamente così.» Mosse una mano verso la finestra. «Come faccio a sapere quanto tempo ci vorrà per salvare questo posto? Devo sapere che ho sempre un paio di scarpe nuove nel caso in cui l'ultima riunione vada male. Aiuta la mia disposizione mentale.»

«Container per spedizioni. Ho sentito bene, sì?» chiese Anna di nuovo.

«Cinque» chiarì John. «Due paia di ogni modello nella sua taglia.» Sorrise e fece l'occhiolino al suo capo.

«Ehi!» ribatté Bethany Anne. «Non sono l'unica. Anche Gabrielle ha due container, e non parliamo di quanti container di armi e merda vi portate dietro tu e gli altri ragazzi, soprattutto quando la tua donna ha reso inutilizzabile metà della roba che hai comprato.»

«Ehi!» John alzò le mani. «Non criticare la potenza di fuoco. È terapeutico sentire il calcio delle armi e l'odore della polvere da sparo dopo aver sparato.»

«Già.» Bethany Anne si appoggiò allo schienale, incrociando le braccia sul petto. «Così come l'odore della pelle, la curva della parte anteriore della scarpa e l'altezza dei tacchi.»

Anna guardò avanti e indietro tra loro, mentre tentava un'ultima volta.

«I container delle navi portacontainer? Sono quelli che hai?»

John guardò Anna e le sue mani si aprirono, con tutte e dieci le dita distese. Bofonchiò in silenzio: «Decine di migliaia di paia!»

Bethany Anne, pur guardando fuori dal finestrino, sollevò la mano e mostrò il medio a John, tra le risate di tutti i presenti.

Faresti meglio a pregare San Contrappasso, pensò tra sé e sé, *perché la tua ora sta per arrivare.*

L'ex presidente e la sua sicurezza, David, aspettavano al buio accanto alla limousine vicino al loro aereo. L'ex presidente guardava il cielo notturno. «Hai mai guardato il cielo sapendo che là fuori ci sono degli alieni che si fanno i fatti loro ogni giorno, proprio come te?»

David, che stava sorvegliando la zona, rispose: «Non molto, signore. Devo ammettere che è stata una strana sensazione incontrare gli yollin sull'*ArchAngel*.»

«Sì, gli yollin... Aiuta un po' sapere che anche loro temono i kurtheriani.» Guardò David. «Almeno la RDS non sta combattendo contro alieni immaginari.»

David scrollò le spalle. «Non sono sempre d'accordo con la loro metodologia, signore. Queste decisioni sono al di sopra del mio grado.»

«Ho capito, David» rispose e tornò a guardare il cielo. Poteva anche essere fuori dall'ufficio, ma non ci si lascia alle spalle il senso di responsabilità con la stessa facilità con cui ci si toglie il cappotto.

David portò una mano all'orecchio. «Abbiamo qualcuno in arrivo.»

«Dove?»

David si voltò e indicò il sud. «In quella direzione. La RDS ha informato me e il controllo del traffico, che si sta lamentando di non riuscire a vederli.»

Proprio in quel momento ci fu un piccolissimo fruscio che si sentiva ma non si sentiva e la capsule executive della RDS arrivò in picchiata, facendo un giro stretto prima di fermarsi vicino alla limousine. David guardò mentre la porta si apriva e John Grimes usciva. Controllò l'area prima di far uscire Bethany Anne e un'altra donna.

La porta si chiuse e la capsula si sollevò di nuovo nel cielo notturno e scomparve.

L'ex presidente la guardò salire mentre si avvicinavano a lui. «Dove stanno andando?»

«Tornano sulla *ArchAngel*» gli disse Bethany Anne. «È bello rivederti.»

L'ex presidente la accolse con un sorriso e un abbraccio. «Grazie per questo.»

«Già, sei in debito con me» disse lei, e si separarono. «Lo temo come un viaggio dal dentista.»

«Non hai bisogno di andare dal dentista» osservò John aprendo la porta della limousine.

«Non ho bisogno di fare neanche questo» replicò lei. «Prima di andare, permettetemi di presentarvi Anna Elizabeth Hauser. Si occupa di negoziazioni per la sua azienda e in passato ha lavorato per me.»

L'ex presidente allungò la mano. «Piacere di conoscerla, signora Hauser.» Le strinse la mano prima di fare cenno alle signore di entrare in macchina. «Prima le signore.»

«Grazie» rispose Anna e abbassò la testa per entrare. Bethany Anne la seguì.

Lui scivolò dentro dopo di loro, lasciando che le due guardie di sicurezza entrassero per ultime, David con loro e John davanti. L'ex presidente guardò Bethany Anne. «Allora, hai davvero intenzione di fare un tentativo?»

«Vuoi dire perché ho trascinato Anna in questa cosa?» chiese. «Sì, non ho intenzione di sprecare il mio tempo per l'infinitesima possibilità che funzioni senza fare almeno il vecchio tentativo universitario.»

«Davvero? Quale università?» chiese lui, sorridendo. Sentirono l'auto allontanarsi.

«Accidenti, voi non mollate mai, vero?» gli chiese ridendo. «O è la taglia?»

«Oh, la taglia naturalmente» rispose. «Quanto è, fino a quindici milioni adesso?»

>>**Ventidue milioni e mezzo...**<< disse ADAM.

«Ora sono più di venti milioni» lo corresse lei.

David fischiò ma non disse nulla guardando fuori dalla finestra.

«Possiamo dividere i soldi» le disse. «Voglio dire, dieci milioni solo per sussurrarmi un nome?» Il suo sorriso si allargò. «Immagina le...»

«Stronzate che accadrebbero a chiunque mi conosceva?» Quella volta lo guardò con un'espressione sincera. «Ho trasferito una persona che conoscevo dal mio passato già due volte, prima che finalmente decidesse di accettare la mia offerta di emigrare.»

«È vero.» Il sorriso dell'ex-presidente si spense. «Darebbero la caccia a chiunque ti conoscesse.»

«Più di questo» gli disse. «A seconda del paese, "interrogare" è il termine appropriato.»

«Purtroppo è vero» convenne lui. «A proposito, la Cina non è stata invitata, visto che hai ancora rapporti gelidi con loro.»

«Quei bastardi sono fortunati che non abbia appiattito la loro leadership e non ne abbia messa una nuova.»

«Alcuni si chiedono perché non sia ancora avvenuto.»

«Perché i calcoli al computer dei potenziali problemi sociali provocati da una decapitazione del governo cinese non valgono il divertimento che ne trarrei.»

«Quindi non avresti problemi a dormire di notte?» le chiese.

Bethany Anne lo guardò. «Quando dovevi mandare uomini in battaglia in terra straniera, ti preoccupavi delle mogli dei soldati che uccidevano?»

«Un po', lo ammetto» scrollò le spalle, «ma hanno scelto di prendere le armi contro di noi.»

«Stessa cosa» replicò lei. «Solo perché non hanno una pistola, i loro giochi politici e ciò che permettono in nome del loro Paese sono sul conto dei governanti. La responsabilità, o lo yuan, si ferma lì.»

Lui fece un cenno di intesa.

L'hotel aveva più di trecento anni. Con le guglie illuminate contro il cielo notturno e una statua d'angelo dorata a un angolo, sembrava un piccolo castello di cinque piani. L'auto fu fermata all'ingresso recintato, poi fu permesso loro di entrare nel cortile interno e si fermarono a pochi metri dalle porte d'ingresso. La portiera posteriore del lato passeggero fu aperta e

David scese. John uscì dal sedile anteriore, accanto al guidatore, e bussò sul tetto dell'auto.

L'ex presidente uscì per primo e poi Bethany Anne. Anna uscì per ultima e tutti e tre furono fatti entrare in fretta. Mentre attraversavano l'interno per raggiungere una sala da ballo sul retro dell'hotel, Bethany Anne fu sorpresa di vedere un interno molto moderno rispetto all'esterno dell'edificio.

C'era anche un bar con arredi viola e verdi, che non era affatto quello che si aspettava.

Attraversarono l'area più pubblica e la loro fretta rallentò fino a diventare normale. Anna Elizabeth iniziò a catalogare chi vedeva e chi sembrava avere l'intensità giusta per la serata.

Bethany Anne lanciò un'occhiata laterale e notò che Anna aveva già iniziato il suo gioco e stava analizzando le persone presenti nella stanza man mano che venivano annunciate.

Accidenti, questa donna potrebbe rendere la serata interessante, dopotutto.

«Accidenti, porta una donna con sé a questo evento?» sussurrò Sophia all'amica Emma. Le signore, mogli di dirigenti d'azienda, si incontravano spesso e spettegolavano in un angolo all'arrivo di ogni nuova persona a quegli incontri.

«Sì, ma vedi la sua guardia del corpo?» chiese Emma, gli occhi che andavano su e giù per il corpo dell'uomo alto. «Viene da chiedersi perché sia qui stasera.»

«Perché è la donna della serata, Emma!» ribatté Sophia sibilando, sorpresa solo un po' che Emma non sapesse che aspetto avesse l'amministratrice delegata della RDS.

Emma viveva nel suo piccolo mondo.

La parola chiave, pensò Sophia, *era "piccolo".* Giurava a suo marito che l'intelligenza di Emma poteva stare dentro una palla da tennis e restava spazio per nove sorelle identiche, ma in eventi come quello si poteva contare su di lei per l'intrattenimento della serata.

Come in quel momento.

Emma continuava a sussurrare: «Giuro che gli sarei piombata addosso come una spogliarellista su un palo. No, come un gelato a una festa dei Weight Watchers. Forse come una cassa di birra a una festa di una confraternita.» Continuava a provare nuove frasi per vedere quale si adattava meglio.

Sophia guardò l'amica, curiosa. «Quando è stata l'ultima volta che sei stata a una festa di una confraternita?»

«Cosa?» Emma guardò l'amica, cercando di mettersi in pari con la sua domanda. «Oh, lo scorso autunno. Ho preso una strada sbagliata e mi sono ritrovata in una notte infernale. Lascia che te lo dica» Emma le fece l'occhiolino, «quando gridano "cougar", è una cosa buona.» Sophia sbuffò.

Le due donne tornarono a guardare i nuovi arrivati.

<hr>

«Bethany Anne?» sussurrò John.

«Uhm» rispose lei, a bassa voce.

«Mi prometti che non trasmetterai a Jean quello che quei due si sono detti?» chiese, mentre ispezionava la stanza alla ricerca di eventuali problemi.

«Quid pro quo, signor Grimes.»

Maledizione. John serrò le labbra. *Stava per negoziare con lui.* Per fortuna, i primi due uomini raggiunsero Bethany Anne e l'ex presidente e li coinvolsero in una conversazione. John sapeva che significava che lei sarebbe rimasta in silenzio finché non avessero concluso la trattativa.

In breve tempo Anna si intromise nella conversazione, ponendo ai leader aziendali domande sulle loro aziende, e nel giro di due minuti li fece piagnucolare e pregare di poter lasciare la conversazione. Ci volle poco tempo prima che fosse evidente che si trattava di uomini gonfiati le cui aziende erano senza speranza e molto indietro.

Mentre se ne andavano, Anna sussurrò a Bethany Anne che forse avevano tirato le fila per partecipare a quell'evento. Le vecchie volpi avevano permesso a quei due di andare per primi. Avrebbe creato l'atmosfera per il resto della serata.

Anna aveva fatto domande pertinenti, invece di Bethany Anne che si limitava a mordere le loro teste. Disse di aver visto altri uomini che bevevano l'ultimo sorso prima di dirigersi verso di loro.

John guardò l'orologio. Era passata più di un'ora di conversazioni noiose e ne mancavano ancora due. Anna era stata superba e Bethany Anne si stava davvero divertendo. Quando le persone con cui stava negoziando se ne andavano, Anna aggiornava Bethany Anne sui suoi pensieri e le due scommettevano su chi si sarebbe avvicinato dopo.

Di tanto in tanto David e John si scambiavano commenti e alcune persone si avvicinavano per parlare con l'ex presidente, ma quella sera era stato davvero trascinato sulla scia di quelle due donne.

L'ex presidente scoprì che anche lui si stava godendo la serata.

Un paio di volte voleva dire agli individui di andarsene, perché stava cercando di ascoltare le donne che parlavano con qualcun altro.

Poi si udì un debole ma inconfondibile sparo e John, David e Bethany Anne si voltarono tutti verso l'ingresso della sala da ballo. Le donne iniziarono a gridare e più di un paio di uomini a urlare.

Quattro uomini dall'interno della stanza iniziarono a

correre verso la porta, due si fermarono e due proseguirono oltre.

David si guardò intorno. «Signore, deve tornare nell'angolo. Ci sono delle finestre qui dentro!»

Le labbra di Bethany Anne si strinsero e John mise un braccio intorno a lei e ad Anna, tirandole verso il muro mentre la gente si agitava intorno a loro.

«*Maledizione*» la voce di Bethany Anne uscì dal petto di John. L'aveva presa in braccio e tenuta stretta, e il suo viso era piantato nella sua giacca.

John posò le due donne e si voltò. Bethany Anne e Anna si risistemarono i vestiti mentre lui guardava verso l'ingresso.

Qualcuno fuori gridò che stavano perdendo la porta d'ingresso.

«Vai, John!» gridò Bethany Anne e indicò le porte. «Abbiamo delle capsule che si stanno preparando a scendere!»

John estrasse una pistola e gliela offrì, ma lei la ignorò. «Sono armata!» urlò e poi lo spinse. «Ora *vattene*, cazzo!»

Annuì e si rivolse a David. «Li hai presi entrambi?» David annuì brusco e John si mise a correre a tutta velocità, senza che la maggior parte delle persone credesse a ciò che vedeva, mentre si dirigeva verso la parte anteriore dell'hotel.

Bethany Anne guardò le vetrate e si accigliò. Poteva partire, ma dove avrebbe lasciato la maggior parte degli altri?

«Terroristi» disse John attraverso il ricevitore auricolare impiantato.

Be', quello sistemò tutto. Quando le sarebbe capitata di nuovo un'occasione del genere?

16

John si precipitò nel corridoio, le porte si aprirono sbattendo mentre si affrettava ad attraversarle sperando che non ci fosse nessuno dall'altra parte.

Tranne che per... Figlio di puttana! Fottuti terroristi. Cliccò sul microfono. «Terroristi.» Tirando fuori l'altra Dukes special, impostò la potenza a quattro. Non voleva preoccuparsi di chi c'era dall'altra parte della persona a cui aveva sparato.

Quelle pistole erano leggermente diverse dalle versioni precedenti. Erano dotate di canne più grandi che permettevano la deformazione del proiettile, come le punte cave, quando colpivano, facendo sì che chi sparava sentisse i danni da concussione a velocità inferiori.

Come in quel momento.

Mentre usciva dalle porte, i proiettili foravano la moquette andando nella sua direzione. Si girò, gettandosi a sinistra e guardando bene oltre la spalla destra. Le braccia lo aiutarono ad accelerare la torsione, togliendolo dalla traiettoria dei proiettili che lo superarono e si conficcarono nel telaio delle porte dietro di lui.

John tenne gli occhi sui tre uomini in fondo al corridoio mentre si girava. Puntando entrambe le pistole, sparò.

Colpì il tiratore sulla destra alla spalla, schizzando di sangue l'uomo dietro di lui, ma non gli importava. Il terzo colpo di John gli attraversò il naso e gli asportò metà cranio. L'uomo alla sinistra si beccò due colpi al petto e fu scaraventato all'indietro dallo slancio dei proiettili, quando impattarono contro di lui come un treno merci.

Il corpo di John sbatté contro la parete sinistra, arrestando il suo movimento, ed egli rimbalzò e atterrò accovacciato. Il fuoco rallentò per un attimo e John corse verso la facciata dell'edificio.

La bella vetrata sul lato sinistro della stanza, lontano da dove si trovavano, andò in frantumi mentre i proiettili colpivano il soffitto. Le donne urlarono e gli uomini si voltarono verso la nuova minaccia.

David si voltò a guardare e vide Bethany Anne girarsi di nuovo in direzione della porta d'ingresso.

«Resta qui, Anna!» le disse Bethany Anne e si tolse i tacchi. Accidenti! Dov'erano i suoi stivali quando ne aveva bisogno?

Una voce femminile rieccheggiò nella mente di David. *Se sembra che stia per andarsene, sparale.*

«Cosa?» urlò Anna. «Perché non posso venire con te?»

Se sembra che stia per andarsene, sparatele.

«Perché tu non sei me» le disse Bethany Anne. «Io ho quello che...»

Fu allora che un dolore atroce si abbatté sulla schiena di Bethany Anne.

Cinque Black Eagle scesero urlando dalla *ArchAngel*, che a sua volta si stava abbassando nella stratosfera.

«Black Eagle uno, un minuto all'atterraggio...»

«Fuoco nemico, fuoco nemico!» gridò Black Eagle due attraverso le comunicazioni interne.

Black Eagle uno rispose. «Figlio di puttana! Stanno venendo verso di noi, ragazzi. Rompete, rompete, rompete. Qualcuno ha studiato e abbiamo dei nemici in arrivo. Fate il vostro corso, sganciate i nostri amici e tornate. ArchAngel, abbiamo bisogno di un po' di supporto qui!»

Tutti e cinque i Black Eagle virarono e si spostarono in direzioni diverse mentre dodici missili terra-aria si alzavano dalla città sottostante.

A terra si levarono grida di gioia. Quelli che avevano i lanciarazzi a spalla ridevano e davano il cinque ai compagni quando i SAM decollarono in direzioni diverse, seguendo le cinque capsule in ritirata.

John stava correndo verso l'ingresso quando sentì il rumore degli uomini che entravano dalla porta principale, così aumentò la potenza dei suoi Duke a sei.

Non pensava che dietro a quelli che venivano nella sua direzione ci fosse qualcuno di cui preoccuparsi.

John entrò nell'atrio e iniziò a fare strage di uomini che si dirigevano verso di lui.

Quelli che sarebbero stati guardie erano tutti a terra, corpi che perdevano il sangue di ciò che restava delle loro vite sui pavimenti piastrellati che altri avevano calpestato per centinaia di anni.

L'uomo più vicino alla testa di John esplose quando il primo colpo di John lo colpì in mezzo agli occhi. Prima che gli altri terroristi potessero reagire, John sparò ad altri due al petto, irrorando di sangue e carne anche quelli dietro.

John aveva appena iniziato. Quando i proiettili della prima pistola uscirono dalla canna, John aveva già eliminato la metà – circa dodici – degli uomini di quella seconda ondata.

Ma i maledetti terroristi stavano arrivando come un fiume in piena.

«Figlio di puttana!» La prossima volta che gli avessero detto che non poteva avere granate, li avrebbe mandati a quel paese.

John portò la potenza a otto e i corpi iniziarono a volare all'indietro mentre piazzava i suoi colpi con attenzione, cercando di usare i corpi che esplodevano come un castoro avrebbe usato gli alberi per creare una diga e rallentare il flusso.

Ma da dove cazzo venivano tutti quegli stronzi? C'era uno speciale dieci per uno sui terroristi in Belgio quella settimana?

Sparò altri due colpi prima che l'urlo di dolore di Bethany Anne lo colpisse.

Anna urlò mentre David alzava la pistola per sparare una seconda volta a Bethany Anne, che giaceva a terra. Anna gli saltò addosso, picchiandolo sulla testa e strappandogli i capelli. Era troppo incoerente per dire qualcosa di sensato, ma le lacrime le scorrevano sul viso mentre cercava di strappare gli occhi di David con le unghie.

David inciampò all'indietro sotto il peso della donna mentre cercava di bloccarla. Alla fine puntò la pistola sotto il seno sinistro della donna e premette due volte il grilletto.

«NOOOO!» urlò qualcuno dietro la cagna, mentre Anna smetteva di dimenarsi e crollava a terra.

David guardò gli occhi rossi e fiammeggianti della donna a cui aveva appena sparato alle spalle, che erano fissi su di lui e gli promettevano un dolore al di là di ogni immaginazione.

Il diavolo in persona era risorto! David le puntò il suo SA XD-S dritto in faccia e premette il grilletto.

Clic.

Oh, merda!

Premette ripetutamente il grilletto. *Clic clic. CAZZO!* Le lanciò la pistola e lei la spostò di lato con uno schiaffo.

David non ebbe più tempo quando il demone dagli occhi rossi con artigli al posto delle dita gli trafisse il petto e gli strinse il cuore. «Ho finito con voi, inutili degenerati puttanieri annusatori di palle, stronzi maledetti!» Il corpo di David aveva a malapena toccato il pavimento quando Bethany Anne, con il polso tagliato, stava versando il sangue nella bocca di Anna. «*Bevi, Dio santo!*» urlò alla donna, i cui occhi stavano perdendo la voglia di vivere.

«Non perderò un altro cazzo di amico per questo inutile mucchio di sacchi di merda egoisti. *BEVI!*» Bethany Anne attinse all'Eterico. «*VIVI, MALEDIZIONE!*» urlò, e scosse Anna con l'energia eterica. Il corpo di Anna ebbe uno spasmo.

«Attenzione!» urlò l'ex presidente e Bethany Anne sentì un colpo di pistola alle sue spalle.

Trattenne un'imprecazione e guardò per vedere cosa stava succedendo. L'ex presidente stava cercando di sparare agli uomini che entravano dalla finestra.

Era stato migliore come presidente che come tiratore.

BETHANY ANNE!

Ci penso io, John, rispose lei. **Resta davanti se è una cosa brutta.**

È un'onda anomala di terroristi, le disse lui.

Bene. Quando avrò finito qui, li manderò a fare in culo laggiù.

Cosa?

Anna inspirò a fatica e Bethany Anne abbassò lo sguardo, una lacrima insanguinata le scese dal viso quando gli occhi di Anna si spalancarono. Bethany Anne si voltò. «Bene, signor Presidente, il tuo compito è proteggere questa donna.»

Lui si voltò a guardare Bethany Anne, con gli occhi rossi e le vene rosse pulsanti che le solcavano il viso. La sua voce, cupa e pericolosa, mentre i suoi occhi si concentravano sugli uomini, parlava abbastanza forte da permettere a tutti i presenti nella grande sala da ballo di sentirla sopra gli spari e le grida.

«Mi volete?» chiese. «Eccomi!» Mentre camminava verso l'altro lato della stanza, sfere rosse di energia si materializzarono nelle sue mani tese. Schivò un paio di proiettili sparati nella sua direzione. «La Regina delle Stronze è in casa, figli di puttana!» Lanciò due sfere di energia rossa che colpirono i due terroristi di fronte. Entrambi i corpi si schiantarono all'indietro contro il muro, con la parte anteriore bruciata, gli occhi aperti, le pupille scomparse e solo il bianco degli occhi visibile.

I terroristi fuori dalla finestra iniziarono a urlare di paura.

John, sollevato dal fatto che Bethany Anne stesse bene, aumentò la velocità quando sentì le urla degli uomini dietro di lui.

Il sorriso di John diventò maniacale quando sentì l'inizio della paura del suo capo raggiungere l'atrio. John aggiunse la sua e allora i terroristi conobbero il *vero* terrore.

John rise. «Avete liberato il djinn stasera!» Portò la pistola destra a dieci, poi la sinistra. «Vediamo se i vostri corpi sono in grado di fermare una Duke al dieci, voi nudi cazzoni segaioli!»

I corpi iniziarono a esplodere e le mani di John iniziarono a far male.

Fanculo, sarebbero guarite.

ArchAngel fece rapporto. «Capitano Jameson, quattordici posizioni identificate dai missili SAM lanciati.»

Il capitano Paul Jameson sostituiva Gabrielle, che era tornata sulla SBRDS *Meredith Reynolds*. «Abbiamo già qualche Nightshade a terra?»

«Dodici secondi al dispiegamento per le postazioni dalla prima alla settima sullo schermo. Altri due dispiegamenti di Nightshade saranno in funzione entro diciassette secondi per gli altri.»

Paul si mordicchiò la guancia, pensando se fosse il caso di colpire subito il primo gruppo. In quel modo avrebbe potuto dare ai secondi bersagli cinque secondi in più per reagire. Se aspettava che tutti i bersagli fossero stati colpiti prima del rilascio, erano cinque secondi in più per inviare altri SAM.

SAM che sembravano particolarmente efficaci. Non aveva ancora capito come li stessero tracciando.

«Aspettate tre secondi e schierate il primo gruppo, poi schierate il secondo e il terzo Nightshade il prima possibile.»

«Capito, capitano Jameson.»

Anna, lottando contro la paura, si aggrappava al braccio dell'ex presidente come a un'ancora di salvezza. Lui aveva messo da parte la pistola e stava facendo del suo meglio per restare con lei, tenendola stretta e lottando per non scappare. Dovette urlare a più di una persona che poteva già essersi imbattuta in Anna. Non aveva idea di come il sangue di Bethany Anne avesse aiutato la donna a guarire, ma era così.

Era ancora sotto shock per David. Il suo addetto alla sicurezza aveva sparato a sangue freddo a Bethany Anne alle spalle, proprio davanti a lui. Non aveva reagito. Avrebbe voluto pensare che fosse perché non l'aveva visto.

No, l'aveva visto accadere, ma era rimasto bloccato sotto shock anche quando Anna era saltata addosso a David per impedirgli di sparare di nuovo a Bethany Anne. Fu quando Bethany Anne aveva infilato la mano nel petto di David e gli aveva stritolato il cuore che lui stesso aveva ripreso a muoversi.

Poi, Bethany Anne si era accartocciata quando Anna era sembrata morta... Diavolo, forse *era* morta.

I primi colpi nella loro direzione lo avevano spinto a prendere la pistola di David, a trovare il caricatore extra che aveva con sé e a rispondere al fuoco. Tutte le volte che i Servizi Segreti gli avevano impartito istruzioni rudimentali erano state utili.

Pochi secondi prima era sicuro che sarebbero morti tutti, ma ormai non era certo che qualche terrorista sarebbe sopravvissuto alla notte.

Cosa avevano scatenato?

***

Bethany Anne afferrò l'uomo che cercava disperatamente di strisciare fuori dalla finestra e lo tirò indietro, urlando. Il suo pugno gli spaccò il lato della testa. Saltò sul davanzale della finestra e poi giù, atterrando tre metri più in basso, sull'erba.

Prese un kalashnikov e iniziò a sparare a chi stava scappando da lei. Mentre avanzava, sparò fino a esaurire i proiettili, poi prese un nuovo caricatore e continuò a sparare. Sentì John ridere dietro di lei e alla sua destra, così lasciò cadere il fucile e corse da quella parte.

***

Ayaan stava cercando di aprire l'ultima scatola quando furono colpiti, e gli altri quattro sul tetto dell'edificio stavano festeggiando quando iniziò il fischio. Ayaan aveva alzato lo sguardo e stava cercando di identificare il rumore quando Ahmed accanto a lui esplose in una nebbia rossa.

Gli uomini iniziarono a invocare il Santo, ma le loro grida non furono udite.

Gli altri tre esplosero uno dopo l'altro, con un sibilo abbastanza forte da ferire le orecchie di Ayaan, che giaceva sul tetto e pregava il Profeta per la sua vita.

Il rumore se ne andò con la stessa rapidità con cui era arrivato e Ayaan si guardò intorno, osservando il sangue e i pezzi di corpo sparsi sul tetto. Strisciò fino al lato dell'edificio, appoggiò la testa sul bordo e vomitò.

John poteva sentire Bethany Anne che si avvicinava dalla sua sinistra. Gli erano rimasti pochi bersagli. Be', bersagli vivi.

C'erano alcuni feriti. Forse si sarebbero potuti salvare, ma a John importava solo che fossero fuori servizio e non costituissero una minaccia.

Dipendeva da altri se sarebbero sopravvissuti o meno.

Dovendo aspettare che i missili dopo di loro fossero esauriti, i cinque Black Eagle arrivarono troppo tardi per partecipare allo scontro a fuoco. Black Eagle uno atterrò nel cortile, in uno spazio senza troppe parti di corpi umani.

Rishaan saltò fuori dal Black Eagle e la chiuse con un palmo, facendolo alzare di un centinaio di metri nell'aria. Era il modo più semplice per evitare che i ficcanaso cercassero di entrarvi, pur mantenendolo quasi immediatamente disponibile per l'uso.

Si avvicinò alla porta e incontrò John che veniva dalla direzione opposta.

John mise nella fondina la pistola sinistra per stringere la mano al pilota. «Rishaan, è bello vederti. Che cosa è successo?»

«I SAM, John» rispose l'altro. «Non so dove abbiano preso la tecnologia, ma sono riusciti a seguirci per un po'. Siamo rimasti abbastanza vicini a loro da non farli tornare.»

«Mi stavo chiedendo perché non li avete superati» osservò John.

«ArchAngel non era sicuro che avessero la logica per tornare a colpirvi qui, quindi siamo rimasti là fuori come esca finché i loro motori non hanno esaurito il carburante.»

«Lontano dalla terraferma?»

Rishaan annuì. «Sì. Se colpiscono una barca... Be', abbiamo fatto del nostro meglio per ridurre al minimo le vittime.»

John si guardò intorno nel cortile. «Sono sicuro che la colpa delle morti ricadrà su di noi, invece che su questi poveri bastardi incompresi.»

Rishaan si guardò intorno, osservando la carneficina. «Cani di Shaytan, tutti quanti.»

John si diresse verso l'hotel per controllare Bethany Anne e Anna.

Quella notte poteva solo peggiorare, non migliorare.

«Rishaan» lo chiamò.

«Sì?»

«Torna nella tua capsula e resta vicino. Potrei aver bisogno di qualche correzione di atteggiamento» ordinò John entrando nell'hotel. Era coperto di sangue e budella e aveva un gran bisogno di una doccia.

«Che fortuna che qualcuno abbia ripreso questa merda» brontolò mentre qualcosa a cui non voleva pensare gli scricchiolava sotto la scarpa.

17

<u>SBRDS Meredith Reynolds</u>

La voce maschile dell'IE difensiva *Meredith Reynolds* giunse dagli altoparlanti. «Generale, abbiamo un imprevisto in arrivo.»

Lance alzò lo sguardo dalla scrivania nelle Operazioni principali della Difesa. Fino ad allora era stato un ufficio molto sofisticato per Lance, Dan, Kevin e pochi altri. Si aspettavano di essere occupati una volta varcato il portale di annessione, ma non lì nel loro sistema solare. Guardò Dan, che scrollò le spalle e si alzò dalla scrivania per raggiungere Lance.

«Che abbiamo, Reynolds?» chiese Lance.

«Sporadici e deboli riscontri positivi a centododici chilometri dall'Area 312, al di fuori dei moli, signore.» Apparve un ologramma che mostrava la SBRDS *Meredith Reynolds* con le banchine evidenziate in arancione e una debole luce blu che tremolava di lato.

«Velocità?» chiese Dan.

«Al momento è in sintonia con noi» rispose Reynolds. «Si stava avvicinando piano fino a tre minuti fa.»

«È per questo che non sono scattati gli avvisi di dieci e cinquemila chilometri?» chiese Dan.

«Sì, a quel punto la velocità e la traccia radar hanno determinato una valutazione di minaccia minima» rispose l'IE.

«Qualcosa per il rapporto post-azione» commentò Lance. «Reynolds, torna indietro al probabile punto di origine.»

«Cinque giorni fa, orbita terrestre.»

«E c'è *un'altra* voce per l'AAR» dichiarò Dan. Guardò Lance. «Il Paese o il nostro gruppo di UFO ostili?»

«Scelgo il gruppo UFO non amichevole per cinquecento» rispose Lance strofinandosi il mento, «ma si tratta di un kamikaze, di un attacco o di spionaggio?»

«Alla velocità con cui ci stiamo dirigendo verso il portale, tutti sulla Terra devono sapere che ci incontreremo lì e probabilmente ce ne andremo entro un mese, giusto?» Dan parlò ad alta voce, ma non si aspettava una risposta.

ADAM, tuttavia, si presentò agli altoparlanti. «Dan, il consenso generale è che l'Impero Eterico rimarrà al portale per un periodo di tempo non specificato.»

«Sai, ADAM, sei meglio del giornale del mattino» gli disse Lance.

«Grazie, generale.»

«Allora perché resta là fuori?» chiese Dan. «Credi che dovremmo mandare un gruppo di saluto?»

«Be'...» Lance iniziò prima che ADAM lo interrompesse.

«*ATTACCO!* Bethany Anne è sotto attacco all'evento in Belgio.»

«Be', merda!» Lance sputò. «Ecco la nostra risposta.»

«Reynolds!»

«Signore?»

«Alzare lo scudo gravitazionale e impostarlo a quattro chilometri, focalizzato intorno al porto.»

«Meredith!»

«Generale?» rispose la voce femminile.

«Dirama gli avvisi di emergenza. Spegni i treni magici e

abbassa le porte di sicurezza tra le banchine e l'interno del mondo.»

«Sì, signore» rispose la voce, e tagliò il collegamento.

«Be', la loro nave si è appena accesa» disse Dan a Lance indicando l'ologramma. «Eccola che arriva.»

«Reynolds, calcola il ritardo tra l'inizio dell'attacco a Bethany Anne e la reazione della nave» ordinò Lance all'IE.

«Potrebbe essere una tempistica stabilita in precedenza» suggerì Dan.

«Sì, ma vorrei comunque saperlo» rispose Lance. I due uomini guardarono il puntino che si avvicinava veloce. «Mi chiedo che cosa diavolo pensano di ottenere...»

MJ-12 Nave XJ-03

Antony Rikert, pilota principale della Majestic 12 in quel viaggio, parlò attraverso il sistema di comunicazione interno. «Ehi, spero che i nostri pacchetti siano pronti laggiù. Siamo a meno di quarantacinque secondi dall'espulsione.»

Tyler tornò: «Siamo a posto qui, ne manca uno. Come siamo messi lassù?»

Antony guardò il suo cruscotto. «Finora sembra che nulla ci stia inseguendo, quindi è una buona cosa.»

«Quello stronzo è enorme, Tony» ribatté Tyler. «Potrebbero pensare che stiamo per speronare la fiancata o qualcosa del genere.»

«Può darsi, ma guarda qui. Per qualche assurda ragione hanno un'ampia area panoramica in vetro dove ci sono un po' di moli. Penso che dovremmo sparare i nostri pacchi laggiù. Possono sacrificare un paio di uomini per distruggere il vetro invece di provare contro le massicce porte di metallo, e una volta che l'aria è fuoriuscita entriamo da quella parte con gli altri guerrieri sacrificali.»

«Spiegherò il piano agli altri quaggiù» rispose Tyler.

«Per me va bene. Antony chiudo.»

John Abdullah Khizen annuì all'uomo che gli chiudeva il casco, poi si girò con cura nella sua tuta spaziale, attraversò il ponte e, aiutato, si sdraiò nel modulo di espulsione. Gli sembravano bare di metallo.

Forse era appropriato.

All'interno poteva vedere i pacchi esplosivi. I membri della Majestic avevano tenuto una dimostrazione un giorno prima e tutti quelli del suo gruppo erano d'accordo che la distruzione era davvero impressionante e superiore a qualsiasi cosa avessero potuto portare con sé.

Inoltre, spiegarono gli uomini, le bombe non si sarebbero attivate finché i moduli di espulsione non fossero stati a più di sei chilometri di distanza dalla nave. Non volevano che l'onda d'urto li colpisse.

Ciò significava che sarebbero stati espulsi a otto chilometri di distanza dall'obiettivo e che, subito dopo l'espulsione, i moduli avrebbero acceso dei getti per rallentare.

«Cosa succede se i jet non si accendono?» aveva chiesto John Abdullah all'uomo che li stava aiutando a entrare nei moduli.

«Esploderete quando i moduli colpiranno la stazione spaziale» aveva risposto Tyler. «Sarà un boom molto grande, ve lo assicuriamo.»

John Abdullah si limitò ad annuire. A patto di non galleggiare in mezzo al nulla fino a morire di fame, bloccato in un piccolo spazio buio e claustrofobico, per lui andava bene.

Non aveva paura di morire, ma morire piano al buio era un'altra cosa. John Abdullah non avrebbe firmato per quel tipo di operazione.

Tuttavia, se uno doveva morire per le proprie convinzioni, essere uno dei primi a morire colpendo gli infedeli nello spazio era qualcosa che avrebbe potuto dire di aver fatto della propria vita. O, in realtà, lo avrebbero detto gli altri.

Tyler si assicurò che John Abdullah fosse infilato correttamente, senza che nulla impedisse una corretta tenuta. Chiuse la parte superiore del modulo e la bloccò, bussando due volte per far capire all'uomo all'interno che aveva finito.

Erano su un biglietto di sola andata per incontrare il loro dio. Forse non avrebbero rivisto la luce, ma forse sì. Tyler non si aspettava che nessuno di loro vivesse oltre le quattro ore successive. Se non fossero riusciti a uccidersi, il veleno che stavano respirando insieme all'ossigeno avrebbe finito il lavoro.

Nessuno si sarebbe trattenuto per eventuali conversazioni scomode con la RDS se la Majestic 12 avesse avuto voce in capitolo.

SBRDS *Meredith Reynolds*

Un allarme scattò nel porto e la voce di Meredith risuonò in tutto lo spazio. «Questa non è un'esercitazione! Non è un'esercitazione! Reynolds sta tracciando il nemico in arrivo. Ripeto, Reynolds sta tracciando il nemico in arrivo. Si prega di spostarsi nelle aree di sicurezza designate. Il tram magnetico è chiuso e l'interno non è più accessibile.»

Bobcat guardò fuori dal vetro di osservazione dal suo posto al tavolo alto. Lui, William e Marcus stavano cenando e bevendo da soli, quando l'avvertimento di Meredith a "tutte le aree" si era diffuso in tutto il porto.

Marcus si girò sul sedile per guardare fuori dalla grande finestra panoramica. «Scommetto un quarto di oncia d'oro contro ciascuno di voi che cercheranno di entrare da qui.»

William si alzò dalla sedia e si avvicinò alla finestra, poi si rivolse a Marcus, che era ancora seduto. «Qui?» chiese, indicando il vetro.

Marcus fece cenno di sì.

William alzò le spalle e tornò a guardare lo spazio esterno. «D'accordo, ci sto per un quarto di oncia.»

Bobcat scivolò dalla sedia dello sgabello e bussò sul loro tavolo. «Ci sto.» Raggiunse William alla finestra.

Le spalle di Marcus si afflosciarono. Sollevò il tovagliolo dal grembo e si pulì la bocca prima di piegarlo e metterlo accanto al piatto sul tavolo, poi scivolò dalla sedia e si mise accanto a Bobcat.

Bobcat si voltò a guardarlo. «Perché pensi che colpiranno qui?»

William sbuffò dall'altra parte. «Deve essere il luogo più probabile. Tutte le altre entrate sono chiuse con il metallo.»

«Se era così ovvio» Bobcat si voltò verso William, «perché hai scommesso?»

«Sto sostenendo lo scivolamento di Marcus nel terribile vizio del gioco d'azzardo. Non lo fa abbastanza.»

«Quindi... cosa? Stai pensando che se vince potrebbe farlo più spesso?» chiese Bobcat e William annuì. Bobcat rifletté sulla sua risposta e si voltò a guardare fuori dalla finestra. «Sono assolutamente d'accordo con il sacrificio finanziario da parte tua, William. Ti dispiace se prendo le sue parti?»

«Mi dispiace, le scommesse sono già chiuse» rispose William.

«Accidenti, che sfortuna.» Bobcat guardò Marcus. «Era questo il motivo per cui hai scommesso?»

Marcus ridacchiò. «No. La mia ragione era che *io* sono qui, quindi con la mia fortuna attaccheranno dove sono io.» Fece una pausa, poi aggiunse: «Se ho ragione e muoio, non devo comunque pagare. È una specie di situazione in cui si vince ma non si può perdere.»

«Tu, Marcus» dichiarò William, «sei subdolo. Sono impressionato.»

Marcus si chinò per guardare William dall'altro lato di Bobcat. «Abbastanza per un'oncia intera?»

William abbaiò una risata. «Diavolo, no! Hai già spiegato la tua logica. Non è stata una mossa intelligente, giovane giocatore d'azzardo padawan.»

«Oh.» Marcus si voltò di nuovo verso la finestra. «Sì, non è stata una cosa intelligente da parte mia. Farò meglio la prossima volta, padron William.»

«Importante non è se si scommette» rispose William, con la sua voce vecchia e acuta, «ma quante volte si vince.»

Bobcat chiamò: «Meredith?»

«Sì, Bobcat?»

«Reynolds ha attivato le misure difensive del Pistola Fumante, giusto?»

«Sì, Bobcat.»

«Bene.» Bobcat tornò a guardare fuori dalla finestra. «Sarà un bel panorama, ragazzi.» Si guardò intorno. «Voglio una birra fresca. Chissà se abbiamo tempo?»

«Hai almeno cinquantadue secondi, Bobcat» lo informò Meredith.

Il volto di Bobcat si illuminò: «Merda, ci provo!» Si diresse verso le scale più vicine e i due ragazzi sentirono il suo calpestio mentre correva giù. La sua voce richiamò: «Tenetemi il posto!»

I due uomini si voltarono l'uno verso l'altro dopo aver assistito alla corsa a capofitto di Bobcat fuori dalla piattaforma panoramica.

«Io scommetto il doppio o niente che non riesce a tornare quassù in tempo» offrì William.

«Niente scommessa» ribatté Marcus.

«Maledizione.»

Lance controllò le informazioni su Bethany Anne ricevute da ArchAngel. L'imboscata era stata ben pianificata. Avevano fatto un buon lavoro e si erano preparati a chiamare i rinforzi.

«Non avevano idea di chi stessero colpendo» commentò Dan. Lance si girò verso di lui. Dan fece un cenno allo schermo che Lance stava guardando. «Queste persone non sanno del Mondo Sconosciuto. Se lo sapessero, non l'avrebbero colpita con molte persone e armi normali. Avrebbero provato con una piccola testata nucleare tattica o qualcosa di simile.»

Lance tornò a guardare le schermate del rapporto. «Se stai cercando di aiutarmi a sentirmi meglio, fai schifo.»

Dan sorrise. «Lei starà bene.» Poi sospirò. «Il mondo? Non ne sono così sicuro.»

«Perché?» chiese Lance.

«Perché vedo qui» disse Dan avvicinandosi e indicando alcuni appunti, «che Anna è stata ferita. Conoscendo Bethany Anne, si è messa a fare la "Regina delle Stronze" con loro.»

Ci fu un attimo di silenzio prima che Lance annuisse. «Proprio davanti a tutti.»

«Già.» Dan sospirò. «Forse non rimetteremo quel genio nella bottiglia.»

Lance scrollò le spalle. «Stava comunque crollando sotto la pressione di dover restare sempre gentile, Dan.»

«Tu credi?»

Lance annuì.

«Perché? Non ho notato nulla» chiese Dan.

«Si ritirava in sé un po' di più ogni settimana, ogni volta che doveva porgere l'altra guancia, per restare gentile o dire ai suoi collaboratori di restare gentili» lo informò Lance.

Dan fece un respiro profondo e lo lasciò uscire piano. «Sì, anch'io sono un po' stanco di queste stronzate.» Si avvicinò a un'altra console. «Come andiamo con la faccenda del New Mexico?»

«Un secondo, ho un aggiornamento sul nostro ostile in arrivo» riferì Lance mentre lui e Dan guardavano l'ologramma. «Cosa ci stanno mandando?»

Dan aggrottò le sopracciglia. «Sembrano bare di metallo.»

«È quello che saranno» gli disse Lance. Gli uomini guardarono bene la nave. «Sono di nuovo i nostri amati amici UFO» sputò Lance, disgustato. «Reynolds!»

«Signore?»

«Buca quei figli di puttana con un puck da un chilo. Se scappano, colpiscili con gli intercettori J a 15 km di distanza. Se non se ne vanno, fai partire due Black Eagle e fateli fuori.»

«Non vuoi catturarli?» chiese Dan.

Lance grugnì. «Hanno appena cercato di uccidere la mia bambina, Dan.»

Dan si voltò verso l'ologramma. «Mandali a puttane, papà.»

«Gli intercettori J non lasceranno due pezzi abbastanza grandi da poter essere grattati insieme per ottenere una scintilla» precisò il generale, fissando l'ologramma.

Dan ha chiesto: «Che cosa faremo con gli ostili in arrivo?»

«Reynolds?» Lance parlò a voce alta.

«Sì?»

«Distruggi i primi quindici e poi lascia passare gli altri fino a cento metri da dove stavano andando prima di fermarli.»

<u>MJ-12 Nave XJ-03</u>

«Esatto, base» confermò Antony, «I pacchi stanno lasciando la nave e stiamo per tornare indietro. Questa parte dell'operazione è andata bene.»

Antony ascoltò per un secondo. «Capito. XJ-03, chiudo.»

Antony sentì uno degli ultimi moduli di espulsione lasciare la nave, e pochi secondi dopo sentì l'ultimo andarsene. Tyler lo contattò.

«Tutto finito, capo. Restiamo o ce la filiamo?»

«Siamo già in partenza» rispose Antony, digitando le ultime coordinate e premendo il pulsante di esecuzione, «in partenza.»

Il grande asteroide si stava riducendo quando l'allarme di

perforazione della nave iniziò a suonare. Antony imprecò con ferocia e sigillò la sua tuta. «Tyler, che diavolo è successo?»

Antony spinse la velocità verso il rosso, ignorando ulteriori allarmi mentre la navicella si allontanava dall'asteroide.

«Tyler!» chiamò Antony di nuovo, ma non ottenne nulla. Gli allarmi erano ormai ovattati, poiché la perdita di atmosfera impediva al suono di propagarsi. Antony si alzò dalla sedia e corse verso le scale che portavano in basso.

Saltando tre gradini alla volta, si calò sul ponte inferiore e corse per metà del corridoio circolare per raggiungere la parte della nave dove stava lavorando Tyler. Antony sbirciò attraverso il vetro della stanza, poi sbatté la parete accanto alla porta.

«Maledizione!» Antony si voltò e scivolò giù dalla parete, con il cuore che gli si spezzava alla vista della carne maciullata dell'amico e del sangue schizzato su tutte le pareti della stanza.

Antony non sentì nemmeno il microsecondo di avvertimento prima che due oggetti colpissero la sua nave.

SBRDS _Meredith Reynolds_

William e Marcus sentirono i passi di Bobcat che risaliva le scale con le bottiglie che tintinnavano tra le mani.

«Mi sono perso qualcosa?» chiese agli amici mentre passava a William una birra fresca e a Marcus una Coca. Era una condizione di Bethany Anne che non era permesso servire Pepsi al Pistola Fumante.

La Pepsi era diventata un prodotto del mercato nero.

«Hai cinque secondi prima del contatto con gli oggetti, che...»

«Ooooohhhh!» I tre uomini restarono a bocca aperta quando delle forti esplosioni illuminarono lo spazio a una certa distanza.

«Fuochi d'artificio, ma troppo lontani per sapere dove stavano andando» disse William agli altri due.

«Cinque oggetti sono stati autorizzati ad avvicinarsi» li informò Meredith.

In pochi secondi, gli uomini videro i riflessi dei cinque oggetti metallici dirigersi verso il ponte panoramico di vetro.

Bobcat bevve un sorso di birra, poi usò la bottiglia per indicare la finestra. «Figli di puttana, non vi è venuto in mente che ci avessimo pensato?» chiese a nessuno in particolare.

«Fanculo» imprecò William, il disgusto gli colorò la voce. «Ho perso un quarto di oncia d'oro.»

<u>Lago Dulce, New Mexico, USA</u>

Patrick sbatté il telefono dell'ufficio e sputò: «Figlio di *puttana!*» Saltò in piedi, afferrò una sedia e la lanciò per tre metri, mandandola a sbattere contro una parete di roccia. «*Cazzo!*» urlò.

Aveva appena ricevuto la notizia che avevano perso le comunicazioni con l'XJ-03.

Patrick si guardò intorno e riuscì a vedere solo rosso. Voleva picchiare a sangue tutto e tutti.

«*Cazzo!*» urlò ancora una volta. Tornò indietro e appoggiò le mani sulla scrivania, con la testa abbassata e gli occhi chiusi. Cercò di non pensare all'ultimo colloquio con Antony e Tyler prima che se partissero.

«Come li hanno trovati?» sussurrò nel suo ufficio vuoto.

«*Come?*»

<u>SBRDS *Meredith Reynolds*</u>

«Quello che voglio dire» argomentò Marcus «è che questa è l'idea più stupida che ci sia venuta in mente.»

«Oh, stai zitto e girati. Ci farà bere per decenni.» Bobcat rise mentre si allontanava dalla finestra e allungava la mano verso la cintura.

. . .

SBRDS *Meredith Reynolds*, esterno

Il modulo di John Abdullah iniziò a suonare e all'interno si accesero delle luci rosse. A quanto pareva qualcosa aveva impedito loro di arrivare fino all'asteroide, ma i piccoli getti d'aria sarebbero stati in grado di portarli abbastanza vicino. Il coperchio del suo modulo si aprì.

Usò i piedi per aiutarsi a sollevarsi e si guardò intorno. Era stupito dalla chiarezza di visione che offriva lo spazio. Aveva una rotazione molto piccola, quindi si avvicinò e premette i due pulsanti che l'avrebbero fermata.

Si muoveva piano, come gli era stato insegnato. I movimenti veloci non erano amici nello spazio.

Quando riuscì a girare la testa per vedere meglio l'asteroide, i suoi occhi si spalancarono per la vista che aveva davanti.

SBRDS *Meredith Reynolds*

«Cosa stanno combinando quei tre adesso?» chiese Dan.

«Quali tre?» chiese Lance mentre impartiva ordini a coloro che erano stati segregati nel New Mexico e leggeva i rapporti sulla situazione di Bethany Anne.

«Il Team BMW, chi altro?» rispose Dan. «Oh, diamine, no!» Scoppiò a ridere. «Porca puttana, Lance, devi assolutamente vederlo!»

SBRDS *Meredith Reynolds*, esterno

John Abdullah era perplesso su ciò che stava vedendo di preciso, ma alla fine dovette ammettere che era proprio ciò che aveva pensato in origine.

C'erano un culo nero e due bianchi premuti contro il vetro, puntati verso di lui.

. . .

SBRDS *Meredith Reynolds*

«Hahahahahaha!» Bobcat, William e Marcus cercavano di riprendere fiato.

«Signore, vorrei tanto sapere cosa stanno pensando quei figli di puttana in questo momento» disse William ridendo e muovendo il sedere sul vetro. «Avete bisogno di una luna per capire dove siete, stronzi del cazzo?» chiamò al di sopra delle sue spalle verso coloro che si trovavano all'esterno dell'enorme finestra.

Marcus sussultò. «Einstein, perdonami ora, ma questo è divertente, cazzo!»

«Ecco!» esclamò Bobcat, bevendo un sorso di birra. «Tirate quella catena, figli di puttana, e vincete un viaggio di sola andata all'inferno... È quella con due sfere in cima!»

Gli uomini, ridendo a crepapelle, non avevano sentito i passi che salivano le scale.

«Che diavolo state facendo voi tre?» Una voce di donna si sovrappose alle loro risate.

Tutti e tre gli uomini, ancora piegati con i loro sederi nudi spinti contro la finestra, guardarono alla loro sinistra. Gabrielle, a bocca aperta, restò a fissarli.

Sorridevano come ragazzini.

«Mostriamo il culo a quegli stronzi!» rispose Bobcat, facendo un cenno al di sopra della spalla.

Gabrielle fece qualche passo sul ponte e sbirciò intorno per vedere l'ultimo manipolo di uomini che cercava di uscire dai moduli di espulsione.

«Sono terroristi?» chiese, confusa. Guardò i tre uomini, con i pantaloni ai piedi sul pavimento, e poi i terroristi che camminavano nello spazio, ovviamente scarsi, all'esterno.

«Sì, pensiamo di sì» concordò William. «Meredith ha detto che le prime quindici esplosioni erano dispositivi sofisticati di alto livello che non avevano bisogno di ossigeno.»

«Quindi voi tre state mostrando il culo a dei terroristi?» chiese, cercando una conferma.

«Sì, più o meno.» Bobcat sorrideva ancora come un bambino mentre beveva un sorso di birra.

«Oh» rispose lei.

SBRDS *Meredith Reynolds*, esterno

Il volto di John Abdullah si corrucciò ulteriormente quando un altro culo bianco fu premuto contro la finestra e puntato verso di lui e i suoi fratelli.

Quelli che giocavano con loro in quel momento non avrebbero riso quando si fossero avvicinati abbastanza da far esplodere le loro bombe!

SBRDS *Meredith Reynolds*

La sala delle operazioni difensive si era riempita di persone. C'erano schermi in tutta la stanza, ma il grande schermo principale al centro non era puntato sul nemico.

Meredith aveva smontato tre piccole telecamere funzionanti che erano state utilizzate per la manutenzione esterna negli ultimi sei mesi. Ora l'IE le usava per riprendere i video da dietro i terroristi, che non avevano idea della presenza delle piccole unità. Le telecamere erano puntate sul Pistola Fumante.

«Meredith» disse Dan.

«Sì?»

«Ingrandisci la finestra» le disse, cercando di capire cosa diavolo... «Oh, Signore!» Dan scoppiò a ridere e anche gli altri lo imitarono.

«Baciatelo, stronzi del cazzo!» urlò Gabrielle. «Ehi, passate quella birra qui!»

Bobcat si allungò e prese la birra di William.

«Ehi!» obiettò lui.

Bobcat la passò a Marcus, che la passò a Gabrielle. «Gabrielle sa bene che non deve chiedere la mia!» disse Bobcat all'amico, che scrollò le spalle mentre continuavano a divertirsi.

***

«Mi chiedo se lei sappia che il suo culo viene registrato per i posteri» chiese Lance a Dan.

«Be'... Ora, di chi cazzo è quel culo?» chiese Dan quando un quinto oggetto si premette contro il vetro.

***

«Vai!» urlò Bobcat mentre la femmina di pastore tedesco nero si girava e spingeva il suo posteriore contro il vetro.

Lei sbuffò.

«Sì! Proprio così!» Gabrielle rise mentre la compagna di Ashur faceva ulteriori commenti sugli uomini all'esterno.

***

«La cosa sta diventando maledettamente ridicola» dichiarò Lance, cercando di non ridere a crepapelle. «Oh, Signore Onnipotente. Be', cinque culi per cinque stronzi. Credo che per ora ne abbiamo abbastanza. Reynolds!»

«Signore?»

«Dite a quei pagliacci di chiudere la zip. Ci stiamo liberando della spazzatura...»

La voce di Reynolds uscì dagli altoparlanti dell'area di osservazione. «Signori, signora e Bellatrix, il generale Reynolds ha chiesto di informarvi di chiudere la zip e di guardare.»

«Oh bene!» Marcus si abbassò a prendere i pantaloni. «Chi diavolo pulirà il vetro?»

I cinque si voltarono e i quattro umani rimisero i loro vestiti al posto giusto.

I cinque uomini all'esterno iniziarono a lottare frenetici mentre lo scudo gravitazionale li spingeva a poco a poco lontano dal molo, poi accelerò per spingerli poco prima del momento in cui avrebbero probabilmente perso i sensi.

«Ecco cosa si intende per velocità terminale» commentò Marcus.

Nello spazio, John Abdullah poteva solo urlare nell'oscurità.

18

Le sirene si avvicinavano mentre Bethany Anne entrava nella sala da ballo. L'odore di carne bruciata era ancora pungente, per i due terroristi che aveva abbrustolito con le sfere di energia che aveva scagliato contro di loro.

Gli uomini e le donne nella stanza puzzavano di paura.

Anna si voltò a guardare Bethany Anne che veniva verso di loro. L'ex presidente la sorreggeva, preoccupato per la sua salute.

Quando Bethany Anne varcò le porte, le persone si ritrassero contro le pareti. Li guardò mentre si dirigeva verso l'angolo dove si trovavano Anna e l'ex presidente, a pochi metri dal cadavere di David.

«Cosa sei?» sibilò una delle donne a Bethany Anne.

«Una stronza incazzata nera, che ha ricevuto una pallottola nella schiena e che ti infilerà un piede nel culo se non impari a essere educata con qualcuno che ha appena salvato il tuo culo inutile e magro» le disse Bethany Anne proseguendo verso l'angolo.

La preoccupazione di Bethany Anne era evidente mentre si inginocchiava. «Come stai, Anna?»

«Viva?» rispose Anna Elizabeth. «Che è successo?»

«Andiamo.» Bethany Anne mise le braccia sotto di lei e la sollevò senza sforzo. Si voltò verso l'ingresso e, guardando l'ex presidente, chiese: «Vieni o resti qui con il tuo uomo?»

L'ex presidente fissò il corpo di David e si rimboccò le maniche. «Non ho idea di cosa stesse facendo, Bethany Anne.»

«Ora lo so, ma non lo sospettavo quando mi ha sparato. È stato sottoposto a un attacco mentale da parte di un gruppo nemico che sta usando una roba mentale davvero tosta.» John Grimes, anch'egli insanguinato, entrò nella stanza e la puzza di paura aumentò.

Che cazzo vuol dire, John? si chiese Bethany Anne. *Io ho dei fottuti occhi rossi luminosi e quasi delle corna che mi escono dalla testa, ma è John che provoca ancora un sacco di paura quando non l'hanno nemmeno visto fare nulla?*

Qualcosa da considerare un'altra sera.

«John, per favore, prendi Anna.» Lui annuì e prese con delicatezza la donna da Bethany Anne.

«Ehi, posso camminare» obiettò Anna.

«Stai zitta, Anna. Questa è l'unica volta che toccherai John in questo modo, o la sua donna ti sparerà di persona per l'ultima volta. Smettila di cercare di fare l'eroina e lascia che il tuo culo appena centrato da un proiettile venga portato in braccio, va bene?»

Anna annuì e appoggiò la testa sul petto di John.

Si addormentò quasi subito.

«Quindi è stato manipolato?» domandò l'ex presidente.

«Sì» confermò Bethany Anne. «Non sapeva cosa stava succedendo. Era una pedina di un gioco più grande.»

«Cazzo.» L'ex presidente sospirò, guardandosi intorno nella stanza. «Non lo lascerò qui.»

«Be', dato che ormai siamo in ballo» concesse Bethany Anne, e raccolse il corpo di David.

Si sentirono altri respiri bruschi e borbottii in altre lingue, quando il corpo di David scomparve improvvisamente nel nulla.

«Ma che diavolo?» esclamò l'ex presidente.

«È in una dimensione estranea. Starà bene finché non lo tirerò fuori. Dobbiamo andare.»

>> Bethany Anne, la tua capsula ti sta aspettando fuori.<<

«Bene, ragazzi, il passaggio è arrivato. Andiamo.» Aveva iniziato a camminare verso l'uscita quando uno degli uomini gridò dall'altro angolo che non poteva andarsene così.

Bethany Anne gli mostrò il medio. «Fermaci, stronzo!»

Erano quasi arrivati all'ingresso dell'hotel quando lei chiamò alle sue spalle: «La Direzione delle Unità Speciali e altre persone si stanno riunendo fuori. Restate qui finché non avrò spiegato loro la situazione.»

I due uomini si fermarono mentre Bethany Anne continuava a camminare verso la porta d'ingresso.

«Come spiegherai tutta questa...» l'ex presidente si guardò intorno, «morte e distruzione?» Si voltò verso John. «E può davvero riportare indietro il corpo di David? Non sono più sicuro di cosa sia reale.»

«Sì alla seconda domanda: può riprenderselo. Per quanto riguarda la prima, immagino che non spiegherà tanto quello che è successo quanto quello che *succederà*» rispose John.

«Cosa succederà?» chiese l'ex presidente, ascoltando a metà.

«Lei dirà a tutti quelli che sono fuori che ce ne andiamo» lo informò John.

«Non vorranno sentirselo dire» rispose.

«Al momento non gliene frega niente di quello che vogliono loro.»

All'uscita dell'hotel, Bethany Anne aveva tre diversi FN SCARS tirati sulle spalle e puntati contro di sé. Erano state installate delle luci che illuminavano il cortile. Approfittò del momento in cui i poliziotti dovevano confermare che non era un nemico per controllare la carneficina che aveva fatto John.

Accidenti, si era dato da fare qui fuori. Fece una smorfia e scavalcò una pozzanghera particolarmente grande. I suoi piedi quasi aderirono al terreno a causa del sangue appiccicoso.

Maledizione, questa è stata una merda orrenda.

«A terra!» gridò una voce con un megafono.

Bethany Anne alzò lo sguardo, con la sorpresa evidente sul volto. «Sei impazzito?»

«Ho detto...» ricominciò l'Uomo Megafono.

«Ho sentito quello che hai detto, brutto stronzo!» ribatté lei. «C'è qualche posto» indicò intorno a sé, «che ti sembra un posto dove vorresti infilare le mani o, Dio non voglia, la faccia?»

«Chi sei?» domandò la voce dopo un attimo di riflessione.

«Sono quella che deve rimettersi le scarpe, così quando vi prendo a calci in culo ve ne accorgete!» rispose lei mentre scavalcava un altro paio di corpi. «Oh, che schifo, cazzo!» Fece una smorfia. «Qualcuno di voi, che in questo momento state puntando i vostri fucili su di me, ha intenzione di venire a posare la sua giacca, così non dovrò camminare su questa merda?»

Bethany Anne ascoltò i sussurri accesi che provenivano dai veicoli allestiti dietro le luci.

«Signore!» Era una voce maschile. «È l'amministratrice delegata della RDS.»

Una voce più anziana rispose: «Quella nello spazio?»

«Sì.»

«Che ci fa qui?» sibilò il responsabile.

«Lei» Bethany Anne indicò se stessa, interrompendo la conversazione sussurrata in fretta e furia, «sta cercando di avvertirvi che dovete muovere le chiappe o avrete una pessima giornata tra circa mezzo minuto.»

«Perché?» domandò il responsabile.

«Perché trenta secondi sono il massimo della pazienza che mi resta!» spiegò lei. «Se non stessi cercando di non buttare nel cesso i poliziotti buoni con questi» indicò intorno a sé, «stronzi terroristi, vi avrei già...» Bethany Anne si spostò di lato in un lampo, usando la sua velocità potenziata dall'Eterico per girare, correre fuori dalle luci e risalire il lato del cortile dietro ai poliziotti. Si fermò proprio dietro l'uomo con il megafono. Gli sibilò nell'orecchio: «...preso a calci in culo!»

Sul volto dell'uomo comparve un'espressione scioccata.

«Sì, me ne vado di mia spontanea volontà» disse l'ex presidente all'agente di polizia al comando per la quarta volta, «e se non vi togliete di mezzo, il mio passaggio partirà senza di me.»

Frustrato, ma non vedendo come il precedente presidente degli Stati Uniti potesse essere sotto il controllo mentale dell'amministratrice delegata della RDS, accusato di essere mutante o posseduto da un demone, annuì e fece cenno ai suoi uomini di lasciare che si unisse alle persone della RDS già nella loro capsula. L'ex presidente si avvicinò e salì sul velivolo, che in pochi secondi scomparve nel cielo notturno.

Il poliziotto si guardò intorno. Come diavolo avrebbe fatto a spiegarlo?

Bethany Anne passò all'ex presidente alcune salviette. «Hai qualcosa da pulire?» Lui la guardò e sgranò gli occhi.

Era pulita e indossava abiti freschi.

Si girò e vide John sul sedile dietro di loro, ma Anna era scomparsa. «Che cosa è successo? Anna è nello stesso posto del corpo di David?» Si voltò di nuovo verso Bethany Anne. «Anna è viva?»

«Sì» rispose. «Anna è viva e sta bene. L'ho portata all'*Arch-*

Angel per ulteriori cure. Ho fatto una doccia veloce e mi sono cambiata perché...» Guardò per un attimo fuori dalla finestra. «I vestiti appiccicosi e insanguinati sono i peggiori.» Si voltò di nuovo verso di lui. «Allora... domande?»

Il momento si prolungò. Sembrava che stesse soppesando con quale domanda iniziare, prima di raddrizzare finalmente le spalle. «Sapevi che David era sotto controllo mentale quando lo hai ucciso?»

Lei ricambiò lo sguardo. «No, non finché il dolore della sua morte non l'ha liberata.» Le sue spalle si abbassarono. «Forse se mi fossi soffermata a considerare che si stava comportando in modo anomalo sarei riuscita a capirlo, ma...»

«Ma» interruppe John da dietro di lei, «Bethany Anne ha una reazione catastroficamente negativa quando le sparano alla schiena.»

Bethany Anne si voltò per dirgli qualcosa, ma lui alzò una mano. «Tutto risale a Petre, Bethany Anne. Nessuno può sopravvivere a un'esperienza del genere senza essere cambiato. Se ti sparano o ti feriscono in qualche modo alle spalle, entri immediatamente in modalità protettiva, il che di solito significa che cerchi subito di eliminare la minaccia.»

«Ti hanno già sparato alla schiena?» chiese l'ex presidente. «Mi sembra di essere caduto ai confini della realtà.»

John iniziò a contare sulle dita. «Le hanno sparato, l'hanno accoltellata, bruciata, le hanno sparato ancora, l'hanno tagliata con spade e anche con altri strumenti affilati, compresi artigli e zanne.» Fece una pausa di un secondo.

«Non aiuta, John» gli disse Bethany Anne.

«Perché i proiettili di David non ti hanno fatto saltare in aria? Ho notato solo un paio di ferite alla spalla» domandò l'ex presidente.

«Bethany Anne non va da nessuna parte senza protezione per la schiena. Indossa uno scudo metallico flessibile progettato appositamente, spesso circa tre millimetri» spiegò John.

«Come hai fatto a tenerlo addosso?» chiese l'ex-presidente, curioso di sapere come facesse quella donna a tenere una protezione addosso, quando avrebbe giurato che non avesse un giubbotto sotto quella camicetta bianca.

«Colla» rispose lei. «La protezione viene applicata in sezioni, così posso muovermi facilmente. Se ho bisogno di essere presentabile una volta indossate le sezioni, mi viene applicata una copertura color pelle anche sulla schiena.»

«Oh» fece lui.

«No, non c'è niente davanti» gli disse Bethany Anne. «Mi preoccupo che mi sparino alla schiena. Se c'è qualcuno davanti a me, me ne posso occupare.»

John si chinò verso l'ex presidente e sussurrò: «E odia il fatto che la protezione danneggi la coppia preziosa.»

«John Grimes!» La voce di Bethany Anne era per metà imbarazzata e per metà esasperata. «Questo è l'ex presidente degli Stati Uniti del cazzo!» Gli puntò un dito contro. «Sei stato troppo spesso vicino a Tabitha.»

«Non vedo Tabitha da settimane» protestò John.

«È chiaro che è ancora troppo recente» gli disse lei con severità prima di abbassare il dito e rivolgersi all'ex presidente. «Saremo a casa tua tra pochi minuti. Questo ti porta lì prima che qualcuno possa reagire alla situazione, così puoi decidere cosa vuoi fare.»

Il resto del viaggio trascorse in silenzio, con tutti in silenziosa contemplazione, fino a quando Bethany Anne ricevette una telefonata da suo padre.

***

Due uomini scesero dall'Audi A-6 nera targata A-216 e l'agente capo si avvicinò. Uno dei due uomini guardò la carneficina. «Torno subito.»

Finn Jacobs chiuse la porta e aspettò il contatto del Direttorato Speciale che si dirigeva verso di lui.

Chi conosceva i numeri di targa sapeva che era del governo.

Finn tese la mano. «Eden, giusto?»

L'ufficiale annuì. «Sì. Piacere di conoscerla, signor Jacobs.»

«Chiamami Finn» disse a Eden e si guardò intorno. «Sembra che qui ci sia un gran casino.»

Anche Eden guardò la carneficina. «È così. Abbiamo anche dieci tetti con altri corpi, e sospettiamo che ce ne siano almeno un altro paio.»

«Tetti?» chiese Finn.

«Sì. I terroristi hanno usato SAM a spalla per colpire le navi RDS.»

«Non ne ho sentito parlare.» Finn si sfregò il viso. «Scusa, è troppo presto e non ho ancora preso il caffè.»

«È meglio non mangiare nulla in questo momento» consigliò Eden.

«Chi abbiamo perso all'interno?»

«Prevalentemente guardie, due ospiti innocenti dell'hotel e almeno quattro dipendenti del posto.»

«Che mi dici degli ospiti speciali all'interno?»

«Sapevi di questo incontro?» chiese Eden.

«Non prima di essermi svegliato stamattina» rispose Finn. «Ho ricevuto un aggiornamento dal mio partner, che è fuori a dare un'occhiata in giro.»

«Qualcuno che dovrei conoscere?» chiese Eden.

Finn scrollò le spalle. «Potrebbe diventare un problema sapere di più su di lui, ma lascio a te la decisione.»

Eden fece spallucce. Se avesse avuto bisogno di saperlo, glielo avrebbe chiesto. Fece un cenno verso l'hotel. «Finora nessuno dei VIP all'interno, tranne uno, è morto. Quella morte è stata una violenza tra VIP.»

Finn alzò un sopracciglio.

«Sembra che, per qualche motivo, l'uomo della sicurezza dell'ex presidente degli Stati Uniti abbia sparato tre o quattro colpi alla schiena dell'amministratrice delegata della RDS. La negoziatrice della RDS gli salta addosso, lui le spara due colpi e lei cade a terra, poi l'amministratrice delegata della RDS diventa una specie di demone e gli sfonda il petto con un pugno, uccidendolo. La donna spinge il proprio sangue nella bocca della sua negoziatrice e i terroristi iniziano a sparare mentre entrano da una finestra rotta. Il suo uomo della sicurezza è impegnato a sparare a... be'» indicò i morti nel cortile, «a tutte queste teste di cazzo. L'ex presidente si occupa di sorvegliare la negoziatrice, che a quanto pare si sta rianimando, e la nostra amministratrice delegata demone inizia a camminare verso i terroristi che cercano di entrare dalla finestra.»

«Hai detto tre o quattro colpi alla schiena?» chiese Finn. «Sto solo cercando di capire come ha fatto ad alzarsi.»

«La ferita che abbiamo potuto vedere era alla spalla, quindi si pensa che avesse una sorta di giubbotto antiproiettile super tecnologico o qualcosa di simile sotto i vestiti.»

«Sanguina?» chiese Finn.

Eden lo guardò e parlò piano. «Sì, e a quanto pare la fa arrabbiare.»

«Penso che sarei furioso se qualcuno mi sparasse alle spalle, soprattutto se si suppone che mi stia proteggendo.»

«Non *questo* tipo di rabbia» gli disse Eden.

«D'accordo, sorprendimi. Che tipo di rabbia?»

«Il tipo dagli occhi rossi brillanti che crea sfere di energia rossa incandescente che lancia contro due dei terroristi, sfere di energia che in qualche modo li bruciano. Li ha uccisi e ha bruciato i loro occhi, lasciandoli completamente bianchi.»

«Va bene, sono sorpreso.» Finn ci pensò su. «Che tipo di tecnologia possiede per creare sfere rosse di energia, e da dove viene l'energia?» si chiese. «Quindi hanno preso il corpo del tizio che ha ucciso, giusto?» chiese Finn. «Cioè, non siamo stati fortunati e lei ci ha lasciato quell'uomo?»

«Be', l'uomo non c'è più» disse Eden, «ma no, non hanno

portato il corpo con loro. Testimoni oculari all'interno dicono che lei ha fatto qualcosa e il corpo è sparito.»

Finn alzò lo sguardo verso la notte. Quel progetto stava diventando sempre più frustrante. Alla fine tornò a guardare Eden. «Video?»

«Be', è qui che siamo stati fortunati» rispose Eden.

Paula si nascose nell'ombra a un chilometro dall'imboscata che era andata così terribilmente male.

Cosa diavolo *era* quella donna?

Il suo feed dal video dell'hotel le aveva permesso di vedere la bellissima salva iniziale dell'operazione. I combattenti per la libertà avevano fatto un ottimo lavoro nel sorprendere le guardie del cancello. Non avevano esitato a uccidere, si erano concentrati solo sull'ingresso, e sembrava che i combattenti extra che Abdullah aveva portato a quella piccola festa in onore della RDS si fossero rivelati una mossa saggia.

Doveva essere l'ultimo regalo d'addio a Bethany Anne dalla Majestic 12. A quanto pareva, i tentativi di Paula di conoscere la sicurezza di Bethany Anne avevano tralasciato alcune cose molto importanti.

Come per esempio l'essere antiproiettile e il lanciare palle di energia bruciante come una sorta di eroe dei fumetti.

Paula aveva resistito con successo al desiderio di lanciare il telefono.

Era nel seminterrato di un vecchio hotel vuoto. Stava masticando l'interno della guancia per decidere cosa fare quando ricevette una telefonata sulla sua linea privata.

Uno dall'ufficio di casa, per così dire.

Prese il telefono e se lo portò all'orecchio. «Sì?» Ascoltò il monotono racconto di Patrick degli eventi nello spazio. Le si abbassarono le spalle, gli occhi si chiusero e lei rispose: «Ho capito. Abbiamo perso Antony e Tyler. No, la missione qui è stata un fallimento. Ti invierò un InfoBurst tra pochi minuti, poi dovrò andarmene da qui. Non voglio essere catturata in una retata. Che cosa? No. No, lascia che trovi da solo la strada per tornare alla base. Ho bisogno di tempo per elaborare tutto.»

Paula prese il piccolo mouse senza fili che stava usando per il suo computer e iniziò a girarlo da una parte all'altra mentre ascoltava Patrick parlare.

«No, non so cosa sia successo a nessuno degli uomini qui presenti. Sì, ho impiantato il segnale del morto in Abdullah secondo le nostre regole operative e tattiche. A me, a te, non interessa. Tieni, aspetta.»

Paula smise di girare il mouse e lo riposizionò sul tappetino. Facendo clic su una casella di testo, digitò un codice e fece clic su "Invia".»

Tornò alla telefonata. «Bene. Abdullah, se era vivo, ora è in stato di morte cerebrale. È stata l'ultima complicazione dell'operazione.

Sì, mancheranno anche a me. Sì, li fotteremo, questo è sicuro.» Rimase in ascolto per qualche istante. «Va bene, tornerò entro settantadue ore. A presto.»

Paula chiuse la chiamata e mise giù il telefono. Prese il mouse e, mentre la prima lacrima le scendeva sul viso, lo scagliò contro la parete di fondo. «*CAZZOOO!*»

Abbassò la testa sul tavolino che conteneva il portatile, le spalle ansanti mentre le lacrime bagnavano il pavimento sotto di lei.

Non era sicura di quanto tempo avesse pianto, quando i suoi sensori di preallarme iniziarono a suonare. Si alzò di scatto, notando gli allarmi di movimento nel vicolo sul lato sud dell'edificio. «Maledizione!»

La lupa stava seguendo un odore che aveva colto nel gruppo di uomini di prima. Il suo amore le aveva detto che ogni volta che si cercava di capire la verità, se qualcosa stonava, di solito era il filo da tirare per ottenere una risposta.

Dato che Stephen era così vecchio, Jennifer gli concedeva il beneficio del dubbio. L'età doveva portare saggezza. Lui aveva sicuramente l'età, Jennifer sperava solo che fosse sinonimo di saggezza.

Dietro di lei, cinque uomini in equipaggiamento tattico scivolarono nella notte. La traccia di odore entrava in un edificio. Aspettò che gli uomini venissero ad aprirle la porta.

Aperta la porta, si guardò intorno alla ricerca di trappole e annusò per vedere se riusciva a individuare qualche esplosivo.

Pulito.

Si infilò nell'atrio dell'edificio vuoto.

Jennifer seguì il sentiero fino a una porta che conduceva in basso. Facendo attenzione, lei e i cinque uomini aprirono la porta e controllarono il pianerottolo prima di scendere piano. Uno degli uomini rilasciò diversi droni da dieci centimetri che controllarono le scale prima di emettere un segnale acustico che i cinque uomini poterono sentire nei loro impianti.

Due minuti dopo la squadra fece irruzione nel seminterrato inferiore, solo per scoprire che non c'era nessuno all'interno.

Jennifer tornò umana proprio accanto a un muro, con il disgusto evidente nella voce. «La puttana è passata di qui in qualche modo.» La squadra cercò di capire come aprire la porta nascosta, ma tre minuti dopo ricevette la chiamata per tornare all'*ArchAngel*.

A tre chilometri di distanza Paula uscì dalla galleria di fuga, guardandosi alle spalle con gli occhi allarmati quando ricordò le dimensioni del lupo che la squadra che la inseguiva aveva con sé.

Chi diavolo portava un lupo a cercare qualcuno?

19

<u>Eterico</u>

Bethany Anne era in piedi con John, che teneva in mano un sacco per cadaveri. Entrambi avevano la testa bassa.

«Ho commesso un errore e per questo, David Dennison, mi dispiace» si scusò Bethany Anne con il corpo che giaceva tra loro. «Forse se avessi aperto la mente avrei potuto capire che qualcosa non andava, ma ho reagito in preda al dolore e alla frustrazione. Ho permesso che la mia rabbia si scatenasse...»

«Capo, non puoi» interruppe John, ma si fermò quando Bethany Anne alzò una mano.

«Lo capisco, John» gli disse, «ma David deve sapere che non lo biasimo. Era una pedina, tra due forze potenti che non poteva capire. Forse... solo forse, troverò un modo per rallentare abbastanza da trovare una soluzione migliore la prossima volta.» Rimase in piedi per un momento, pronunciando un'ultima preghiera per un'altra persona coinvolta nella politica del potere. Si asciugò una lacrima e annuì.

«John, mi aiuteresti con il corpo?» chiese lei, e prese il sacco che lui teneva in mano.

· · ·

<u>Area del Lago Dulce, New Mexico, USA</u>

Ztopik aspettava i due umani, con la curiosità che gli faceva passare il normale desiderio di giocare con le loro emozioni. Nella sua storia con quei due capi non avevano mai richiesto un incontro non programmato.

Qualcosa doveva averli influenzati in modo sostanziale.

Anche se infastidito – era nel bel mezzo della revisione dei test della Sezione Quattro con le mutazioni umane-N'thyruuk – quell'interazione con gli umani avrebbe potuto portare qualcosa di nuovo alla sua esistenza, mentre tramava per trovare la mutazione giusta per competere nelle grandi guerre.

Qualche istante dopo, ricevette l'aggiornamento mentale che i due umani erano fuori. Ztopik si alzò in piedi.

Preferiva tenere tutte le discussioni con il vantaggio dell'altezza. Gli esseri umani sembravano essere più sensibili a chi era più alto di loro. Forse si trattava di reazioni simili a quelle dei canini? Non ne era sicuro. Avrebbe dovuto isolare il codice del DNA e studiarlo.

La porta si aprì, permettendo a Patrick Brown e alla dottoressa Eva Hocks di entrare nella stanza.

Si fermarono e si inchinarono leggermente a Ztopik, che si fermò e si inchinò a sua volta.

Patrick parlò per primo. «Ti ringraziamo per aver interrotto le tue ricerche per ascoltarci, ambasciatore Ztopik.»

Ancora più curioso, pensò. Di rado il sorvegliante Patrick era così formale. Annuì per far sì che Patrick continuasse.

«Abbiamo avuto dei contrattempi e crediamo che ci possa essere un tentativo di localizzare questa base e, in caso di successo, di attaccarla.»

«Da chi? Dal governo degli Stati Uniti?» chiese Ztopik.

«No, la RDS» sbottò Eva.

Ztopik si voltò verso la donna umana. «Ancora la RDS? Pensavo fossero una sfida tecnologica, non un gruppo bellicoso.»

«Noi... ahh... forse ci siamo un po' sbagliati su questo» rispose Patrick, leccandosi le labbra.

Lo sguardo fisso di Ztopik tornò su Patrick. «Supervisore Patrick, si è trattato di un errore intellettuale, o forse di informazioni inadeguate condivise da parte vostra?»

«Patrick!» sibilò Eva. «Non è il momento di fare giochi di parole.»

La bocca di Patrick si strinse prima di parlare. «Ztopik, la RDS ha una tecnologia superiore e i nostri numerosi tentativi di acquisire la loro tecnologia sono falliti.»

«Come potrebbe un gruppo con la tecnologia della Terra proteggersi dalla Majestic 12?» chiese Ztopik. «Cerco chiarezza, se mi chiedete di aiutarvi.»

Eva lanciò a Patrick un'occhiata cupa e fornì altre informazioni. «Ztopik, la loro gente ha fermato un'imboscata che avrebbe ucciso un normale umano. Paula ha inviato un grande gruppo di uomini armati per colpire e non solo hanno fallito, ma gli uomini della RDS ne hanno uccisi molti nel processo.»

Patrick, sentendo la preoccupazione di Eva, finalmente superò la sua esitazione. «Hanno trovato e distrutto l'XJ-03 nello spazio e in diverse occasioni hanno seguito le nostre navi, avvicinandosi sempre di più alla localizzazione di questa base.»

Il lungo braccio sinuoso di Ztopik si alzò e tese una mano a Eva, facendole interrompere ciò che stava per dire. «Supervisore Patrick, la RDS è nello spazio?» Patrick annuì. «Da quanto tempo hanno questa capacità?»

Gli occhi di Patrick si chiusero.

Li aprì, rendendosi conto che nascondere il RDS a Ztopik era stato un errore. «Anni.»

«Cosa cercava l'XJ-03?» chiese Ztopik.

«Una nave da guerra. La RDS ha costruito una stazione da battaglia in un asteroide» rispose.

«Una stazione da battaglia? Hanno costruito qualcosa per la guerra?» chiese Ztopik.

«In realtà, un sacco di cose!» sibilò Eva, più preoccupata per l'arrivo della RDS alla loro base che per la paura di Ztopik.

Ztopik ignorò lo sfogo della donna.

Patrick concordò: «Sì, è per la guerra. Ho dei documenti che suggeriscono che sono diretti verso un altro sistema solare per combattere un'altra razza aliena.»

«Il nome?» chiese Ztopik.

«Bethany Anne» rispose Patrick.

«Non sembra una razza aliena» rispose Ztopik.

«Yollin» si corresse Patrick.

«Yollin?» Ztopik pensò per un attimo. «Sì, conosco gli yollin. Potenti, ma non molto creativi nei loro sforzi marziali. Espandono i loro sistemi sottomettendo le specie intelligenti locali come schiavi e restituendo loro le materie prime necessarie all'espansione della loro specie.» Non disse nulla per qualche istante e Patrick ed Eva si guardarono.

«Penso» disse loro, interrompendo il loro tentativo di comunicazione mentale, «che se la vostra RDS si è attrezzata per combattere gli yollin, allora deve aver trovato e superato una nave da ricerca yollin. Altrimenti gli yollin avrebbero lasciato il sistema e comunicato che questa era una scelta sbagliata per la sottomissione.»

Ztopik guardò entrambi gli umani, dedicando uno o due momenti a ciascuno di essi. «Improbabile.»

Poi alzò lo sguardo verso il soffitto, come se stesse valutando diverse possibilità. «Oppure gli yollin sarebbero tornati in forze e nulla di ciò che abbiamo costruito finora sarebbe stato sufficiente contro un assalto di massa.»

Ztopik era infastidito. Il piacere della ricerca sull'incrocio del DNA umano, facilmente mutabile, con quello di tante specie diverse lo aveva reso compiacente. Non temeva nulla da quel pianeta, ma uno sforzo concertato da parte di un concorrente spaziale abbastanza grande avrebbe reso vano tutto il suo lavoro fino a quel momento. Non aveva lasciato il suo mondo e non si era nascosto su quell'orribile pianetino per restare in secondo piano.

I kurtheriani giocavano al grande gioco e Ztopik voleva mettersi alla prova contro i maestri della manipolazione del DNA e della guerra tra specie.

«L'abilità degli yollin spiegherebbe come hanno costruito dentro un asteroide e alcune delle loro capacità belliche. Il problema, credo, è la loro ignoranza. Hanno bisogno di qualcosa di più di una stazione da battaglia per salvare questo pianeta dall'asservimento. Con gli yollin, o nascondete i vostri talenti in modo che la loro nave da ricerca se ne vada...» fece una pausa di un secondo, «o create un esercito abbastanza forte da indurli a considerarvi troppo difficili da soggiogare.»

Ci fu un'altra pausa, mentre la testa di Ztopik ondeggiava avanti e indietro sul suo collo sottile. «Allora continuate a costruire il vostro esercito e cercate di stare davanti a loro.»

Il tablet di Patrick emise un segnale acustico. «Mi scuso. Sto aspettando un video da Paula da condividere.» Tirò fuori il palmare e guardò il messaggio privato. «Be', merda.»

Ztopik allungò il suo lungo braccio bianco e Patrick gli passò il tablet. Toccò un paio di pulsanti per far sentire a tutti l'audio del video una seconda volta. Indicò il tablet. «Chi è questa donna?»

«Quella» affermò Patrick con malizia, «è l'amministratrice delegata della RDS.»

Ztopik guardò il video una terza volta. Si fermò prima di riprodurlo una quarta volta, perché il valore della ricerca di nuove informazioni era compensato da un'emozione piuttosto sconosciuta, che non aveva mai provato da quando era arrivato su quel mondo.

Forte preoccupazione.

. . .

Riunione segreta, Palazzo delle Nazioni Unite, New York, USA

Gli ambasciatori Zhou, Emeka e Franklin aspettarono che un quarto si unisse a loro mentre sorseggiavano il caffè nella sala privata.

Tutti e tre avevano usato la tecnologia a loro disposizione per confermare che la stanza era priva di cimici, e tutti avevano lasciato fuori i loro apparecchi elettronici.

L'ambasciatore Zhou fu il primo a parlare. «Mentre aspettiamo il quarto partito, avete letto le testimonianze oculari?»

L'ambasciatore Emeka annuì. «Se è vero, allora è un demone e dobbiamo fare qualcosa per proteggere la Terra da lei e dalla sua specie.»

«Ma dobbiamo credere a loro?» chiese l'ambasciatore Franklin. «Non abbiamo video che dimostrino nulla di tutto ciò.»

«A cosa servirebbe un video?» rispose Zhou. «È facile falsificare i video e si finisce per doversi fidare delle persone che forniscono le informazioni sulla loro veridicità. No, ci fidiamo di coloro che sono stati sottoposti a forti pressioni e delle prove acquisite dalla polizia dopo l'evento.»

«Cosa sappiamo con certezza?» chiese Emeka a Zhou.

«Sappiamo che due terroristi sono stati effettivamente uccisi da un'arma sconosciuta di potenza devastante. Ha bruciato la loro carne e fritto il loro sistema nervoso. Una di queste due cose avrebbe ucciso quegli uomini. Be', e il pugno cinetico che ha sbattuto i loro corpi contro il muro dietro di loro. Quello probabilmente li avrebbe uccisi per emorragia interna.»

«Quale arma possiede per ottenere questo risultato?» mormorò Franklin tra sé e sé, chiedendosi cosa potesse aver costruito la RDS.

«Sconosciuto.» Zhou rispose comunque alla domanda. «Ma la cosa più intrigante è che le hanno sparato e non l'hanno uccisa. Ha ricevuto diversi colpi di pistola alla schiena e i testimoni dicono di aver visto almeno due ferite alla spalla.»

«Non può essere uccisa?» sbottò Emeka.

Zhou scrollò le spalle. «Crediamo che possa essere uccisa, ma è la soluzione migliore?» domandò.

«Non riesco a pensare a una soluzione migliore in questo momento, Zhou. Perché dovremmo lasciare un tale pericolo per sfidare la volontà del mondo?»

«Chi ha detto che avremmo lasciato questo pericolo a piede libero?» rispose Zhou. «È ovvio che ha capacità fisiche che possiamo sfruttare per aiutare l'umanità a imparare a sopravvivere a tali danni fisici.» Guardò i due uomini. «Professa il desiderio di aiutare l'umanità? E se ci fornisse i segreti dell'eterna giovinezza e della salute fisica che ci sta nascondendo?»

«Non è una cosa che ci darà volentieri» osservò Emeka.

Si sentì bussare piano alla porta. L'ambasciatore Zhou si alzò dalla sedia, si avvicinò a Emeka e Franklin e sussurrò: «Chi ha detto che avevamo intenzione di chiederle il *permesso*?»

Zhou aprì la porta e accolse un quarto individuo alla riunione delle prime ore del mattino. Una volta accertatosi che il corridoio fosse vuoto, Zhou chiuse la porta.

Gli occhi di Emeka si allargarono per la sorpresa. Franklin lo guardò ed entrambi ebbero lo stesso pensiero.

Perché l'ambasciatore degli Stati Uniti si era unito a loro?

Fuori Chicago, Illinois, USA

«Tesoro?» La moglie dell'ex presidente lo raggiunse nel suo studio. L'alba si stava insinuando tra gli alberi e presto sarebbe iniziato il nuovo giorno.

Ma era davvero così?

Di chi ci si poteva fidare, di quelli che sono come te o di quelli le cui azioni corrispondono alle tue?

Si voltò verso di lei mentre girava intorno alla scrivania per mettersi accanto alla sua sedia. «Sì, tesoro?»

Lei si abbassò e lo tirò più vicino. «Sono grata che tu sia tornato da noi.» Una lacrima gli inumidì la fronte, poi le dita di lei la asciugarono. «Non posso credere che David sia morto» sussurrò, e lui sentì il suo abbraccio stringersi.

Le appoggiò la testa sul petto e guardò gli alberi scuri fuori dalla finestra.

Non c'era risposta, proprio come per le domande che gli passavano per la testa in quel momento.

Non aveva ricevuto una sola chiamata dalla Casa Bianca. Aveva ricevuto dei messaggi, ma non un collegamento personale. Iniziò a riflettere su quell'aspetto mentre guardava fuori dalla finestra, pensando alle opzioni possibili, mentre osservava ancora una volta un elicottero passare in lontananza. Lo stavano osservando e potevano dire quello che volevano, ma sapeva che non lo stavano proteggendo da Bethany Anne.

No, volevano beccarla mentre tornava e imprigionarla. Poi avrebbero trovato il modo di trattenerla legalmente.

Non si preoccupò di dire loro di non provarci. Non si trattava di una sua operazione e da tre anni cercava di spiegare che il cambiamento non si otteneva creando uno Stato militare in cui la ragione si ottiene con la forza, soprattutto quando chi ha la forza maggiore è l'altro.

Sospirò. Avevano prelevato il corpo di David due ore prima, e ora il suo contatto dei servizi segreti non vedeva l'ora di avere una conversazione con la RDS. Se David le aveva sparato, allora era giustificato.

Era una situazione senza via d'uscita, ed era successo perché lui aveva chiesto a Bethany Anne di provare a comunicare ancora una volta. La richiesta era partita dalla Casa Bianca e poi c'era stata un'imboscata. Lasciò che la cosa gli rimanesse impressa nella mente. A quel punto non era disposto a ignorare nessuna possibilità.

«Meritava di morire?» chiese la moglie.

Si concentrò e si rese conto che lei aveva posto la domanda più di una volta. «Per le sue azioni, sì» rispose, «ma non l'ha fatto di sua spontanea volontà. Qualcuno gli aveva fatto il lavaggio del cervello. Bethany Anne non lo sapeva fino a quando David non le ha sparato, poi lui ha sparato ad Anna Elizabeth quando lei aveva cercato di impedirgli di sparare di nuovo a Bethany Anne mentre era a terra.»

«Oh no! L'ha uccisa?»

«Quasi. Sarebbe morta se non ci fosse stata Bethany Anne. Diavolo, tutti noi saremmo morti se non fosse stato per lei.»

«Non vuoi dire che sareste morti tutti a causa sua?» chiese.

«Cosa, perché ci hanno attaccato perché lei era lì?» rispose.

«Sì.»

«Tesoro, sono stato io a convincerla a partecipare. Stai insinuando che io abbia ucciso David?»

«No!» Sentì che lei stringeva la mano a pugno e gliela batteva sulla spalla. «Maledizione, smettila di essere così civile!»

«Vuoi che sia colpa sua, ma perché?» chiese.

«Perché non posso cambiare il governo!» ammise lei con veemenza. «Sono stata in quei corridoi. Ho frequentato quelle persone. Se non è colpa sua, allora cosa?»

L'ex-presidente aggrottò la fronte e si è reso conto che stava ignorando il quadro generale. Nella vita di ogni uomo arrivava un momento in cui la chiarezza della situazione diventava netta e irremovibile.

Non si trattava del mondo, degli Stati Uniti o degli abitanti degli Stati Uniti. Aveva dedicato otto anni della sua vita a rendere il suo Paese il migliore possibile. Aveva trascorso altri tre anni cercando di mitigare gli attriti tra l'attuale amministrazione e la RDS, ma in quel momento doveva proteggere la sua famiglia e stare dalla parte giusta di quel conflitto. Una guerra tra il governo e la RDS.

Purtroppo, non gli sarebbe stato permesso di assistere a

quell'incontro. Alzò lo sguardo verso la moglie. «Lo sai che ti amo, vero?»

Lei gli sorrise e gli toccò il viso. «Hai quello sguardo negli occhi.» Lo scrutò, cercando di capire cosa stesse pensando. «Non sarò felice di questo, vero?»

«Accetterò la mia punizione come devo.» L'ex presidente si alzò in piedi. «Sveglia le ragazze. Devo fare una telefonata.»

20

<u>ArchAngel, in orbita fuori L2</u>

Nella stanza c'erano cinquanta umani e sei yollin.

Il generale Lance Reynolds guardò i suoi uomini e fece un cenno a Dan. «Siete pronti?»

Dan sorrise. «Lance, non vedo l'ora di tornare sul campo.»

«Merda!» esclamò Peter dalla prima fila. «Lo sai che viene anche Bethany Anne, vero?» Ci fu una risata.

Kiel si sporse in avanti dalla sua posizione dietro Peter e gli diede un colpetto sulla spalla. Cercando di essere silenzioso, ma fallendo miseramente, chiese a Peter, con i suoi scatti e cinguettii prima che la traduzione entrasse in funzione: «Perché il fatto che Bethany Anne partecipi è qualcosa di cui ridere?» Lo yollin si guardò intorno e si rese conto che tutti lo stavano ascoltando. Articolò le spalle nel gesto che aveva imparato osservando gli umani negli ultimi tre anni. «Scusate, ma sono curioso.»

«Credo di capire la tua confusione, Kiel» rispose Lance. «Il capitano Kael-ven T'chmon e Dan saranno nelle retrovie, a comandare attraverso i tuoi uomini e a dirigere le comunicazioni e le tattiche mentre sgomberiamo la base. Ti stai chiedendo perché è importante che Bethany Anne sia nelle retrovie?»

Kiel si voltò verso di lui. «Sì, generale Reynolds, questo è il nocciolo della mia domanda.»

«Oh» rispose Peter, comprendendo finalmente la domanda dello yollin. «Mi dispiace, Kiel. Avevo dimenticato che tu e la tua gente non avete ancora partecipato a un'operazione con Bethany Anne e gli Stronzi.»

«Sì, un giorno o l'altro dovrò raccontarvi l'operazione Downtown dopo l'operazione Everglades» si intromise Dan. «Con quelle informazioni capirebbe meglio.»

«O l'operazione della base cinese» aggiunse un'altra voce da dietro Kiel. L'alieno si voltò per vedere chi aveva parlato.

La voce di Dan fece voltare Kiel. «O l'imboscata tesa da David quella volta sulle montagne.»

«Quello che dicono tutti senza dirtelo veramente, Kiel» interruppe Lance, che si lanciava in racconti di battaglie, «è che Bethany Anne sarà sulla punta della lancia, come la chiamiamo noi. Non sarà nelle retrovie.»

«Quello è il posto per quelli di noi che sono addestrati» rispose Kiel.

Lance non la prese come una condanna, quanto piuttosto come ignoranza. «Kiel, da quanto tempo studi le arti marziali? Da quanti anni?»

«Da quando ero giovane. Quando ho lasciato la casa dei miei genitori sono entrato subito nell'esercito.»

«Giusto. Sai che sono il padre di Bethany Anne, vero?» Lance voleva assicurarsi che Kiel avesse capito.

«Sì.»

«Bethany Anne si è allenata a combattere da quando è andata a scuola. Partecipava a combattimenti competitivi e prendeva a calci nel sedere quando le altre ragazze cominciavano a capire che a loro piacevano i ragazzi. È stata una guerriera in allenamento per quasi tutta la vita. Non si può dirle di non stare davanti. Qui non c'è nessuno più veloce, più forte o più letale di Bethany Anne. Se crede di dover combattere, lo farà.»

Dan prese la parola. «Il capitano Kael-ven T'chmon e io combatteremo se ci verrà richiesto, ma il nostro ruolo è quello di scendere e gestire l'operazione in modo che voi e i vostri guerrieri possiate essere più efficaci. Peter alludeva al fatto che, se non riusciamo a combattere per primi, potremmo essere la squadra di soccorso.»

Kiel pensò per un attimo. «Andare in battaglia con Bethany Anne è una gara?»

«Uhhh» Dan ci pensò un attimo, «non tanto una gara quanto l'opportunità di far parte di una delle squadre tattiche più letali che esistano.»

«Ma non è un po' prematuro?» chiese Kiel. «Non fraintendetemi, ma avete combattuto solo contro gli umani.»

«E le batoste che la vostra gente prende quando ci combattete?» chiese Peter.

«Non siamo nelle nostre tute mech durante quei combattimenti» ribatté Kiel.

Lance sbuffò. «Nemmeno Bethany Anne.»

ArchAngel, Armeria degli Stronzi della Regina

Jean Dukes e John Grimes tenevano ciascuno un lato del baule nero. Misurava novanta centimetri da davanti a dietro, un metro e venti da un lato all'altro ed era profondo un metro.

Pesava quasi duecento chili.

Jean aveva lavorato nell'ultimo anno con il suo team all'ultima corazza della Regina. Secondo il modesto parere di Jean, era la migliore in assoluto. Quasi il sessanta per cento più resistente e il quindici per cento più leggera, e sempre del bellissimo rosso intenso.

Il colore del sangue. Il colore della vita.

Insieme portarono il baule nella stanza degli Stronzi e con un forte tonfo lo fecero cadere a terra.

«Cazzo!» urlò Scott e si girò, con la mano sul cuore. «Perché cazzo siete andati a fare una cosa del genere?» Guardò in basso verso il baule, in alto verso di loro e di nuovo in basso.

«Questo» gli fece notare John, «dimostra che hai una scarsa consapevolezza della situazione.»

Scott gli mostrò il medio.

«No» ribatté Scott, «dimostra che ripongo fiducia nei miei compagni di squadra per non fare scherzi stupidi che potrebbero provocarmi un colpo!» Fece un cenno al baule. «Questo è il nuovo set?»

«Sì» rispose Jean appoggiando la mano sulla serratura. Le luci del sistema intorno al rettangolo accettarono l'impronta della sua mano per la verifica, lampeggiarono due volte in rosso, poi due volte in blu ed emisero un clic di apertura. Jean afferrò la maniglia e la sollevò.

All'interno c'erano i pezzi per le braccia e parte della schiena di Bethany Anne. Nella parte inferiore del baule si trovava il resto dell'attrezzatura.

Scott si avvicinò e guardò nel baule aperto. «Bene.» Jean prese uno dei pezzi della parte inferiore del braccio e glielo porse. «*Accidenti*, è leggera» disse l'uomo ammirando l'armatura. Fece attenzione ai piccoli collegamenti automatici che avrebbero unito ogni pezzo in una tuta senza cuciture. Dopo aver osservato il lavoro, guardò Jean. «Quanto più forte?»

«Il 60%» rispose.

«Di sicuro un miglioramento rispetto al due punto zero» concordò. «Immagino che Tony Stark non abbia niente da invidiare a te, eh, signora Dukes?»

«Diavolo, no. Quella checca non ha niente da invidiare a me.» Allungò una mano e Scott le restituì il pezzo del braccio. «A parte forse l'intelletto, i soldi e un problema medico al cuore davvero incasinato.»

Scott guardò John. «Siamo ancora in versione due punto zero?»

John scosse la testa. «No, abbiamo anche la versione tre punto zero. Sono più forti dell'ultima serie e questa volta hanno tre livelli di armatura ablativa.»

«Cazzo, sì!» Scott sorrise e diede il cinque a John. «*Spaccheremo!*» Scott fece una piccola danza e si girò per tornare da John e Jean.

John si voltò. «Non hai idea di cosa sto parlando, vero?»

Scott rise, poi scrollò le spalle. «John, non so nemmeno come si scrive "ablativo", tanto meno confermare quello che penso sia.»

Jean sospirò. «Scott, perché non mi dai la tua migliore intuizione su cosa significa?»

Scott incrociò le braccia sul petto e si grattò il collo. «Presumo che si tratti di una specie di materiale plastico indurito che avete verniciato a spruzzo, o per cui avete usato un'altra metodologia di applicazione, per proteggerci da laser e roba del genere, usando la vaporizzazione, l'erosione e forse la scheggiatura a un ritmo controllato.» Finalmente smise di grattarsi il collo per guardare Jean.

La bocca di Jean si aprì e restò aperta.

Scott strizzò l'occhio a John. «Non metterti contro la SWAT del Dipartimento di Polizia di New York. Potremmo sapere di cosa diavolo stai parlando.»

John ridacchiò finché Jean non gli diede uno schiaffo. «Non si tratta di fratelli prima delle donne, signor Grimes!» Lei lo guardò per un secondo.

«Tesoro, avresti dovuto vedere la tua faccia. Le mosche avrebbero potuto atterrarti in bocca» la prese in giro John, senza preoccuparsi di nascondere il sorriso.

«Come volete, voi due nani mentali mascolini.» Sbuffò. «Sì, Scott, hai ragione. L'ablativo è stato aggiunto nel caso in cui ci siano altri laser come quelli che i droni vedono nei sistemi di caverne. Abbiamo preso in prestito una parte della tecnologia dalle compagnie di difesa e l'abbiamo accoppiata al copolimero yollin...»

«Ferma!» Scott alzò una mano. «Lo ammetto. Per favore, non cominciare a buttare giù nomi di sostanze chimiche o la mia mente da nano mascolino esploderà.» Allargò le mani partendo dalle orecchie, simulando un'esplosione.

«Hmm» rispose lei. «Questa volta sarò gentile con te. Altrimenti Cheryl Lynn potrebbe venire a cercarmi quando non riuscirai a portare avanti una conversazione per più di venti secondi senza aver bisogno di un reset.»

«Ora che mi ci fai pensare...» cominciò Scott.

«Fermo!» Quella volta lo fermò Jean. «Ho sentito abbastanza da Cheryl Lynn per capire che potrei non voler sapere nulla oltre al "reset". Prometto di non spiegare la composizione chimica delle tecnologie ablative se tu prometti di non dire nulla su ciò che comporta il reset. Affare fatto?»

Scott alzò le spalle. «Affare fatto.»

Jean si girò e Scott strizzò l'occhio a John.

Fuori Chicago, Illinois, USA

Gli occhi preoccupati di lei scivolarono nella sua direzione, così lui sorrise a lei e alle ragazze. Non era certo lui a controllare la situazione, ma se c'era qualcuno che poteva aiutare la sua famiglia a lasciare la casa mentre era sotto protezione, quella era la RDS.

Aveva scritto quattro messaggi diversi, da consegnare entro – guardò l'orologio – quindici minuti. Dovevano dare a chi lo conosceva le ragioni per cui lo faceva. Che poi volessero condividere l'informazione con il mondo era un'altra questione.

«Papà, dove stiamo andando?» Sorrise alla figlia maggiore.

«Be', dove andremo a finire è un po' vago al momento, ma per ora stiamo per fare un viaggio» le disse.

Guardò le piccole valigie di vestiti che la mamma aveva detto loro di portare. «Papà, non ho abbastanza vestiti se dobbiamo stare via per più di» disse ancora guardando la valigia, «otto ore.»

Ragazze. Indecifrabili da adolescenti e completamente opache da donne adulte. Forse aveva a che fare con la semplicità della mente degli uomini rispetto alla maggior parte delle donne. Chiunque aveva detto che i ragazzi e le ragazze erano uguali, avrebbe dovuto farsi esaminare la testa per l'incapacità di riconoscere la verità quando ce l'aveva davanti.

Il campanello suonò e lui si alzò, facendo un gesto con la mano per dire alla moglie e alle figlie di non muoversi. I suoi passi riecheggiarono mentre percorreva il corridoio dalle piastrelle in ceramica dal retro alla porta d'ingresso. Guardò attraverso lo spioncino, poi tornò indietro e lo rifece.

Sullo scalino c'era un uomo vestito da monaco.

Aprì appena la porta e sporse la testa fuori. «Sì?»

L'uomo si tolse il cappuccio dalla testa. «Mi scuso per l'abbigliamento. È da molto tempo che non lo uso. Mi chiamo Barnabas.» Si voltò e si guardò alle spalle, salutando uno dei servizi segreti che aveva fatto un cenno nella loro direzione. Barnabas si voltò di nuovo verso l'ex presidente. «Ho discusso con la sicurezza qui e con le due berline non contrassegnate poco più avanti. Hanno capito che lei e la famiglia state uscendo di nascosto per andare a vedere un film e sono qui per assicurarsi che nessuno si accorga della vostra assenza.»

Barnabas sollevò un sopracciglio. «Allora, posso entrare?»

L'ex presidente annuì e spalancò la porta, facendosi da parte per far entrare quel santone della RDS. Non si accorse che Barnabas aveva liberato una piccola manciata di droni.

Mark Medlin bussò alla porta della casa dell'ex presidente, poi guardò l'orologio e bussò un po' più forte.

«Gliel'ho detto, signore. Lui e la sua famiglia sono usciti per andare al cinema» disse l'agente Terrence Burrow da dietro l'agente Medlin. L'agente era arrivato due minuti prima, infastidito dal fatto che l'ex presidente non rispondesse alle chiamate da Washington.

E nemmeno la sua squadra di sicurezza.

Mark si voltò. «L'ex presidente degli Stati Uniti non esce a godersi un film con la sua famiglia, non senza permesso.» Bussò più forte, ma non ottenne risposta. «Terrence, apri questa maledetta porta!» Mark si mise di lato per permettere a Terrence di accedere.

Terrence scrollò le spalle e si avvicinò. Tirò fuori le chiavi e le sfogliò finché non trovò quella della porta d'ingresso, poi allungò la mano, aprì la porta e fece un passo indietro.

Mark lo guardò e strinse le labbra. Girò il pomello, aprì la porta e infilò la testa dentro. «Ehi? C'è qualcuno in casa?» Non sentì alcun rumore dall'interno.

Non poteva essere una cosa buona.

Terrence aspettò fuori, respingendo la richiesta di Mark di raggiungerlo. «È ancora un Paese libero, giusto?» disse a Mark.

Due minuti dopo, Mark uscì di casa, sbattendosi la porta d'ingresso alle spalle e parlando al telefono: «Non so dove diavolo siano andati! Sì, ho ricevuto il messaggio che sono andati al cinema, ma con chi? Non sono andati a piedi. Come faccio a saperlo? Perché, idiota...» Mark scalciò con rabbia un piccolo sasso che saltò lungo il vialetto, «non manca nessuna macchina!»

ArchAngel, Operazioni

Lance chiamò: «Peter, Todd... Un momento, per favore.» I

due Guardiani della Regina attesero mentre la maggior parte dei partecipanti alla riunione li superava.

Dan era lì con il generale.

«Signore?» chiese Peter e Todd annuì.

«Devi assicurarti che i tuoi ragazzi sappiano di stare dietro a chi è corazzato, Peter» gli disse Lance. «Dan può dirti di più, ma forse sarà un'operazione difficile. I vostri uomini sono un po' troppo felici di correre avanti. Tienili stretti questa volta, capito?»

Peter e Todd annuirono e risposero entrambi: «Sì, signore!»

Lago Dulce, New Mexico, USA

Patrick Brown uscì dall'edificio senza pretese e si guardò intorno. L'ingresso principale alle strutture sottostanti si trovava in un vecchio capannone metallico dall'aspetto fatiscente, con i lati ricoperti di ruggine, vicino a una vecchia strada tra gli alberi.

Aveva sostenuto la necessità di chiuderla, ma, di fatto, Ztopik lo aveva scavalcato. Dovevano piazzare un'enorme quantità di esplosivo e, quando avessero visto i primi invasori, li avrebbero lasciati entrare nell'edificio e avrebbero combattuto fino al grande ascensore.

Poi si sarebbero verificati la morte e il caos.

Patrick salutò i tre ragazzi che stavano ancora installando gli esplosivi e si girò per entrare e tornare giù.

Con la fortuna che aveva avuto di recente, sarebbe rimasto bloccato lì quando la RDS sarebbe venuta a trovarli.

ArchAngel, **Reparto Medico**

La dottoressa April Keelson si avvicinò al letto dove riposava Anna Elizabeth. Era guarita, ma era meglio monitorare il consumo di energia dei nanociti per almeno ventiquattroquarantotto ore dopo un evento, se possibile. Inoltre, temeva che Anna potesse avere problemi dopo essere stata colpita.

Il trauma interno agli altri organi era stato grave. Mentre i nanociti di Bethany Anne erano di sicuro tra i migliori, Anna Elizabeth era ancora in pessime condizioni al suo arrivo.

«Come sto oggi, dottore?» chiese Anna con un'espressione annoiata sul volto.

«Vuoi ancora andartene da qui?» chiese April e controllò le letture.

«Ma certo! Mi sento bene» rispose Anna. «Tutto quello che devo fare è sedermi qui e leggere. Al momento sono piuttosto presa dalle letture e...»

«E» tagliò corto Bethany Anne, spaventando entrambe le signore, «tu non riesci a stare ferma quanto me quando credi di stare bene. Il problema» spiegò ad Anna, «è che hai dei nuovi naniti medici dentro di te. Questi naniti utilizzano le vie del sangue per attingere energia dall'Eterico. Questi percorsi alla fine si guastano, e quindi prendono energia dal sangue prima di smettere di funzionare. Questo sottrae energia per uso personale e potrebbe potenzialmente fare più male che bene. Sei fuori dal pericolo peggiore, ma se hai bisogno di energia sei pronta a bere una tazza di sangue?»

La domanda schietta di Bethany Anne colse Anna di sorpresa.

«Hai detto "bere una tazza di sangue?"» chiese, guardando la dottoressa per vedere se confermava ciò che Bethany Anne aveva appena detto.

Purtroppo lo fece.

«Sì» concordò la dottoressa Keelson. «Avrai visto la flebo. Sebbene l'idratazione e le sostanze nutritive siano importanti, è lì per fornire sangue se ne hai bisogno.»

«Ehm...» Anna guardò dal volto della dottoressa a quello di Bethany Anne e viceversa. «Be', posso avere almeno qualcosa da fare?»

April decise che avrebbe usato quella spiegazione la prossima volta che qualcuno avesse voluto lasciare la clinica prima di quanto lei ritenesse prudente.

«Certo» rispose Bethany Anne sorridendo. «Essendo una delle mie nuove assistenti, hai molte cose da recuperare. Ne parleremo più tardi.»

Bethany Anne iniziò ad allontanarsi, poi scomparve.

Anna, con la bocca aperta e gli occhi sconvolti, si rivolse alla dottoressa. «Ha appena detto "assistente"?»

«In effetti è così» confermò April. Frugò nel camice e tirò fuori un foglio di carta da consegnare ad Anna. «Mi ha detto di darti questo se ti fossi svegliata e lei avesse già lasciato la nave.»

Anna aprì il foglio e su di esso, scritto con inchiostro blu, c'era un breve messaggio firmato da Bethany Anne.

Te l'ho detto qualche anno fa, ora lavori per me.

-Bethany Anne

21

ArchAngel, suite personale di Bethany Anne

Bethany Anne strinse le labbra e considerò ciò che la sua gente stava per fare. Se il governo lo avesse scoperto, si sarebbero trovati senza dubbio in contrasto con gli Stati Uniti.

Ne valeva la pena?

Per quanto ADAM e Frank erano riusciti a capire, quell'organizzazione dalla tecnologia avanzata UFO non era nota al governo a nessun livello. Frank aveva sentito delle voci già durante l'amministrazione Truman nel 1947, ma non aveva seguito troppo da vicino le informazioni. Il suo lavoro con il Mondo Sconosciuto era reale, ma l'idea degli alieni era ridicola.

Ebbene, chi era l'ultimo a ridere?

Di certo non Bethany Anne.

Se avessero incontrato una tecnologia superiore a quella della RDS, troppi suoi uomini sarebbero stati uccisi nel raid di quella notte, ma senza conoscere le sfide non potevano decidere di impegnarsi in un bombardamento sul suolo americano in buona coscienza. Inoltre, data la vastità del sistema di caverne sotterranee, non c'era modo di sapere, per il momento, dove si trovassero.

Negli ultimi due giorni avevano trovato i dettagli protettivi esterni e i loro droni non potevano andare oltre. Il Team BMW aveva deciso che sarebbe stato consigliabile un drone organico, ma era impossibile creare qualcosa di abbastanza in fretta per supportarli nell'operazione.

La scelta era quella di entrare di persona o di lasciare l'intera faccenda a un'altra generazione.

Bethany Anne sbuffò.

Sembrava il modo in cui si comportano i politicanti di quasi tutti i paesi che si trovavano laggiù. Votavano per aumentare le tasse e si rifiutavano di affrontare i problemi più difficili che potevano farli dimettere.

«Stronzi del cazzo. Non mi sottrarrò alle decisioni difficili» mormorò entrando nella cabina armadio. «ArchAngel?»

«Sì?»

«Di' agli Stronzi di prepararsi. Di' a mio padre di far scendere le navi e ricorda a quelli della *G'laxix Sphaea* che devono consegnare il deposito di materiale in Europa una volta che hanno finito con Yuko e Akio.»

Bethany Anne si spogliò e prese la tuta. L'armatura aveva quasi tutto ciò che le serviva all'esterno, persino spade speciali e foderi protettivi.

Il cancro non lasciava il sistema in modo pacifico. Quando lo si scopriva, lo si combatteva con le unghie e con i denti. Gli Stati Uniti avevano un cancro e spettava alla sua gente combatterlo.

Indossò gli stivali aderenti, poi fece un passo e scomparve.

***

Bethany Anne uscì dalla sua camera d'arrivo, ormai nota come CT o camera di teletrasporto, per entrare nell'armeria. Non si teletrasportava, ma era diventato un modo di dire per indicare quello che faceva e aveva imparato ad accettarlo. La verità era troppo fastidiosa da imprimere nella testa di tutti.

«Ehi, guardate cosa ha trascinato il gatto!» disse Darryl mentre permetteva a Eric di far scattare in posizione la sua protezione per il petto.

«Troverò un gatto che faccia la pipì nel tuo vestito e chiuderò l'ultima serratura se continui così» replicò lei.

«Ooohhh, *che schifo!*» La faccia di Darryl mostrò quanto quel pensiero fosse di cattivo gusto per lui. «Hai mai *sentito l'odore* della pipì di gatto?» Bethany Anne si batté il naso. «Sì, allora lo sai» le disse scuotendo la testa per cercare di liberarsi del pensiero.

Lei annuì e si avvicinò al baule, abbassando lo sguardo. «Allora è questa, eh?»

«Sì» disse la voce soffocata di Jean da dietro John. Bethany Anne si sporse per vedere Jean sul pavimento con alcuni attrezzi che stava sistemando qualcosa sul ginocchio sinistro di John.

«Problemi?» chiese Bethany Anne.

«Il maledetto secondo turno non è riuscito a resettare una presa nell'ultimo test e non avevamo alcun codice per rilevare il guasto. Devo resettare quindici di queste bellezze prima di poter resettare... il...» Ci fu un forte scatto e poi Bethany Anne vide i perni intorno all'attacco del ginocchio staccarsi, poi ricollegarsi e bloccarsi in posizione. «Ecco! Così impari a prendermi per il culo, mutante metallico» mormorò Jean, poi iniziò a raccogliere i suoi attrezzi e si alzò in piedi.

Jean sorrise come se stesse per sparare con una delle grandi armi che la sua squadra aveva ideato. «Bene, mia Regina, andiamo a vestirti.»

Bethany Anne sogghignò. Bisognava amare una persona che amava il proprio lavoro e che era fatta per quello. Bethany Anne era abbastanza sicura che il nome di Jean Dukes sarebbe stato ammirato in molti mondi.

Se non fossero stati troppo impegnati a insultarla.

. . .

NORAD, USA

Il Comando di Difesa Aerospaziale del Nord America (NORAD) era un'organizzazione binazionale di Stati Uniti e Canada incaricata di svolgere le missioni di allarme e controllo aerospaziale per il Nord America. Negli ultimi quattro anni avevano avuto problemi nei loro tentativi di rintracciare le navi RDS.

Ormai disponevano di strumenti incredibilmente sensibili che, secondo qualcuno, avrebbero potuto trovare un brufolo sul culo di un uccello.

Come sempre, erano in allerta per vedere chi poteva individuare un'incursione RDS. Dal momento che nessun volo richiesto dalla RDS era presente nel rapporto di quella sera, sarebbe stato un fiore all'occhiello per chiunque essere il primo a trovare e confermare un avvicinamento non approvato.

Giorni dopo, i migliori del NORAD avrebbero esaminato le registrazioni di quella sera per capire come avevano fatto a non notare tutta l'attività, perché, a quanto pareva, la RDS non aveva mai cercato di restare fuori dai radar e il NORAD non aveva idea di quanto fosse veramente valido il nuovo anti-radar della RDS.

Il NORAD poteva anche essere in grado di individuare un brufolo sul culo di un uccello, ma a quanto pareva non era riuscito a individuare più di venti enormi navi grandi come container da trasporto che cadevano dallo spazio verso il New Mexico.

Almeno non quando la RDS non voleva.

ArchAngel, cinquecento chilometri sopra il New Mexico

Il generale Lance Reynolds osservava i dati in arrivo dai droni e dalle navi atterrate. C'erano tre zone di atterraggio che dividevano coloro che si dirigevano verso il sistema di caverne. Avevano individuato la probabile entrata principale della base, ma Lance aveva detto a tutti di non concentrarsi su quella posizione. L'ingresso principale sarebbe stato ben difeso o protetto in qualche modo.

Ciò non significava che l'avrebbero ignorato. Al contrario, una volta che il drone avesse confermato i loro sospetti, avrebbero mandato un gruppo molto piccolo a colpire in alto.

Con attenzione.

Venti minuti dopo, ArchAngel verificò i sospetti di Lance. «Generale, i nostri droni ci confermano che ci sono residui di esplosivo fuori dall'ingresso principale.»

«Quanto manca alla porta d'ingresso?» chiese Lance, facendo un cenno a una persona di supporto per far apparire la vista tridimensionale dell'edificio.

«Fino a trentatré metri, signore» rispose ArchAngel. Una linea arancione iniziò a disegnarsi intorno all'ologramma, mentre i droni individuavano il punto in cui era stata portata alla luce nuova terra. Per due volte i droni avevano fiutato sostanze chimiche sconosciute. La miscela era qualcosa per cui ArchAngel non aveva le caratteristiche nel suo database.

«ADAM?» chiamò Lance.

«Sì, signore?» rispose.

«Hai qualcosa su queste due sostanze chimiche sconosciute?» chiese, evidenziando le due righe di dati.

«Un momento, generale» chiese ADAM.

In realtà erano passati quasi due minuti quando ADAM rispose. «Ho parlato con lo scienziato yollin Royleen e ha identificato provvisoriamente quella composizione chimica come un esplosivo usato per le operazioni minerarie. A seconda della quantità, dice di starne lontani almeno un centinaio di metri.»

«Cento cazzo di metri?» Lance era scioccato. «Merda.» Vide ADAM disegnare un cerchio di cento metri intorno a entrambi i bersagli, direttamente sui lati opposti dell'edificio. «Questo ucciderebbe tutto ciò che si trova all'interno dell'edificio e anche all'esterno» commentò.

Lance guardò di nuovo e indicò due aree nell'ologramma. «Scommetto che i droni hanno tralasciato altre due posizioni equidistanti da queste due. In pratica i quattro poli di un cerchio» commentò Lance più che altro a se stesso, ma Arch-Angel lo prese come un comando.

«Controllo, generale» rispose. Meno di un minuto dopo l'IE confermò le due posizioni aggiuntive.

Lance voleva sputare, ma non c'era un posto dove farlo nella sua sala operativa. «Maledizione, se andiamo a bussare a questa porta d'ingresso verrà spazzata via.» Afferrò un sigaro e lo scartò, poi se lo infilò in bocca non acceso per masticarlo.

«ArchAngel, collegami con Dan.»

Ebbe subito Dan in comunicazione. «Qui Dan.»

Lance andò subito al sodo. «Dan, ArchAngel sta scaricando i dati sulle nuove tracce chimiche che abbiamo trovato vicino all'ingresso principale. Assicurati che i droni e gli altri annusatori di sostanze chimiche le conoscano e le segnalino. Royleen dice di stare a cento metri da questa roba.»

«Accidenti, così male?» chiese Dan.

«Sì, e ancora di più per voi ragazzi sottoterra. Dice che sembrano esplosivi da miniera» spiegò Lance.

«Be', cazzo.» rispose Dan. «Capito, e grazie.»

Lance cambiò canale. «Bethany Anne?»

«Eccomi» rispose lei.

«Tempo di arrivo previsto?» chiese. Aveva appena terminato la richiesta quando un timer digitale olografico, con un conto alla rovescia, apparve nella sua sala operativa.

Mancavano due minuti a mezzanotte.

Il capitano Kael-ven T'chmon, Primo del Gruppo Mercenario Yollin "Portatori di Morte" si voltò quando vide Kiel alzare lo sguardo.

Sorrise. Il nuovo progetto di navetta da sbarco di Bethany Anne per la sua gente era molto bello. Teneva conto sia di coloro che indossavano le tute mech sia di coloro che ne erano sprovvisti, come lui. Erano collegati alla suite di comunicazione dell'Impero Eterico e, se fosse stato onesto con se stesso...

Era spaventoso.

Quegli umani conoscevano la guerra, e la conoscevano come una specie progettata dagli dèi per essa. Se quegli umani fossero stati – o potessero essere – costretti a combattere per uno dei sette clan kurtheriani? Be', forse lui e la sua gente dovevano sostenere Bethany Anne.

Perché con la tecnologia kurtheriana non era sicuro di conoscere una specie in grado di batterli anche se tutto il loro mondo fosse stato coinvolto.

Era diventato un problema. Per la sopravvivenza della sua specie, doveva assicurarsi che quella donna fosse in grado di sconfiggere la sua stessa gente?

Kael-ven mise da parte la preoccupazione e si concentrò mentre la nave da trasporto verniciata in cremisi scuro rallentava fino a fermarsi. La nave aveva il disegno del suo teschio di vampiro dipinto sulla fiancata e uno zero accanto a esso.

La porta si aprì e Kiel borbottò una serie di imprecazioni yolliniane particolarmente impressionanti. Bethany Anne saltò giù dall'astronave e i suoi uomini la seguirono, tutti nelle loro tute mech. Le tute non si basavano su motori massicci per la velocità e la potenza come le loro, ma utilizzavano invece motori eterici kurtheriani molto più piccoli, che consentivano di ottenere tute più raffinate.

Kiel si rivolse al suo capitano. «Rinuncerò a tutta la mia paga per questa operazione se mi costruiranno un set.»

Il capitano Kael-ven si rivolse al suo capo militare. «Sei fuori di te?»

Kiel scosse la testa. «Capitano» fece un cenno agli umani, «sono un militare in tutto e per tutto e ho *bisogno* di una di quelle tute.» Alle spalle di Kiel si sentirono mormorii di conferma, mentre i suoi uomini, nelle loro tute, brontolavano. Erano passati dall'essere la Potente Unità Meccanizzata Yollin, con tute e abilità avanzate, a sentirsi come se avessero ricevuto le loro tute meccanizzate dal deposito di astronavi usate sulla terza luna di Asht'rix.

E tutti sapevano che non ci si poteva fidare di nulla che provenisse da Asht'rix senza aver controllato.

Due volte.

«Te l'avevo detto» disse una voce umana maschile da dietro di loro.

Il capitano Kael-ven e i suoi si voltarono e videro Peter e due dei suoi uomini dietro di loro. «Stasera, ragazzi» disse Peter facendo un cenno alle poche donne del gruppo, «e ragazze, scoprirete cosa significa combattere dietro al leader più cazzuto della galassia.»

«Non ti metti una corazza, Guardiano Peter?» chiese Kiel.

«Oh, lo farò» gli disse Peter, «ma non mi fa bene mantenere la forma mutata stando seduto senza far nulla.»

«*Muterai* e poi entrerai in una tuta meccanizzata?» chiese Kiel, scioccato e con le mandibole aperte.

«Kiel» Peter scosse la testa, «come diavolo pensi che io pensi di stare al passo con la mia regina?» Si mise a ridere. «Amico, stai per partecipare all'operazione della tua vita. Fidati di me.»

Peter iniziò a spogliarsi e i due ragazzi accanto a lui aprirono le valigie che avevano portato. «Lei è qui, quindi non cercherò di uscire dal seminato adesso.» Ruotò il collo verso sinistra e qualcosa scattò. Fece la stessa cosa a destra. Poi la sua voce diventò più profonda. «È ora di combattere i nemici della mia *REGINA!*»

Kiel voleva fare un passo indietro quando l'enorme Pricolici gli si parò davanti all'improvviso, con i suoi occhi penetranti e gialli nella penombra, che lo osservavano come una preda.

I due uomini accanto a Peter iniziarono subito a tirare fuori i componenti e a sistemare il Pricolici, che aspettava con impazienza che gli mettessero addosso la tuta.

Kiel osservò gli uomini di Peter mentre gli mettevano addosso l'armatura, poi si rivolse al suo capitano come per dire: «Anche a *lui* spetta l'armatura speciale!»

Peter aveva iniziato a ringhiare quando un altro ringhio, più profondo, si udì dalle sue spalle. «Peterrr!» La voce di Nathan era profonda e maligna. Già nella sua forma, entrò nel cerchio. Nella sua tuta mech nera con un'impronta di zampa sul pettorale sinistro, terminò la sua minaccia: «Ferrrmati o ti ferrr-merrrò io.»

Peter smise di ringhiare quando gli ultimi tre pezzi dell'armatura furono bloccati al loro posto e si chinò per farsi mettere il casco.

Bethany Anne, senza casco, si avvicinò con la sua squadra e Dan la seguì. «I miei Mercenari Yollin sono pronti?» Nei suoi occhi c'era una scintilla di divertimento.

«No» rispose il capitano Kael-ven. «Sembra che ci sia un po' di invidia per le tute mech, e che le loro menti non siano concentrate sull'operazione.»

Bethany Anne strinse le labbra. «Terminiamo questa operazione e, a seconda di come vi comporterete, parleremo, capitano Kael-ven. Stupitemi e miglioreremo le vostre tute.» Annuì a lui e ai suoi uomini, poi lei e la sua squadra continuarono a camminare verso l'ingresso della grande caverna.

Dan si fermò accanto al capitano Kael-Ven mentre gli yollin seguivano Bethany Anne e i due Pricolici nell'oscurità.

Kael-ven abbassò lo sguardo su Dan. «Ha appena preso il cuore della mia gente?» chiese mentre notava che la sua squadra stava un po' più dritta e forse ascoltava con un po' più di attenzione.

«Sì» rispose Dan. «Benvenuto nel mio mondo, Kael-ven.»

Ztopik non si era mai adattato al ciclo di veglia e sonno di quegli umani. Poteva passare giorni interi sveglio per le sue ricerche, per poi andare a dormire per lo stesso tempo una volta terminate.

Il suo corpo richiedeva un rapporto di sonno/veglia di circa uno su cinque. Per lui non si trattava tanto di dormire quanto di ridurre i processi mentali in modo da permettere alla mente di riposare. Abbassava le luci e sceglieva un problema semplice su cui riflettere, mentre passava il tempo a ripristinare l'energia necessaria al suo cervello per funzionare in modo efficiente.

Aiutare gli umani con la trappola di sopra era stato un po' impegnativo, dato che non lavorava con quel tipo di scienza da molto tempo. Purtroppo, aveva dovuto mescolare le sostanze chimiche. Se avesse cercato di usare gli schiavi per farlo, c'era una buona probabilità che avrebbe distrutto una stanza perfettamente utilizzabile nel suo livello all'interno della base.

In tal caso, avrebbe dovuto subire altri umani nel suo dominio e quello sarebbe stato... sgradevole.

Creavano sempre problemi e l'ultima volta che alcuni di loro avevano lavorato al livello sei era stato necessario un evento di sterminio per un quarto dei suoi schiavi e per altri sessanta umani.

Uno spreco di buoni schiavi, da non ripetere se poteva evitarlo.

Una volta superato il problema della potenziale minaccia, avrebbe dovuto prendere in considerazione la sostituzione di Patrick Brown e Eva Hocks.

La loro efficacia negli ultimi anni era diminuita, e la situazione attuale con la RDS ne era un esempio lampante. Non si poteva permettere che Patrick nascondesse informazioni di cui

Ztopik aveva bisogno per portare avanti i suoi piani.

Ztopik girò la pagina e finì di scrivere i suoi pensieri. Pochi istanti dopo, smise di scrivere e osservò l'inchiostro svanire. Le informazioni erano ormai memorizzate nel cristallo secondario e potevano essere riviste in qualsiasi momento.

Posò lo strumento di scrittura e iniziò a camminare verso l'uscita. A pochi passi dalla porta, sentì un segnale acustico.

Ztopik si voltò lentamente e le sue labbra si unirono.

Gli allarmi erano scattati per i livelli inferiori, non per quelli superiori.

22

«Ti dico che sento un odore strano» disse Sadhi a Ken mentre i due si facevano strada a sinistra intorno a un grande affioramento con il resto della squadra dietro di loro. La luce minima proiettata dai loro elmetti era tutto ciò che serviva per aiutare i due Wechselbalg a vedere bene nel buio.

Ken alzò una mano e il suo gruppo di sei si fermò. Respirò profondamente un paio di volte. Non voleva fermarsi proprio in quel momento. Dopo la lavata di capo che lui e Sadhi avevano ricevuto da Peter per non aver riconosciuto la regina, sperava davvero di fare una buona impressione in quell'operazione.

Essere codardi e saltare a ogni minimo rumore o sensazione negativa non li avrebbe portati alla base.

Tirò fuori il suo tablet e toccò il comando per far arrivare un drone nella loro zona e controllare i cento metri successivi.

Essere morti non li avrebbe portati alla base. Fece loro un segnale con la mano e tutti presero posizione guardando fuori. Pochi istanti dopo, tre del gruppo girarono la testa quando un piccolo insetto li superò per controllare il percorso.

I secondi sembravano scorrere veloci per Ken, che stava dubitando della la propria decisione quando il suo tablet vibrò. La mappa del suo percorso era stata aggiornata. Lui e la sua squadra erano stati dirottati sul percorso originale e l'area davanti a loro era stata delimitata con il simbolo del teschio e delle ossa incrociate.

Fece scivolare di nuovo il tablet nella tasca. «Sadhi!»

«Signore?» fu la risposta.

«Tu e il tuo cazzo di naso d'oro andate davanti. Hai appena salvato tutte le nostre maledette vite.» Ken disse al resto del gruppo: «Continuiamo ad andare avanti, ma Sadhi resta ad annusare in prima fila. Ci sono esplosivi davanti a noi, gente.»

Bethany Anne e la sua squadra saltarono da un luogo all'altro lungo il loro ingresso. Aveva deciso, nonostante le obiezioni di quasi tutti, che lei e gli Stronzi sarebbero andati per primi. Dan inviò diversi droni davanti alla sua squadra e altri restarono con loro.

Non era possibile che il personale della base si accorgesse del suo arrivo, e quello era il suo piano. Se avevano risorse militari, le persone nelle tute mech avevano le migliori possibilità di sopravvivere.

«Kiel!» sibilò Bo'cha'tien attraverso il comunicatore della sua tuta personale. «Questa donna è pazza!» Rise mentre saltavano su un grande pozzo. Le luci delle loro tute permettevano loro di vedere nella grotta completamente buia come se fosse il crepuscolo.

I due yollin erano i più vicini ai cinque umani davanti a loro. La squadra stava correndo attraverso il sistema di caverne come i kolleen sui cristalli di Th'Reek. I due Pricolici erano poco più avanti e ai loro lati. A quanto pareva, erano l'ondata numero due.

«Sì!» rispose Kiel, con un'esultanza nella voce. «Peter aveva detto che avremmo dovuto tenere il passo, e io pensavo che dicesse una piccola bugia!» Kiel guardò il sentiero davanti a sé. La grotta si apriva più ampia e aveva un tetto molto più alto. Aumentò la potenza e si lanciò, superando facilmente una sezione di venti metri del sentiero e scavalcando i due Pricolici, che ringhiarono di fastidio per la sua avanzata improvvisa.

Bo'cha'tien rise e disse: «Questo è barare!»

Kiel non rispose, concentrandosi solo sul mantenimento della velocità mentre sfrecciavano dietro una curva. Si fidava del fatto che chi lo precedeva lo avvertisse dei problemi che lo attendevano.

Era il momento di gareggiare!

«Preparati alla guerra, Bo'cha'tien, perché ci affrettiamo a prenderla nella nostra morsa e a strangolare coloro che non si arrenderanno a noi!» Kiel scivolò su una roccia e la sua tuta rimbalzò con violenza sulla parete. Per rimettersi in carreggiata, si afferrò a un pilastro di roccia alla sua sinistra, ma Peter lo aveva raggiunto.

«Te l'avevooo detttoo, Kieellll!» Il mostro nerboruto accanto a lui rise. «Noi dobbiamo essere guerrieri e correre verso ciò per cui siamo *nati!*»

Tutti gli esseri nelle loro tute meccaniche udirono l'urlo di gioia di Bethany Anne mentre si precipitavano nelle caverne: «Raggiungetemi, gente mia, perché oggi *prenderemo a calci tutti i culi che vedremo!*»

«*COSA DIAVOLO CI STA VENENDO ADDOSSO?*» urlò Patrick attraverso il collegamento video nella sua sala operativa a Ztopik, che non aveva mai lasciato la sua.

«Le tue urla, capo delle operazioni Patrick, non favoriscono una leadership efficace» rispose Ztopik in modo brusco. Stava osservando la squadra di Bethany Anne avvicinarsi, il sistema registrava la loro posizione approssimativa dai calcoli sismici e da occasionali frammenti di video.

I laser del sistema erano inutili. Avevano a malapena il tempo di sparare uno, forse due colpi prima che qualcosa li facesse fuori.

«Porta i tuoi uomini al livello inferiore, capo delle operazioni Patrick, o non avremo nessuno a proteggerci dal basso» comandò Ztopik.

«Come diavolo fanno a conoscere le grotte?» si lamentò Patrick, trattenendosi dall'urlare per la frustrazione. «Avremmo visto qualsiasi umano o...»

La voce di Patrick si abbassò. Ztopik supponeva che Patrick avesse individuato una possibilità. Per Ztopik, il "come" non aveva importanza a quel punto.

Era così e basta.

Non si discuteva con la realtà, non quando la prova veniva direttamente verso di loro.

«Dovremmo riportare indietro l'XJ-02?» chiese Patrick.

«No» rispose Ztopik. «Se avremo bisogno di supporto dall'alto, loro saranno lì per voi. Dubito che questo gruppo non abbia previsto di combattere le navi all'interno delle caverne.»

Patrick odiava chiedere aiuto a Ztopik, ma doveva ammettere di aver condotto una lotta silenziosa con la RDS negli ultimi anni.

E il suo fallimento lo stava guardando in faccia, mentre la RDS correva attraverso il sistema di caverne dritto verso di lui.

Ztopik inviò un comando mentale, poi disse a Patrick: «Fornirò supporto. Di' ai tuoi uomini di non interferire con i miei Grigi.»

Patrick annuì e Ztopik chiuse il collegamento.

«Abbiamo delle luci davanti a noi» annunciò Bethany Anne. «È ora di volare, gente.»

Dopo aver fatto del loro meglio per far scattare le trappole sul loro cammino, Bethany Anne e la sua squadra rallentarono fino a fermarsi per aspettare che i Pricolici e gli yollin li raggiungessero. Quando arrivarono, Bethany Anne chiese a Kiel: «Usate anche voi questa tattica?»

«Questo saltare?» chiese Kiel. «No. Le nostre tute sono di solito più avanzate di quelle dei nemici che combattiamo, quindi non abbiamo mai dovuto farlo.»

«Be', abbiamo un nemico di abilità sconosciuta e un altro alieno da qualche parte lì dentro» ribatté Bethany Anne. «Voglio che si preoccupi.»

Bo'cha'tien sorrise. «Vuoi che pensi che gli yollin stiano attaccando?» Gli occhi della femmina yollin si restrinsero. Le piaceva il fatto che sarebbero stati i primi a farsi vedere.

«Diavolo, sì, quindi voi arriverete per primi. Cominciate a fare casino per attirare la loro attenzione. Quando avremo abbastanza difensori in vista, vi scavalcheremo e ci caleremo dentro.»

«Cosa facciamo noi a quel punto?» chiese Kiel.

«Quelllo che abbiamo intennnnzione di farrre per tutta la notte» rispose Peter. «Metterrrci in pariii.»

Sopra tutti coloro che portavano l'armatura arrivarono dei dischi rotondi, ciascuno con due sbarre sul fondo. Man mano che i dischi si posizionavano sopra le persone, quelle alzavano le braccia e afferravano le barre. I comandi erano semplici.

Bethany Anne si guardò intorno. «È ora di guadagnare i vostri soldi, Portatori di Morte!»

Con un cinguettio vibrante, i sei yollin si alzarono in volo e si diressero verso la grande area pianeggiante davanti a loro.

«Pronti, ragazzi?» chiese Bethany Anne, guardandosi intorno. E aggiunse: «E Nathan.»

La sua risata gutturale si riverberò sulle pareti rocciose

mentre altri sette corpi rivestiti di armatura si sollevavano nell'oscurità della caverna.

Il volto di Patrick riapparve sullo schermo di Ztopik. «Cosa sono *quelli*, Ztopik?» La sua voce era per metà arrabbiata e per metà frustrata, perché il nemico era ora sotto gli occhi delle loro potenti videocamere.

E Patrick non aveva idea di cosa ci fosse nelle grandi tute meccanizzate, evidentemente non umane, mentre scendevano proprio fuori dal campo di atterraggio.

La conversazione iniziale con gli alieni non lasciava adito a dubbi. Avevano sguainato le armi e iniziato a sparare a tutto ciò che sembrava di valore.

Non erano lì per fare i bravi.

«Quelli» rispose Ztopik, inondando di rabbia la sua voce accuratamente educata, «sono yollin!»

La sua mente correva. Ztopik non riusciva a capire come gli yollin potessero attaccarli, o addirittura perché lo facessero. Avrebbero dovuto avere cinquanta navi in orbita e consegnare semplicemente un ultimatum.

Patrick impartì i comandi a un altro schermo e Ztopik poté ora sentire il rumore del fuoco delle armi normali degli uomini che Patrick aveva frettolosamente spostato ai livelli inferiori.

«Quelle armi non serviranno a nulla contro gli yollin.» Ztopik fece una pausa, inviando comandi mentali ai suoi schiavi. «I miei Grigi stanno arrivando ora. Pareggeranno la battaglia.»

Il continuo tintinnio di proiettili che colpivano la tuta di Kiel era maledettamente fastidioso, ma i proiettili non rappresentavano un pericolo per lui o per i suoi. Ogni volta che si presentava un volto, una gamba o un braccio, una mezza dozzina di proiettili lo faceva saltare in aria o danneggiava l'area in cui si trovava.

Bo'cha'tien parlò in privato: «Perché ci stiamo nascondendo?»

«Perché ce lo ha detto il nostro datore di lavoro, Bo'cha'tien» rispose Kiel.

«Be', io penso che sia una cosa stupida» replicò lei. «È ovvio che questi umani non hanno nulla che possa farci del male. Guarda!»

Kiel si voltò in tempo per vedere Bo'cha'tien saltare fuori da dietro la sua protezione e iniziare a sparare a caso. Portò via l'attenzione da Kiel e il pesante ticchettio dei proiettili sulla sua armatura si attenuò. L'ordine a Bo'cha tien di tornare alla sua protezione andò perso quando lei urlò dall'altoparlante.

«Mangiate il plasma di yollin e morite, *figli di puttana!*»

Sam Bollard era incazzato. Nonostante il suo proiettile più pesante, il suo M14 non faceva un cazzo a quegli alieni, ma al momento era tutto quello che aveva. I bastardi alieni erano rimasti dietro gli affioramenti appena fuori dall'area di atterraggio appiattita e il loro fuoco di risposta aveva già ucciso tre dei suoi uomini.

Poi, uno degli alieni saltò fuori e cominciò a sparare pesanti proiettili di merda calda ovunque. Iniziò a cinguettare attraverso un altoparlante sulla sua tuta. Nessuno riusciva a capire nulla, tranne le due parole alla fine.

Greg gli urlò: «Quell'alieno ha appena detto "morite figli di puttana"?»

«Sì!» confermò Sam. «Chi cazzo gli sta insegnando l'inglese?»

Goowek inviò il comando: «Mettete tutti i dispositivi di debilitazione alla massima potenza. Non stiamo acquisendo esemplari. Ci è stato ordinato di uccidere questi yollin.»

I cinque Grigi con lui controllarono le loro armi e portarono ciascuna delle tre impostazioni al massimo. Avevano meno colpi...

Ognuno di essi sarebbe potente.

Quando l'ascensore si aprì, Goowek e la sua squadra uscirono. Si riversarono in un breve corridoio che conduceva alla grotta di atterraggio, dove due uomini stavano usando le loro armi dall'uscita. Lui e i suoi non erano veloci, ma ciò che mancava loro in velocità...

Lo compensavano con la potenza di fuoco.

Si diresse con calma verso l'apertura.

«*HAHAHAHAHA...* Baciatemi il culo yollin, coniglietti rosa senza peli!» urlò Bo'cha'tien, sparando altri due colpi verso la grande roccia dietro la quale si nascondevano due degli uomini.

La voce di Bethany Anne giunse attraverso il sistema. «Arrivano degli alieni, arrivano degli *alieni*!»

Kiel si girò per guardare e vide un basso Zeta Reticulano uscire allo scoperto proprio all'interno di uno degli ingressi. Alzò la mano e prese la mira, poi...

«Bo'cha'tien, attenta!» gridò. Aumentò la sua potenza e si sollevò da terra. Il tempo sembrò fermarsi mentre saltava verso le gambe di Bo'cha'tien. Riuscì a vedere la luminosità alla sua sinistra prima che la sua visiera si oscurasse.

Ztopik guardò lo schermo per monitorare ciò che stava accadendo. Uno yollin se ne stava lì ad accettare il fuoco delle armi umane e a giocare con gli umani, poi un altro saltò verso quello allo scoperto.

Ztopik calcolò i tempi e si interrogò sul risultato.

«Arrivano degli alieni, arrivano degli *alieni!*» disse il comunicatore di Bo'cha'tien. Si guardò intorno, sorpresa di sentire la voce di Bethany Anne, e poi vide lo Zeta Reticulano. Era un Grigio basso, con l'occhio smagliante che puntava...

«Oh, merda!»

A volte gli esseri umani avevano le parole migliori per una situazione. Aveva già usato "figlio di puttana" e ora doveva cancellare anche "merda".

Il suo desiderio di uscire e di mettersi alla prova l'aveva fatta uccidere alla fine.

Fanculo alla mia vita.

Iniziò a girare la pistola, perché non si sapeva mai. Forse l'avrebbero mancata. Forse...

BAM!

Il suo corpo schizzò di lato con violenza, dopo essere stato colpito da qualcosa sulla sinistra. In quel momento gli allarmi delle tute diventarono tutti gialli e rossi.

Prima di perdere i sensi, notò che il suo braccio sinistro era indicato come rosso e attraversato da un segno.

Le droghe colpirono il suo sistema e impedirono al suo corpo di andare in shock; ebbe un pensiero passeggero mentre i suoi sensi si affievolivano.

«Ho perso il braccio.»

«Muovetevi, Stronzi.» Il comando proveniva da Bethany Anne, e lei e la sua squadra, che erano rimasti fermi in cima alla caverna, fuori dalla vista, scesero veloci attraverso i trasporti a gravità. A sei metri dal pavimento si lasciarono andare.

Sette corpi racchiusi nelle armature meccanizzate più avanzate del mondo caddero in mezzo ai difensori, con Bethany Anne che atterrò proprio a lato dell'apertura del corridoio.

Goowek aveva guardato per vedere se poteva sparare di nuovo ai due yollin che erano scomparsi dietro la roccia alla sua sinistra, dato che non aveva abbastanza potenza per sparare indiscriminatamente.

Ebbe appena il tempo di notare la persona con l'armatura rossa prima che la sua testa esplodesse.

Pochi secondi dopo, anche i suoi cinque membri della squadra erano stati presi di mira e uccisi.

«Kiel!» chiamò Bethany Anne.

«Qui» rispose la sua voce attraverso il comunicatore.

«Come sta Bo'cha'tien?» chiese lei. Guardò alla sua sinistra, dove un uomo stava estraendo una pistola per spararle, così gliela prese di mano. Accartocciandola, la gettò via. Lui tornò a prendere il fucile che aveva usato un attimo prima e lei si abbassò per afferrargli la gamba. Emise un comando e un pezzo si separò. Usò la wakizashi, a misura di armatura, per tagliare la testa dell'uomo prima di riporre la spada. «Stupido idiota» mormorò mentre si dirigeva verso l'ascensore.

Kiel rispose. «Sopravviverà, ma l'arma le ha disintegrato tutto il braccio.»

«Sul serio?» Bethany Anne tornò verso il primo alieno, poi raccolse l'arma che aveva usato e la spinse nell'Eterico.

Passando accanto agli altri cinque corpi, raccolse tutte le loro armi e spinse anch'esse nello stesso luogo. Meglio non lasciare quella tecnologia in giro.

«Gente» disse via radio, «i piccoletti Grigi hanno qualcosa che vi disintegrerà, quindi se ne vedete uno abbattetelo in fretta.

Prendete l'arma, però. Le voglio per la ricerca e sviluppo.» Passò al canale di comando. «Hai capito, Dan?»

La voce di Dan tornò a farsi sentire: «Attenti ai piccoli Grigi, le loro armi vi atomizzeranno.»

«Esatto. E abbiamo una yollin a terra. Le manca un braccio» disse Bethany Anne informando tutti. «Quindi, diamoci da fare, ma assicuratevi che tutti siano super attenti.»

«John ne sarà particolarmente felice» commentò Dan.

Bethany Anne ci pensò su. «Sai, non è un cattivo suggerimento.»

Lui concordava. «Lo so. È per questo che mi paghi tanto, Bethany Anne.»

Guardò i suoi ragazzi che si prendevano qualche momento per controllare tutto e rimettere insieme le loro cose. «D'accordo, porta su le squadre, Dan.»

«Abbiamo un problema con l'ingresso tre» le disse.

«Quale problema?»

«I loro percorsi sono completamente bloccati dagli esplosivi. Li stiamo facendo uscire, stiamo montando una barriera di puck e li stiamo spostando all'ingresso due in questo momento, ma saranno indietro di un paio di minuti.»

«Ci sono novità sulle capsule che stanno arrivando per copertura?»

«No, c'è ancora qualcosa che manda in tilt i computer delle casule. Finché non smette, siamo bloccati.»

Bethany Anne guardò l'ascensore. «È come quella maledetta scena di Guerre Stellari in cui dobbiamo spegnere il raggio traente» sbuffò. «Va bene, continuate a farli arrivare. Dobbiamo occuparci di questo ascensore.»

«Buona fortuna» rispose Dan e chiuse la connessione.

Bethany Anne guardò i suoi ragazzi. «Chi si sente fortunato?»

Tutti i ragazzi si guardarono l'un l'altro quando Kiel si avvicinò. Fantastico, ora aveva sette maschi di due specie che la guardavano.

«D'accordo, chi vuole offrirsi volontario faccia un passo avanti» disse.

Sei serie di piedi fecero un passo indietro.

Kiel si voltò e guardò alle sue spalle. I ragazzi stavano tutti sorridendo e lui si voltò per vedere anche Bethany Anne che gli sorrideva.

Solo che... il suo sorriso sembrava solo un po' malizioso.

Kiel guardò i suoi piedi e poi quelli degli altri e si rese conto di essere davanti a tutti. Si voltò di nuovo verso Bethany Anne. «Voglio che sia registrato che sono stato fregato.»

Bethany Anne lo raggiunse. «Mi dispiace. Posso portarne solo uno con me, e tu ti sei appena offerto volontario.»

«Portami dov...» disse lo Yollin prima che entrambi scomparissero.

Gli umani risero piano nell'improvviso silenzio prima di sparpagliarsi per assicurarsi che nessuno li cogliesse di sorpresa.

23

La sala operativa della MJ-12 era piena di gente. Patrick aveva una squadra che controllava tutte le telecamere, ma si concentrava soprattutto su quelle che mostravano l'ascensore e la tromba in cui scorreva. Altri suoi collaboratori erano impegnati a preparare gli esplosivi da lanciarvi dentro.

La discesa finale verso il campo di atterraggio inferiore attraversava centoventi metri di roccia quasi inespugnabile.

Gli occhi di Patrick si restrinsero e premette i pulsanti per scorrere i flussi video provenienti dall'esterno. Finora la RDS aveva distrutto dodici telecamere, ma ne aveva ancora quattro in funzione.

Per quanto ne sapeva, la RDS non aveva portato con sé alcun dispositivo in grado di scavare nella roccia. Sobbalzò un po' quando il flusso video che stava guardando diventò improvvisamente statico.

Tre videocamere ancora in funzione.

Strinse i denti. Avevano fatto dei preparativi difensivi in alto, ma non abbastanza in basso. Erano tra l'incudine e il martello e l'ultima scelta che aveva era quella di chiamare l'esercito americano.

Ma se lo avesse fatto, sarebbero stati fregati una seconda volta. Alcuni, o addirittura la maggior parte dei suoi uomini, sarebbero potuti scappare, ma non c'era modo di permettere agli esperimenti della sezione due di andarsene.

O addirittura di essere trovati.

Patrick stava guardando il flusso video della squadra che lavorava alla trappola esplosiva nella tromba dell'ascensore quando il suo cervello non riuscì... no, non *osava* credere a ciò che gli occhi gli stavano dicendo.

<u>Eterico</u>

«Cosa... è questo posto?» chiese Kiel, osservando il paesaggio grigio e amorfo. La luce era abbastanza intensa, ma a causa della fitta nebbia non riusciva a vedere. Anche i sensori della sua tuta mech non lo aiutavano.

«Seguimi» gli disse, e poi rispose parlando sopra la spalla. «Questa è la dimensione eterica. Non possiamo viaggiare troppo lontano, perché tra noi due l'energia per trasferire tutto questo metallo mi prosciuga a ogni maledetto passo che facciamo.» Kiel poteva già sentirla respirare più forte.

«Dove stiamo andando e quanto è lontano?» chiese Kiel guardandosi intorno, cercando di farsi un'idea di dove si trovasse.

«Che cazzo ne so, ma è meglio che non sia troppo lontano.» Lei si fermò e si sporse un po' in avanti, poi proseguirono per altri cinque passi prima che lei si fermasse e si sporgesse di nuovo in avanti.

«Cosa stai facendo?» chiese infine Kiel.

«Guardo dall'interno della tromba dell'ascensore per capire se siamo già a un piano» rispose e poi riprese a camminare. Lo fece altre tre volte prima di fare una pausa più lunga. «Oh... Be', questo è proprio da maleducati.»

«Cosa?» chiese Kiel.

Bethany Anne alzò lo sguardo e si guardò intorno prima di tornare da lui. «Prendimi per mano e fai tre passi con me.»

Kiel afferrò piano la mano della tuta mech di Bethany Annee si mise a camminare con i suoi passi più corti. Lei continuò a tenergli la mano e si chinò di nuovo in avanti. «Oh, sarà delizioso» mormorò.

«Hai intenzione di mangiare qualcosa?» chiese Kiel.

«Cosa?» Si raddrizzò. «No. Almeno spero di no. Ho bisogno che tu vada a occuparti di alcuni umani nel mondo reale.» Si guardò intorno. «Devo riposare per qualche minuto e recuperare le energie. Mi dispiace dirtelo, ma sei una vera e propria tonnellata di energia aliena da trascinare attraverso l'Eterico.» Si girò verso di lui. «Sei pronto a diventare uno spaventoso mercenario alieno e a uccidere un po' di gente?

Eric e Darryl erano in piedi vicino all'ascensore quando entrambi si voltarono all'unisono verso di esso.

«Hai sentito?» chiese Eric e Darryl confermò.

«Urla, grida e qualche...» Darryl smise di parlare. Un urlo di terrore sembrava avvicinarsi in fretta.

Il tonfo improvviso fu forte e chiaro per entrambi. Darryl sembrava inquieto.

Qualcuno aveva appena deciso di cadere nella tromba dell'ascensore.

Darryl chiamò via radio. «Ehi, gente, credo che la squadra Bethany Anne ci abbia appena comunicato che stanno liberando il sentiero sopra di noi.»

Peter si avvicinò a loro e annusò l'aria. «Morti freschi. Non ci lascerà nessuno.» Fece un enorme sospiro di frustrazione. «Perché non mi sono fatto avanti?»

Kiel cercava di prendere con filosofia quelle nuove esperienze, anche quando lei gli disse di fare un passo avanti e lui passò dalla nebbia eterica all'interno di una base, in un corridoio scavato nella roccia.

Davanti a lui c'erano sette umani schierati intorno alla porta aperta dell'ascensore. Poteva vedere la tromba vuota al di là. Fece un passo e afferrò il braccio destro di un uomo con un fucile. Quando lo lanciò in avanti, il corpo volante fece cadere un uomo vicino all'entrata dell'ascensore. Il corpo proseguì attraverso l'apertura e sbatté contro la parete più lontana della tromba dell'ascensore. Kiel poté sentirlo urlare mentre cadeva, finché il suo arresto improvviso non mise fine alle sue preoccupazioni.

Per sempre.

Kiel aumentò l'energia della sua tuta e nel giro di sette virgola due secondi umani fu colpito da quarantadue proiettili, tre dei quali rimbalzarono e colpirono altri umani. Per lui non era un problema. Tre umani erano morti per lo schiacciamento del cranio, due per lo schiacciamento del torace e un braccio si era staccato quando si era dimenticato di riabbassare la potenza della tuta prima di lanciarlo. Si ricordò di una frase che aveva usato uno degli uomini di Bethany Anne e la mormorò mentre gettava via il braccio. «Ops, colpa mia.»

L'umano urlava mentre giaceva a terra, così Kiel gli diede un calcio in testa per farlo tacere. Poi, all'interno del casco, fece una smorfia quando si ritrovò con un cervello all'estremità del piede della sua tuta mech.

«Gahh!» Fece un passo e sentì la materia organica tra lo stivale e il pavimento per un paio di passi, prima che venisse via. «Devo ricordarmi che quelle teste sono croccanti all'esterno ma carnose all'interno.»

Gli occhi si aprirono quando un braccio apparve dal nulla davanti a lui e lo spinse all'indietro.

Atterrò di nuovo sul sedere nella nebbia eterica.

«Bel lavoro, ora vieni con me. Ho trovato la loro sala operativa.» Bethany Anne iniziò a camminare in una direzione diversa da quella precedente. I suoi passi sembravano un po' più lenti.

Kiel si alzò e camminò con lei. Un segnale acustico lo avvertì che la sua energia era scesa del cinquanta per cento.

Sembrava che energia di *lei* non fosse l'unica cosa che l'Eterico prosciugava.

Patrick stava fissando le immagini quando la schiena di un aggressore yollin apparve al centro del video.

«Ma che cazzo?» Sobbalzò quando vide il combattente afferrare Greg Humble e gettarlo nella tromba dell'ascensore. Greg scomparve.

Gli altoparlanti emisero il suono degli spari e le urla degli uomini che si voltavano per combattere l'alieno che in qualche modo era arrivato alle loro spalle.

In pochi secondi era tutto finito. Lo yollin colpì Jay Biers con un calcio in testa e gli fracassò il cranio. Mentre si dirigeva verso la videocamera, apparve un braccio e l'alieno cadde all'indietro, poi scomparve. Patrick poteva vedere solo i corpi morti nel corridoio fuori dall'ascensore.

«Kenny!» urlò. Sentendo la risposta dell'altro, ordinò: «Chiudete questa stanza!» Aprì il primo cassetto della scrivania e lo richiuse, aprendo di corsa il secondo. Tirò fuori un contenitore di metallo grigio-argento con un posto per il pollice. Quando premette la serratura, quella diventò verde e lui usò entrambe le mani per aprire la scatola. Con la scatola ancora nella mano destra, estrasse il regalo di Ztopik per lui.

La sua arma Zeta. Posò la scatola sulla scrivania e si girò verso la porta, tenendo d'occhio le telecamere nel caso in cui l'alieno avesse attaccato da qualche altra parte.

Bethany Anne era protesa in avanti. «Sì, questo è il posto giusto.» Si tirò indietro e si sedette prima di sdraiarsi definitivamente a terra. Si avvicinò e sganciò il casco, togliendolo.

Kiel fu sorpreso nel vedere che il suo viso aveva perso gran parte del suo colore. La sua pelle era ora quasi del colore delle ossa sbiancate dal sole di molte stagioni.

«Cosa posso fare?» chiese Kiel, preoccupato che stesse per morire. Se così fosse, come avrebbe fatto a spiegarlo al resto della squadra?

Diavolo, come avrebbe fatto a uscire da quella dimensione? Sganciò il casco e se lo tolse, annusando l'aria.

«Dammi ancora qualche secondo. In questo momento sto a malapena assorbendo energia. Se puoi spegnere i tuoi sistemi, fallo. Ho bisogno di energia sufficiente per farti passare, poi devi restare in vita abbastanza a lungo da permettermi di entrare e aiutarti.»

«Perché non dovrei essere vivo?» chiese Kiel, spegnendo i sistemi inutili della sua tuta.

«Questa è la sala operativa» gli disse. «Ci sono molte persone lì dentro. Probabilmente non ci sono tanti fucili, ma sono sicuro che ci sono molte pistole e personale di alto livello.»

Chiuse gli occhi per un attimo, poi fece un respiro profondo e si alzò in piedi: «Se qualcuno avrà delle armi che non ci piacciono, saranno loro.»

Kiel considerò le sue opzioni. «Quanto è grande la stanza?» Glielo disse, e lui disattivò la capacità di saltare in alto e scaricò di nuovo l'energia da quei condensatori nella sua pistola al plasma. «Ti serve qualcuna delle macchine che ci sono lì dentro?»

Rimase in silenzio per un momento. «Sì, probabilmente.»

Le due appendici dello yollin, simili a mandibole, si girarono verso l'interno nella parte superiore, poi si raddrizzarono. Scaricò l'energia dalle pistole al plasma e guardò la sua scorta di proiettili cinetici. «Quante persone?»

Fece una pausa, si sporse in avanti, poi si tirò indietro e rispose: «Circa quarantadue.»

«Mi restano settanta cinetiche» le disse e tirò fuori la pistola, scambiando il caricatore con una carica completa.

«Non sprecare i colpi» gli consigliò.

Per fortuna, Kiel riuscì a trattenere la sua risposta. Non era sicuro di cosa le avrebbe detto il software di traduzione, ma nella sua lingua era maledettamente irrispettoso. Decise invece di annuire verso di lei.

Lei si rimise il casco e lui la seguì. «Facciamolo.»

«Un secondo» disse lei. Lui le voltò le spalle. «Bene, io faccio un piccolo passo e tu spingi, giusto?»

«Sì» confermò lei. «Uscirai in un angolo della stanza dove non ci sono persone o mobili. Guarderò a destra prima di spingerti. Saranno tutti di fronte e alla tua sinistra, credo.»

«Tu credi?» Kiel sogghignò.

Lei abbaiò: «Vai!»

La prima persona a morire davanti a Patrick fu Michael Shanks. La sua testa si frantumò, ricoprendo di sangue e materia cerebrale coloro che lo circondavano.

Quelli che erano stati colpiti ma non erano morti iniziarono a urlare, mentre Patrick si lasciava cadere e scrutava la stanza. Un alieno nell'angolo in fondo a sinistra della stanza stava sparando con calma ai suoi uomini.

Patrick tolse la sicura al suo disintegratore e lo puntò contro l'alieno, che si stava girando verso di lui.

Ci sarebbe stata una sola possibilità di fare bene questo scatto.

«*FANCULOOO!*» urlò Patrick, ma poi fu il suo turno di urlare di dolore quando una spada gli tagliò il braccio. Il raggio disintegratore staccò un pezzo del soffitto di roccia tra lui e l'alieno.

Patrick ebbe appena il tempo di accorgersi che il braccio era sparito prima che un proiettile cinetico di metallo gli attraversasse il petto, scaraventando il suo corpo ormai morto come una bambola di pezza sulla scrivania dietro di lui.

«Qui BA» la sua voce giungeva nitida dal comunicatore. «Situazione?»

«Annoiato» rispose John. «Hai intenzione di farci entrare?»

«Maledizione, voi stronzi pigri non avete trovato un altro modo per attraversare tonnellate di roccia?» rispose lei, tra il divertimento degli uomini.

«No, ma pensiamo che la tromba dell'ascensore possa essere infestata» risponde Darryl. «Piovono persone morte.»

Lei rise. «Kiel non l'ha mandato giù morto.»

«Be', è *finito* morto» rispose Eric.

«Abbiamo un video e la tromba dell'ascensore è libera. Stavano preparando una forte esplosione per chi saliva con l'ascensore e, per quanto ne so, quello è l'unico percorso per salire. Si sale di un piano e poi ci sono le scale che danno accesso al piano superiore. Sette piani in totale. Io sono al terzo.»

«C'è qualcos'altro che dovremmo sapere?» chiese John mentre indicava se stesso, Nathan e Scott per la prima prova dell'ascensore.

«Sì» riprese lei, con voce calma. «C'è un'altra tromba dell'a-scensore e non ho video in quella sezione.»

«Capito» rispose John e la connessione diventò silenziosa.

Darryl minimizzò. «Non sembra una cosa *minacciosa* o altro.»

Ztopik guardava gli umani che morivano nella sala opera-tiva, con la piccola bocca serrata. Lo yollin li stava abbattendo con calma ed efficienza. Non avrebbe dovuto occuparsi di Patrick prima di mettere al comando un sostituto.

«Meehine» indicò l'uscita secondaria, «vai al laboratorio di ricerca e preparati a rilasciare la quarta ondata.»

Il piccolo alieno grigio si voltò obbediente e si diresse verso il piano di ricerca.

Come avevano fatto gli yollin a superare le difese di Patrick?

John, Nathan e Scott entrarono nell'ascensore e John premette il pulsante per il terzo livello.

I tre uomini, due in tuta mech umana e uno in tuta Pricolici, aspettarono che l'ascensore salisse.

«Magari avessimo un po' di musica» si lamentò Scott. «Dia-volo, mi basterebbe anche un po' di Barry Manilow in questo momento.» Nathan ridacchiò dietro di lui.

«Non è proprio la musica con cui conquistare una base aliena» commentò John.

«Be', non lo è nemmeno questo silenzio» disse Scott quando l'ascensore rallentò fino a fermarsi.

«Mi chiedo cooome la trrroveremooo» ringhiò Nathan.

Le porte si aprirono e gli uomini udirono degli spari lungo il corridoio. John premette il pulsante per far tornare l'ascensore al livello più basso. «Seguite le briciole audio di distruzione e caos» ordinò mentre i tre iniziavano a correre lungo il corridoio.

«Bethany Anne, sto finendo le munizioni!» gridò Kiel.

«Non preoccuparti» gli rispose lei.

«Non sappiamo se hanno altre armi!» ribatté Kiel. Quando il soffitto perse un pezzo, Kiel si rese conto di essere quasi diventato il primo morto della Compagnia Mercenaria Yollin.

«Non si tratta di questo» chiarì Bethany Anne. «Si tratta di...»

Il boato si riverberò lungo il corridoio e si riversò nella stanza. Gli spari che entravano nella stanza cessarono, ma continuavano quelli diretti altrove.

Poi ci furono urla di terrore e corpi squartati o sbattuti contro i muri.

Bethany Anne posò la spada. «Va bene, ragazzi, non dite che non ne abbiamo conservato un po' per voi.»

«CAZZO!» rispose Scott. «Dovevi proprio farli agitare?»

«Smettiii di lamentarrrrtiii!» ringhiò Nathan. La sua risata aveva un suono maledettamente malvagio quando accompagnava lo smembramento degli esseri umani, le cui grida venivano messe a tacere all'improvviso.

«Bene!» urlò Scott di rimando. «Non dire che non sono stato educato.»

Kiel si avvicinò alla porta, sbirciò intorno e vide l'enorme Pricolici con un umano nella mano sinistra che cercava di colpirgli il braccio mentre penzolava in aria. Nathan gli strinse il collo e un forte schiocco lo precedette facendo cadere il corpo morto. Nathan afferrò il volto di un altro umano con la mano destra e l'urlo di dolore del malcapitato terminò improvvisamente con la frantumazione del cranio. «He he hee hehhhehe.»

Presto non ci furono più umani che si opponevano.

Bethany Anne entrò nel corridoio e parlò ai ragazzi: «Ricordami di dire ad Ashur che mi dispiace. Avrei potuto usare il suo culo peloso in questa operazione.»

«Dobbiamo occuparci della regina. È debole» insistette Kiel uscendo dalla stanza.

Bethany Anne si voltò. «Hai appena fatto la spia, cazzo!» Si lamentò con lui. *«Maledizione!* I mercenari alieni mi stanno pugnalando alle spalle!»

Ztopik guardò gli umani e i non umani che uccidevano la gente della Majestic-12. Considerò le opzioni e poi la sua piccola bocca si aprì. Premette tre pulsanti e tutti i computer della stanza si spensero.

Voltandosi, si diresse verso il suo livello di ricerca.

Non c'era momento migliore del presente, pensò, per stabilire quale delle sue creazioni fosse la più letale.

Le squadre impiegarono venti minuti per percorrere il resto dei livelli. Gli umani che si arrendevano, venivano radunati e riportati nelle grotte.

Se combattevano, venivano eliminati.

Bethany Anne e la sua squadra trovarono gli scienziati che tremavano nei loro uffici. Peter le portò una donna. «Questa è la dottoressa» le disse.

Bethany Anne, con il casco in mano, si voltò a guardare la donna. Aveva delle striature di mascara che dovevano essere state causate dalle lacrime, ma in quel momento guardava Bethany Anne.

«Puttana!» sibilò, «hai ucciso i miei amici qui... per cosa?»

«Voi avete cercato di uccidere la mia gente per primi» ribatté Bethany Anne.

La scienziata sputò. «Stiamo cercando di rendere gli Stati

Uniti la superpotenza più avanzata del mondo. Voi cosa state facendo?»

«Salvare il mondo dagli alieni, egocentrica e miserabile esemplare di essere umano» rispose Bethany Anne, poi passò il casco a Eric. «Non ho tempo e lei non merita la mia pietà.»

«Cosa stai facendo?» La scienziata iniziò a lottare contro la presa di Peter, cercando di scalciare all'indietro. «Stai lontana da me!» Il suo piede gli colpì l'armatura e lei gridò di dolore.

Il labbro di Bethany Anne si arricciò e i suoi occhi diventarono rossi. «Salve, dottoressa Eva Hocks.» La sua voce grondava disgusto. «Mi sbagliavo. Tu non sei un esemplare miserabile di essere umano. Non sei affatto un essere umano.»

«Cosa state facendo?» Il dottor Hocks guardò tutti gli uomini presenti. «Fermatela!»

John intervenne. «BA, vuoi che la schiaffeggi se parla?»

«Io posssso morrrderrrla» si offrì Peter.

La dottoressa Hocks si contorceva con tutte le sue forze, ma le braccia di Peter si muovevano a malapena. La sua supplica diventò un pianto.

«Cerchi la conoscenza sopra ogni cosa» dichiarò Bethany Anne, girando la testa di lato. «Hai fatto esperimenti sugli esseri umani.»

La dottoressa Hocks, con le lacrime agli occhi, notò che i suoi occhi, che prima non avevano provato emozioni nei suoi confronti, ora la guardavano con giudizio.

Un pensiero si fece strada tra tutte le emozioni. Non ne sarebbe uscita viva. Sentì qualcosa che scavava nella sua mente.

«Dove sono le due chiavi, Eva?» le chiese la donna con l'armatura cremisi. «Cosa troveremo nel secondo pozzo, Eva?»

Un minuto dopo i singhiozzi della dottoressa Eva Hocks si trasformarono in urla, e poi le sue urla morirono con lei.

Bethany Anne si pulì il sangue dalla bocca. «Odio quella merda, ma se c'è mai stata una puttana che meritava di fornirmi energia, questa stronza egocentrica era quella giusta.»

La mano di Bethany Anne si posò sulla gamba destra, da cui spuntava una spada. Afferrò la spada e tagliò il collo della dottoressa Hocks. Rimettendo la spada nel fodero, disse alla squadra: «Non corriamo il rischio che possa tornare in vita. Ora andiamo a prendere le chiavi. Abbiamo bisogno di tutti.» Tornò verso la sala operativa per prendere una delle chiavi dal direttore operativo morto.

«Qui sotto c'è della roba brutta, gente.»

24

Il corridoio era silenzioso quando apparve la donna con l'armatura cremisi. Si fermò circa cinque metri più avanti e dietro di lei si aprirono le porte dell'ascensore.

«La smetti di fare queste stronzate?» si lamentò John, mentre lui ed Eric le passavano accanto e continuavano a percorrere il corridoio. Le porte dell'ascensore si chiusero e tornarono su per il gruppo successivo.

Dopo dieci minuti c'erano diverse persone che perlustravano il livello.

Non trovarono niente e nessuno.

«Pensieri?» chiese John.

«Bethany Anne?» La voce di Dan giunse al comunicatore.

«Sì?»

«La squadra 2 si è imbattuta in alcuni umani che cercavano di fuggire. Due abbattuti, due catturati.»

«Grazie. Abbiamo altri buchi da cui stanno cercando di partire?»

«Finora no» confermò Dan.

«Ci aspetta un bel po' di roba. Secondo la donna responsabile della scienza, qui sotto ci sono alieni che manipolano geneticamente gli esseri umani e molti di loro sono brutti.»

«Perché vai di persona?» chiese Dan. «Perché non rilasciare semplicemente le armi antiuomo IE?»

«Perché sì» rispose Bethany Anne e chiuse la comunicazione. Fece scattare i fermi del casco e se lo tolse, poi si grattò la testa. «Sono io o queste cose ti fanno prudere la testa?»

Fuori, Dan imprecò sottovoce.

Kael-ven si voltò verso di lui. «Non ha risposto alla domanda, vero?» chiese l'alieno.

«Sì, ha risposto» gli disse Dan. «La risposta era PBAVF.»

Kael-Ven si mosse nella sua versione di scrollata di spalle.

Dan fece una smorfia. «Perché Bethany Anne Vuole Farlo.»

«Che cazzo» si lamentò Bethany Anne. «Se potessi saltare fuori da questa armatura, potrei saltare attraverso l'Eterico e...»

«NO!» le urlarono all'unisono sei voci diverse.

«Ssssì!» aggiunse un Pricolici, con un secondo di ritardo. Tutti i membri del gruppo si voltarono verso Peter, che sorrise. «Io vado!»

«Fanculo.» Gli occhi di Bethany Anne iniziarono a brillare, le guance mostrarono linee di potere rosso mentre assorbiva energia come una matta. Richiudendo il casco, iniziò a camminare lungo il corridoio. Gli uomini la seguirono, a due a due.

Attraversarono il corridoio e scesero di cinque livelli usando le scale.

Su ogni gamba l'armatura si aprì e lei afferrò le spade. L'armatura si ripiegò su se stessa, nascondendo gli scomparti per le spade.

Quella volta, però, fece scorrere l'energia nelle else delle spade e le lame si illuminarono e si allungarono.

Jean aveva fatto miracoli e ora le sue spade potevano incanalare l'energia eterica.

Aprì con un calcio la porta del sesto piano e urlò: «Prova generale per l'*inferno*, ragazzi!»

Ztopik si trovava dietro l'ultima gabbia, quella che non voleva ancora aprire. Voleva vedere come ogni gruppo dei suoi mutanti avrebbe funzionato contro quegli aggressori.

Riusciva a percepire il loro avvicinamento nella sua mente e la potenza della femmina di fronte a lui. Poi arrivarono al suo livello e non poté fare altro che prestare attenzione al massacro.

«Mi stai dicendo che questi erano tutti umani a un certo punto?» chiese Eric, sparando a qualcosa che era un incrocio tra una scimmia e un umano femmina, con l'urlo dell'esperimento deforme che gli lacerava l'anima.

«SÍ!» urlò Bethany Anne. «CAZZO!» Lanciò in aria le sue due spade rosse e incandescenti e diede a qualcosa che stava correndo verso di lei un calcio, che gli spaccò la testa e lo fermò di colpo. Afferrò le spade quando scesero e usò quella sinistra per tagliare la testa.

Nathan e Peter si trovavano alla sua sinistra e stavano facendo a pezzi l'ondata di mutanti. I mercenari yollin alla sua destra stavano massacrando tutto ciò che potevano afferrare per risparmiare le munizioni.

Poteva sentire i ruggiti dei Pricolici, mentre si accanivano su mutazioni genetiche frutto di un'immaginazione davvero contorta.

«CI SONO ALIENI!» urlò uno degli yollin, la cui voce si interruppe all'improvviso.

«MERDA!» La voce di Kiel giunse sulla linea. «Hanno i disintegratori!»

«Stronzi, a me!» urlò Bethany Anne. Sempre più Guardiani e Marine della Regina si riversarono nell'enorme caverna, con armi e ruggiti ovunque, mentre i suoi uomini e le sue donne combattevano per il loro mondo, per i loro amici e per la loro regina.

Il bagliore delle spade si spense quando lei riportò l'energia dentro di sé e le rinfoderò. John, Eric, Scott, Darryl e, con un ruggito di vendetta, Peter si fecero largo tra i combattenti. «Ho preso quello stronzo del cazzo, e morirà!» sputò Bethany Anne, arrabbiata per la disumanità degli esperimenti contorti di quell'alieno e per l'inferno in cui si trovava la sua gente, costretta a uccidere chi era stato trasformato in forme inumane.

Quelle bestie li guardavano con occhi molto umani.

La mano destra di Bethany Anne si protese con il palmo in avanti e si sviluppò una sfera rossa incandescente. Quella volta non si fermò a 15 centimetri. Nella sua rabbia, continuò a crescere.

«Ehm, capo?» la chiamò John e Bethany Anne scagliò la palla.

L'esplosione avvenne a due terzi del percorso verso il chiaro richiamo mentale dell'alieno. Verso la parte posteriore dell'enorme caverna disseminata di morti, moribondi e ustionati, la sua energia continuò ad attraversare l'aria. Le gabbie, alcune delle quali si stavano sciogliendo, furono spazzate via.

La Regina delle Stronze e i suoi protettori attraversarono il pavimento e distrussero tutto ciò che si avvicinava a loro. I pochi alieni che guardarono nella loro direzione persero la testa quando i proiettili cinetici li colpirono.

Fu una carneficina.

Bethany Anne e la sua squadra si accorsero finalmente di una grande gabbia e della bestia che vi si trova.

«Che cazzo è?» chiese Eric.

«Tiro al bersaglio» gli disse Bethany Anne, e lanciò una palla di energia eterica. La palla attraversò la distanza rimanente ed esplose contro le sbarre, facendo correre archi elettrici intorno alla gabbia.

Non è stato così intelligente, osservò una voce dentro le loro teste. *Lo Zhool'tai'ch è una bestia molto feroce, la migliore che abbia mai creato. È interessante notare che non è stato creato con alcun DNA umano.*

«Be', più sono grandi» ragionò John, e portò le pistole a dieci. «Alzate il volume, stronzi.»

Bethany Anne indicò i cinque metri di incrocio tra un coccodrillo e un orango. «Uccidete quella cosa» ordinò.

L'energia si dissipò e la bestia ruggì spingendo la porta della gabbia. Iniziò a correre verso Bethany Anne.

Ztopik osservò con interesse. La femmina camminava tranquilla verso di lui, ma lo Zhool'tai'ch l'avrebbe di sicuro raggiunta per primo. Non aveva armi evidenti, né stava creando quelle sfere rosse incandescenti di distruzione.

I suoi occhi lampeggiarono di rosa mentre lo Zhool'tai'ch caricava, e la trapassò quando lei scomparve e poi riapparve. Infuriato, l'essere iniziò a girarsi quando quelli dietro di lei cominciarono a spargli e dal suo corpo esplosero enormi pezzi di carne. Si girò verso i suoi aguzzini.

La donna, tuttavia, continuava a venire verso di lui.

Sarebbe quasi divertente, le risuonò nella mente la voce dell'alieno, *se tu e la tua gente non aveste appena distrutto settant'anni del mio duro lavoro!*

«Piangimi un cazzo di fiume. Hai un nome o devo chiamarti "Testa di cazzo"?» ribatté lei.

«Puoi chiamarmi "Ztopik" o "Padrone"!» urlò l'alieno, e il corpo di Bethany Anne si bloccò.

Bethany Anne lottò contro il comando mentale che la bloccava. Più lottava, più il suo corpo si congelava.

Bethany Anne, sforzandosi con tutto ciò che aveva, iniziò a imprecare con violenza, mentre l'alieno sghignazzava di fronte all'essere di livello inferiore che aveva di fronte.

«Vedi» Ztopik tirò fuori un disintegratore dalla manica della veste. «Potrei non essere fisicamente imponente come te, ma quando si è una specie superiore, è sufficiente.»

Ztopik sentì che un altro si intrometteva nella loro conversazione e il suo sangue si raffreddò.

Figlio di puttana, affermò con freddezza la voce aliena, **chi ha detto che la mia amica non ha difese mentali?**

«Chi sei?» gridò Ztopik quando un dolore immenso gli colpì la testa, e le sue fragili braccia si protesero per afferrarsi mentre le ginocchia cedevano.

Il mio nome è Talete di Mileto. Io sono kurtheriano, e tu sei la mia puttana!

Bethany Anne, liberata dalla presa mentale di Ztopik, riprese a camminare verso di lui. Il suo braccio sinistro si allungò e un globo rosso di cinque centimetri di potenza attraversò la caverna per spazzare via due alieni che avevano messo alle strette un Wechselbalg e il suo compagno Marine Guardiano.

«CASSO SÍ!» sentì gridare la sua gente e sorrise feroce.

«Kurtheriano?» disse Ztopik, il dolore lo fece sussurrare.

Bethany Anne prese la spada, ma TOM la fermò.

Sì, entrò direttamente nel cervello di Ztopik, **kurtheriano. La mia amica ha un detto che dice di ridurre la cattiva genetica dopo la nascita, e ho deciso che ha *ragione*.**

«Cosa?» sussurrò Ztopik, alzando lo sguardo negli occhi rosso fuoco dell'umana.

Ztopik sentì la voce della donna attraverso le orecchie, mentre la voce del kurtheriano gli rimbombava nel cranio.

«MUORI, BASTARDO!» fu il contributo di Bethany Anne.

TOM, Talete di Mileto, pilota kurtheriano disperso su un

mondo alieno, superò il suo stesso condizionamento e penetrò in profondità nel cervello dell'alieno per trovare il legame che lo teneva in vita.

Questa è la *mia* amica, sussurrò TOM telepaticamente. ***Nessuno* può toccare la sua mente senza permesso!**

Gli occhi di Ztopik diventarono vitrei e il suo cervello si bloccò e poi si accartocciò a causa dell'attacco mentale di TOM.

Bethany Anne si voltò e osservò la carneficina. Almeno diciassette dei suoi erano a terra.

Mentre si rimetteva il casco, si diresse verso il centro della grande caverna. La carcassa dello Zhool'tai'ch, che sembrava un hamburger, giaceva a una ventina di metri alla sua sinistra.

Avevano un po' di pulizia da fare, quindi aprì i palmi delle mani e le sfere rosse iniziarono a brillare.

Facciamolo, disse TOM esultante. **Ti copro le spalle!**
Non ne ho mai dubitato, TOM.

<u>New York City, New York, USA</u>

«Siamo d'accordo?» Gli altri tre ambasciatori annuirono.

«Il presidente è disposto a fare la telefonata non appena avremo le firme» disse l'ambasciatore degli Stati Uniti a Zhou.

L'ambasciatore Zhou aprì la sua valigetta, estrasse il documento e lo pose sul tavolo.

Il documento riportava già le firme di molti Paesi e gli occhi dell'ambasciatore americano si allargarono per la sorpresa. Prese il documento e lesse i nomi che rappresentavano i Paesi maggiori e minori.

Non vide Giappone, Australia e Germania sul documento, ma c'era spazio sufficiente per aggiungerli in seguito.

Frugò nella giacca del vestito e tirò fuori una penna. Con uno svolazzo, firmò il documento su una delle prime righe e rimise la penna nella giacca. «Mi dispiace.» La tirò fuori e la porse all'ambasciatore Emeka. «Anche voi signori dovete firmare?»

Gli altri due ambasciatori firmarono il documento prima che l'ambasciatore americano accettasse di nuovo la penna. La spostò nell'altra tasca del cappotto.

Quella penna avrebbe avuto un valore un giorno.

Purtroppo non si rese conto che sarebbe stata famigerata, conosciuta come la Penna della Distruzione. È vero, qualcuno direbbe, che la penna ha compiuto ciò che la spada non avrebbe mai potuto fare.

«Non c'è momento migliore del presente per far conoscere la volontà del mondo» disse Zhou all'ambasciatore statunitense. «Ecco la posizione di una delle loro navi attualmente sopra il Giappone.»

«Non possiamo sparare un'atomica da un sottomarino sopra il Giappone» dichiarò l'ambasciatore.

«È vero, ma se si spostano a est o a ovest li teniamo in pugno» sottolineò Zhou. L'ambasciatore statunitense annuì e prese le informazioni fornite dall'ambasciatore cinese.

<u>Giappone, Terra</u>

Il capitano Natalia Jakowski abbracciò Yuko e strinse la mano ad Akio. «Ci vediamo quando ci vediamo» disse loro, e rientrò nella *G'laxix Sphaea*. Il suo equipaggio chiuse, mentre lei si dirigeva verso il ponte di comando e si sedette sulla poltrona del capitano.

Era la sua settimana di rotazione su quella nave e le piaceva molto.

Nel giro di un minuto l'elegante imbarcazione superò la linea degli alberi e iniziò a dirigersi verso ovest. Era diretta verso l'Europa per lasciare un paio di casse segrete.

Avevano appena sorvolato il Mar Cinese Orientale quando gli allarmi iniziarono a suonare.

«Abbiamo un SLBM in arrivo, Trident II D-5 in intercettazione» riferì l'IE del *G'laxix Sphaea*.

«Implementare il campo difensivo di puck. Cerca e distruggi!» ordinò all'istante il capitano Jakowski. L'ammiraglio Thomas faceva fare loro delle esercitazioni in continuazione, e l'essere bombardati era solo una di quelle.

Il proiettore olografico apparve di fronte al sedile di Natalia. Allontanò le mani e l'immagine si ingrandì, mostrando la posizione del missile balistico lanciato dal sottomarino.

«Campo di puck difensivo in posizione. Calcolare l'intercettazione del missile in arrivo a diciassette punto quattro miglia nautiche.»

Pochi secondi dopo l'IE parlò di nuovo. «Missile distrutto per collisione cinetica. Nessuna esplosione nucleare, possibilità di residui radioattivi calcolata come probabile.»

«Che si fottano quegli stronzi!» Natalia trattenne il resto del suo commento. «G'laxix Sphaea, mimetizziamoci.»

«SIGNORE!» chiamò l'operatore radar del sottomarino statunitense classe Ohio. «Abbiamo perso il bersaglio.»

Il capitano accettò il risultato con un cenno brusco.

Aveva seguito gli ordini, che Dio avesse pietà delle anime che avevano preso quella decisione.

Bethany Anne e la sua squadra erano usciti dalla base dopo averla perlustrata più volte. Avevano preso tutto ciò che potevano prendere.

Il resto? Be', piazzarono dei dispositivi per far implodere le grotte.

>> **Bethany Anne.**<<

Sì, ADAM?

>>La *G'laxix Sphaea* è stata attaccata con un missile nucleare nel Mar Cinese Orientale.<<

COSA! Le persone vicine a Bethany Anne guardarono i suoi occhi che iniziavano a brillare. Si guardarono rapidamente intorno e controllarono i loro tablet in cerca di notizie.

>>La nave e tutto l'equipaggio stanno bene, ma il capitano Jakowski sta chiedendo se deve continuare l'operazione o andarsene.<<

Dille che possiamo fare un altro giro se necessario. Che lasci la Terra. Di' ai miei comandanti che voglio un incontro il prima possibile.

I suoi occhi non smisero mai di brillare durante tutto il viaggio verso la NRS *ArchAngel*.

25

SBRDS Meredith Reynolds

L'attraente reporter sudamericana si guardò allo specchio compatto e controllò il trucco e i capelli. Messo da parte il portacipria, sorrise e fece un cenno alla sua operatrice alla telecamera.

«Pronta, Giannini?» chiese Sia all'amica, che annuì. Sia spostò la telecamera un po' a destra e guardò davvero l'amica. «Non dobbiamo farlo se vuoi restare sulla Terra.» Fece un cenno alle sue spalle. «L'ultima nave per la Terra parte tra tre giorni.»

Giannini scosse la testa. «No, Sia. Ho visto abbastanza in questi tre anni. Non so quale sia il percorso della Terra, ma il mio percorso...»

«Il nostro percorso» la interruppe Sia.

«Il nostro percorso, cuore mio, è quello di andare sulle stelle e riferire quello che troviamo là fuori.» Giannini sorrise. «Una volta pensavo di dovermi elevare agli occhi dei miei capi.»

«E adesso?» chiese Sia.

«Ora, ho bisogno di elevarmi ai miei occhi, di fare quello che tutti i giornalisti dovrebbero fare» rispose Giannini. Raddrizzò le spalle e sembrò pronta a iniziare il suo commento.

«D'accordo» disse Sia, regolando la telecamera in modo da poter riprendere il profilo di Giannini e il grande parco all'interno della *Meredith Reynolds* sullo sfondo. «Che cos'è?»

«Riportare la verità, riferire sul nostro governo e sostenere il popolo» rispose Giannini.

«Accidenti, che pantaloni grandi da indossare» rispose la voce ovattata di Sia. «Cosa pensi che dirà Bethany Anne sul fatto che denuncerai il governo?»

Giannini sorrise. «Chi pensi che mi abbia dato i pantaloni da indossare?»

Sia sorrise. «Sei in onda tra tre. Due. Uno...»

«Salve.» Giannini parlò alla telecamera. «Mi chiamo Giannini Oviedo e vi parlo dal parco commemorativo Mark Billingsly all'interno della SBRDS *Meredith Reynolds*. Questo è il nostro ultimo rapporto prima che le navi dell'Impero Eterico attraversino la linea che separa questo sistema solare da quello degli yollin...»

***

Il Presidente abbassò lo sguardo sul pezzo di carta che giaceva sulla sua scrivania. Un coltello con l'impronta del teschio di un vampiro sull'elsa era stato conficcato nella scrivania per bloccarlo. Non c'era stato appena tre minuti prima, quando era uscito per andare in bagno.

Si protese in avanti e afferrò il coltello, dovendo fare leva per estrarlo.

Dispiegò il foglio e le sue labbra si strinsero mentre leggeva le parole.

Ci sono due modi in cui posso concludere questa guerra che avete iniziato. Potete riprovarci e io farò piovere fuoco dal cielo sui vostri luoghi di potere, cancellando completamente la vostra capacità di fare la guerra, oppure potete lasciarci in pace. Se scegliete la prima opzione, comincerò dalla cima, con la stessa facilità con cui ho piantato questo coltello nella tua scrivania.

E come ho detto ai cinesi, non rimarrà nulla delle vostre forze armate, se non macchine annerite dal fuoco e persone che pregano per le anime dei vostri morti. Vi ricordate come è finita, vero?

Regina Bethany Anne, Impero Eterico

La Regina delle Stronze.

<u>Dulce, New Mexico, USA</u>

Paula guidò per gli ultimi quindici chilometri nella Jeep che aveva comprato su Craigslist. Quei maledetti veicoli costavano un occhio della testa, anche se avevano quindici anni.

Aveva fatto acquisti al Goodwill di Phoenix prima di acquistare la Jeep e andare a Dulce. Dato che non aveva avuto alcuna comunicazione da Patrick, aveva una buona idea di cosa dovesse essere successo alla base mentre lei tornava dall'Europa.

Parcheggiò l'auto in una vecchia stazione di servizio a un chilometro e mezzo dall'ingresso principale della base. Una volta interrotte le comunicazioni, Paula aveva iniziato a lavorare sodo per cancellare le sue tracce, facendo mosse alla cieca, scegliendo a caso una città diversa dove volare e aspettando un paio di giorni prima di volare di nuovo.

Alla fine era tornata in New Mexico.

Aprì la portiera della jeep e scese, riprendendo lo zaino per assicurarsi di avere l'aspetto di una normale escursionista del pomeriggio.

Si mise gli occhiali da sole sul viso e il berretto da baseball verde oliva in testa, fece passare i capelli attraverso il buco sul retro e iniziò a percorrere il sentiero che da dietro l'edificio portava verso gli alberi.

Un'ora dopo, uscì da dietro l'albero che aveva usato per studiare l'edificio a un paio di centinaia di metri di distanza.

Nessuno si muoveva e nulla sembrava essere stato disturbato da giorni.

SBRDS *Meredith Reynolds*

>>**Bethany Anne, c'è una femmina che sta sorvegliando la base della Majestic 12.** <<

Bethany Anne smise di guardare i rapporti di preparazione e si avvicinò alla fruttiera per prendere una mela. Dopo averla pulita, disse: «Fammi vedere.»

Mentre mordeva il frutto, sulla parete della stanza dei preparativi apparve un video. Con la mano che aveva la mela indicò lo schermo. «Ehi, sembra la ragazza delle immagini della MJ-12.»

>>**C'è un riscontro sulla mascella e sulla bocca.**<<

«Chiama John e assicurati che assista a questo» gli disse e diede un altro morso alla mela, il cui scricchiolio riempì il silenzio della stanza.

Due minuti dopo bussarono alla sua porta.

«Entra» esclamò e si voltò per gettare il torsolo della mela nella spazzatura, mentre il rumore della mela che atterrava si sincronizzava con l'apertura della porta.

«Ho portato Jean con me» disse John e i due entrarono, avvicinandosi a Bethany Anne e guardando la parete per capire cosa stesse guardando.

«*QUELLA PUTTANA!*» gridò Jean, indicando la donna sullo schermo. «Quella è la cogliona del cazzo che perseguitava i nostri uomini!» Sbuffò disgustata.

«ADAM, stai registrando?» chiese Bethany Anne.

«Sì» rispose.

«Bene.» Jean prese una sedia accanto a Bethany Anne. «Cosa stiamo per fare alla stronza geriatrica?» chiese lei, sedendosi.

«Non siamo tanto *noi* a farle qualcosa, quanto i suoi ex

amici» rispose Bethany Anne e poi si avvicinò alla ciotola della frutta una seconda volta. «Ho bisogno di popcorn.»

«Ho sentito!» La voce di Gabrielle giunse dal corridoio esterno. «Abbiamo tempo?»

«Sì» richiamò Bethany Anne. «Sembra che stia studiando l'edificio per vedere se c'è una trappola.»

«Be'» commentò Gabrielle entrando con due sacchetti di popcorn, una Coca Cola e altre tre bibite, «ce n'è uno, giusto?»

«Sì.» Bethany Anne sorrise. «Un sacco di esplosivi alieni in tutta l'area.»

Cinque minuti dopo, la stanza era affollata. C'erano tutti gli Stronzi, Peter, Nathan, Ecaterina e la piccola Christina Bethany Anne, che stava colorando sul tavolo dando le spalle al video. La bambina, che ormai aveva quasi quattro anni, si avvicinò alla frutta, facendo crescere un artiglio sul dito e infilzando un'arancia. La staccò dall'artiglio e il suo dito tornò normale. Lo mise da parte, prese il pastello verde e iniziò a colorare gli alberi.

Arrivarono Frank e Barb, con Lance e Patricia subito dopo. Stephen e Jennifer erano subito dopo di loro.

Jennifer chiese che cosa stessero guardando e Barb le disse che si trattava della puttana che aveva pedinato i ragazzi durante le riprese e che avevano capito essere dietro l'imboscata in Europa. «Oh» rispose Jennifer. «Allora, la uccidiamo?»

«Oh, certo che sì» affermò Cheryl Lynn di fronte a Scott. Era appoggiata al suo uomo, con le braccia di lui intorno sé. «Non vedo l'ora di vedere la bella esplosione.»

«Ehi, spostatevi!» disse Bobcat tra le risate generali mentre arrivavano lui, William e Marcus. Quelli al centro presero le sedie e le passarono a quelli più vicini alla porta per riporle nel corridoio.

«ADAM, duplica questa immagine sul soffitto e sulle altre pareti» chiese Bethany Anne. «Tranne quella di fronte a Christina. Non vogliamo che qualcuno non riesca a vedere il finale del film.»

Quindici minuti dopo, la conversazione generale nella stanza si placò fino a che l'unico rumore fu il colorare della piccola Christina.

La donna iniziò a camminare verso l'edificio. Quando lo raggiunse, si sistemò lo zaino, poi bussò alla porta e chiamò. Rimase lì per un minuto prima di provare a vedere se la porta fosse aperta.

Il punto di vista nel video salì in fretta ad almeno novanta metri di altezza e altri sessanta a nord.

Tutti i presenti esultarono e gridarono di gioia quando l'edificio esplose, facendo piovere schegge per quasi quarantacinque secondi.

«Ti ho preso, puttana» esultò Bethany Anne.

«Questa sì che era buona televisione!»» affermò Lance compiaciuto.

Barb chiese esasperata: «Frank, tesoro, perché lo stai scrivendo?»

«Così finisce il mio libro!» La sua voce fu udita con chiarezza da tutti i presenti mentre diceva alla moglie: «È perfetto!»

NRS *ArchAngel*

Bethany Anne guardò lo yollin. «Ne sei sicuro, Kael-ven? Non puoi tornare indietro su questa decisione e non voglio che tu ti penta di averla presa.»

«Non ci sarà alcun rimpianto per la mia scelta, regina Bethany Anne» giurò. «Ho parlato con il mio popolo e siamo d'accordo.»

«Anche lo scienziato Royleen?» chiese, con un sorriso che le stuzzicava le labbra.

«Sì, anche il sempre ostinato Royleen ora capisce la verità.»

Bethany Anne strinse le labbra. «Dovrai permettermi di accedere ai tuoi pensieri. Se si trattasse solo di me starei bene, ma per accettare questa offerta devo confermare per il bene del mio popolo.»

Il capitano Kael-ven T'chmon annuì, abbassò la testa e Bethany Anne pose le mani su entrambi i lati. Anche se non era strettamente necessario per leggere i suoi pensieri, ciò la aiutava con le menti aliene.

Dimmi quando hai i suoi pensieri, TOM.

Sono dentro. Aspetta un momento, rispose TOM.

Pochi secondi dopo disse: «**È sincero, Bethany Anne.**

Bethany Anne staccò le mani dallo yollin. «Alzati, capitano Kael-ven T'chmon.» Si mordicchiò l'interno della guancia. «Tu sei un'anomalia. Vorrei sapere cosa ha fatto cambiare idea alla tua gente.»

Le sue grandi mandibole si spalancarono un attimo prima di richiudersi. «Stiamo chiedendo il tuo aiuto, quindi questa non è una sottomissione.»

«No?» chiese lei.

«No» le rispose lo yollin. «È una rivoluzione.»

FINIS

Mai sottomettersi
La storia continua con il libro 15, Mai sottomettersi.
Disponibile in preordine su Amazon e su Kindle Unlimited

NOTE DELL'AUTORE

Ci siamo!

Un anno di vita pochi giorni fa.
Scritto l'11 novembre 2016

Come sempre, posso dire con un'enorme quantità di apprezzamento quanto signifìchi per me che non solo abbiate letto questo libro, ma che stiate leggendo anche queste note?

Solo un anno e nove giorni fa ho pubblicato il primo libro della serie Lo stratagemma kurtheriano, intitolato *La morte incarnata*. Da allora questa serie è decollata fino a diventare un successo inaspettato. Probabilmente sono uno degli autori di maggior successo di cui nessuno ha sentito parlare, grazie ai fan che amano non solo il primo libro, ma tutti i libri.

Dico "inaspettato" perché a oggi sono stati venduti 11.019 volumi del libro 01 e sono state lette 4.880.000 pagine (Kindle Unlimited). Ciò significa (sulla base delle 384 pagine di KENP V 2.0) che sono stati letti altri 12.708 libri completi. Ora, so che il totale è più alto (perché i libri possono essere letti, ma le note dell'autore no, ecc.) ma significa che, come minimo, il primo libro è stato venduto (letto) per un totale di 23.727 volte.

Quindi, tutto il mio successo deriva da circa 25.000 lettori. Lettori che poi leggono il resto dei libri. Tanto che da ieri sera (secondo Amazon) sono il n. 172 degli autori più venduti sul loro store.

172.

Ci sono minimo oltre 200.000 autori su Amazon. Il mio obiettivo originale (verso la fine di novembre/inizio dicembre 2015) era solo di essere tra i primi 2.000 autori su Amazon. Grazie a *VOI* e alla vostra condivisione delle storie con amici, familiari, sconosciuti nei negozi (questo è letterale, non figurato) sono stato stupito di essere annoverato tra i primi 500 autori su tutto Amazon da luglio di quest'anno!

È *incredibile*.

Il solo fatto di far conoscere la storia di Bethany Anne, della sua gente e di coloro che la circondano ha cambiato la vita a me e a più di mille altri autori indie che si sono uniti al gruppo 20BooksTo50k, nato dal mio successo.

Cerco di restituire ad altri autori.

Potrei condividere le storie di come questo gruppo di autori, aiutandosi l'un l'altro, li sostiene nel far uscire le loro storie e di come VOI, i miei lettori, li aiutate a farlo!

Proprio questa settimana, i lettori hanno preso un libro che era al 92.000° posto in classifica (in base alle vendite) su Amazon e, nel giro di 24 ore, lo hanno portato sotto i 10.000 per due giorni. All'epoca non lo sapevo, ma l'autore che stavo sostenendo (Boyd Craven III) stava tornando da un viaggio improvviso per controllare il padre che si era ammalato gravemente e le preoccupazioni per la sua salute erano forti...

L'altro autore del libro che i fan hanno spinto in alto? Suo padre, Boyd Craven Jr.

Suo padre si è ripreso, per fortuna. Ma la sensazione che abbiamo provato è stata quella di aver contribuito a far accadere una cosa buona nella vita di qualcuno che avrebbe avuto bisogno di un'altra cosa buona in quel momento.

Cosa succede con l'audio?

Per chi ama gli audiolibri, ho una grande notizia. Sono a tanto così (vedi due dita pizzicate) dal trovare un narratore.

Spero. *Signore del cielo, ti prego, spero.* Finora ho avuto 19 audizioni, e 17 sono state (alcune dopo molte revisioni) messe nel gruppo dei "no".

Ne sono rimasti due e ho fatto una richiesta a un nome importante per vedere se è interessata. Il problema? Be', è difficile gestire le dimensioni di queste storie senza un talento enorme.

Lei (e sarà una donna che sceglierò) deve essere in grado di leggere la storia in modo avvincente, fare bene Bethany Anne e gli uomini in un modo che funzioni. È una sfida enorme e sono stata abbastanza chiaro sui problemi.

Pensateci. Un'attrice si occuperà di Bethany Anne, TOM e ADAM in un'unica testa. Poi, aggiungete gli Stronzi, Gabrielle, Tabitha, Frank, Lance, Nathan, ecc. ecc.)

Ma per quanto tempo ci vorrà, ne varrà la pena perché sto mettendo da parte i soldi per realizzare i primi sette libri. Mi rifiuto di fare il modello "un libro per vedere se vende" e di lasciare i fan in sospeso.

Quindi sto cercando una delle migliori, e la pagherò per il suo talento e le sue capacità, perché voglio davvero, davvero che Bethany Anne e gli altri prendano vita.

Che aspetto ha uno yollin?

Allora, un fan su Facebook mi ha chiesto che aspetto avesse uno yollin (scusate, ho cercato ma non sono riuscito a trovare il nome del fan che me l'ha chiesto). Ora, questa era una domanda fantastica, e l'unico problema era che l'artista che ho usato per le mie cose di Bethany Anne (Andrew Dobell) non disegna creature/alieni. Anche il mio artista che sta lavorando alle copertine e alle astronavi (Jeff Brown) non si occupa molto di creature/alieni.

Dove diavolo avrei trovato un artista che lavorasse con me (e che fosse affidabile)? Ho chiesto a Jeff Brown se conosceva qualcuno e lui mi ha suggerito Eric Quigley.

Ho guardato le sue opere e ho pensato... lo voglio! Ora, se solo potessi permettermelo.

Finora (l'audio sarà facilmente superato nel prossimo futuro, ma al momento) nulla mi costa quanto tutti gli artwork e le copertine che sto realizzando.

Spendo abbastanza per comprare un'utilitaria, quindi avevo bisogno di un artista che potesse permettersi di fare un lavoro straordinario.

Quindi, date un'occhiata alle due illustrazioni di yollin nel retro di questo libro (spero che possiate vederle tutti! Alcune sono a colori, e nella prossima settimana le metterò sul mio sito web per farle vedere a tutti, anche ai fan del kindle in bianco e nero). La prossima volta si occuperà del Capitano Kael-Ven.

Ricordate che il mio sito web è http://www.kurtherian books.com.

Penso che Eric farà faville con gli alieni per l'ultimo arco di Lo stratagemma kurtheriano e ci permetterà di visualizzare meglio questi esseri.

In futuro, se i fan lo vorranno, pubblicherò un e-Book di Lo stratagemma kurtheriano con le illustrazioni e mostrerò le diverse cose su cui abbiamo lavorato tutti, e vi darò una storia di come un autore indipendente ha speso migliaia e migliaia di euro per le illustrazioni della sua serie.

Quando avrò finito i ventuno libri (e altri), avrò speso più di 20.000 dollari solo per la grafica. Voglio questo materiale tanto quanto i fan sembrano volerlo vedere, quindi penso che insieme potremo realizzare illustrazioni molto belle e non vedo l'ora che molti di voi facciano domande del tipo... «*Com'è fatto uno yollin?*»

;-)

Allora, dove stiamo andando?

La portata di Lo stratagemma kurtheriano è enorme. Ho già

spiegato in passato (qui? Non ricordo) che volevo avere un mondo in cui poter giocare e con cui poter fare molto. Volevo giocare con i vampiri e gli alieni e la fantascienza militare e i mondi e le astronavi (oh mio Dio!) e le IA e così via.

E grazie all'enorme supporto social dei fan, soprattutto per quanto riguarda gli annunci su FB e i loro link e interazioni. Posso farlo. È una grande fortuna.

E sta diventando sempre più grande.

Con la prossima uscita di Bethany Anne, *Mai sottomettersi*, ci troveremo in un altro sistema solare, dopo esserci lasciati alle spalle la Terra e abbandonata a se stessa. Cosa accadrà loro? Cosa è successo, si chiederanno alcuni, tra i libri 13 e 14 (i tre anni)?

Be', sono felice che tu l'abbia chiesto!

Per produrre ulteriori approfondimenti su questi eventi, alcuni degli autori con cui ho stretto amicizia su 20BooksTo50k hanno accettato di collaborare per migliorare l'universo kurtheriano. In modi fantastici.

Questi non sono libri di Frank Kurns da 15-20k parole. Sono veri e propri libri e serie con personaggi aggiuntivi. Uno con un personaggio già visto (Terry "TH per li amici" Walton) e vampiri completamente nuovi che hanno poca comprensione di ciò che è accaduto quando la RDS faceva parte del mondo, ma che esistono quando Michael torna in *The Dark Messiah* (12.25.2016).

Vi darò maggiori informazioni dopo le note dell'autore, ma abbiamo TS (Scott) Paul che sta realizzando una serie YA con i figli dell'Impero Eterico ambientata nei 3 anni tra i libri 13 e 14. Justin Sloan e la sua vampira Valerie che lascia l'Europa nel futuro per proteggere lo Stato di New York da suo fratello Donovan (vedi frammento alla fine del libro). Infine, abbiamo Craig Martelle, che prende TH e ci mostra cosa è successo alla Terra dopo che Bethany Anne se n'è andata e come quest'uomo ne è stato colpito, per poi imparare a perdonarsi e a diventare il protettore che è sempre stato dentro di lui.

Con una vendetta.

Tutto ciò che porta alla serie *The Dark Messiah* e al ritorno di Michael. Michael ha una promessa da mantenere e la Morte non glielo impedirà.

Perché il suo onore lo richiede.

Entro la fine del 2017 avrò pubblicato altri nove (9) libri. Sei (6) nella serie Lo stratagemma kurtheriano (Bethany Anne) (fino al libro 20) e tre (3) nella serie *Second Dark Ages* (Michael).

Collaborerò ad altri undici (11) (minimo) libri di questi autori e forse un altro paio (J.L. Hendricks per le storie romanzesche tra i libri 13 e 14). Ne sto terminando uno con Paul C. Middleton per *The Boris Chronicles* e lui ne pubblicherà un quarto nel secondo trimestre del 2017.

Quindi rimanete con noi, se volete, mentre portiamo giustizia, amicizia e cattiveria nelle storie e tra di noi, mentre il fuorilegge dell'editoria indipendente tira fuori le sue Jean Duke Specials e si solleva il cappello con la canna.

Dicendo a coloro che credono di sapere cosa vogliono i lettori: «Ne siete sicuri? Perché se non lo siete, perché non vi sedete dove siete e ci lasciate raccontare una nuova storia dell'Universo Kurtheriano?»

Mentre passiamo da 25.000 fan a 100.000 e oltre. Prendendo a calci nel sedere e segnando il conto lungo tutto il percorso!

GRAZIE A TUTTI!

Michael Anderle

I LIBRI DI MICHAEL ANDERLE

Per un elenco completo dei libri di Michael Anderle, visitare il
sito:

www.lmbpn.com/ma-books/

Tutti gli audiolibri della LMBPN sono disponibili su
Audible.com e iTunes. Per un elenco completo degli audiolibri,
visitare il sito:

CONNETTITI CON L'AUTORE

Sito web: http://lmbpn.com
Lista e-mail: http://lmbpn.com/email/

I social media:

https://www.facebook.com/LMBPNPublishing

https://twitter.com/MichaelAnderle

https://www.instagram.com/lmbpn_publishing/

https://www.bookbub.com/authors/michael-anderle

RECENSIONI E VALUTAZIONI

Ti è piaciuto il libro? Scrivici una recensione o valutaci con stelle sul sito su cui hai acquistato il libro. Vai semplicemente alla fine di questo libro e il tuo lettore ebook ti chiederà una valutazione o, se stai leggendo la versione cartacea, lascia una valutazione sul portale dove l'hai acquistata.

Essendo un editore indipendente che investe la maggior parte delle sue entrate nell'introduzione di nuove serie in Italia, noi di LMBPN International non abbiamo la capacità di lanciare grandi campagne pubblicitarie. Pertanto, le recensioni costruttive e le valutazioni con stelle sono molto preziose per noi, in quanto puoi aumentare di molto la visibilità di questo libro per nuovi lettori che ancora non conoscono le nostre serie. In questo modo ci permetti di portare molte altre nuove serie in italiano.

NEWSLETTER

Benvenuti in un viaggio emozionante con LMBPN® International! Iscriviti alla nostra newsletter per accedere ad aggiornamenti esclusivi e contenuti gratuiti.

Come nostro stimato abbonato, godrai di un'esperienza ricca piena di sorprese. Immergiti in nuovi mondi, intuizioni uniche e storie emozionanti che ti aspettano. Unisciti ora, diventa parte dell'avventura internazionale LMBPN® e diventa davvero parte della storia!

https://lmbpn.com/it/newsletter/